J. DESVOGES

Lumière
et joie d'Orient

IMPRESSIONS DE VOYAGE

précédées d'une

LETTRE-PRÉFACE DU CARDINAL MATHIEU

De l'Académie Française

G. OUDIN ET Cⁱᵉ, ÉDITEURS

PARIS, 24, rue de Condé, et à POITIERS (Vienne)

Lumière et joie d'Orient

J. DESVOGES

Lumière
et joie d'Orient

IMPRESSIONS DE VOYAGE

précédées d'une

LETTRE-PRÉFACE DU CARDINAL MATHIEU

De l'Académie Française

———

G. OUDIN ET Cie, ÉDITEURS

PARIS, 24, rue de Condé, et à POITIERS (Vienne)

—

A LA MÉMOIRE DE MA MÈRE

LETTRE-PRÉFACE

DE

S. E. LE CARDINAL MATHIEU

DE L'ACADÉMIE FRANÇAISE

Mademoiselle,

Je vous remercie de vous être souvenu de votre ancien aumônier et de lui avoir envoyé votre joli volume.

Vous n'avez pas la prétention de découvrir la Terre Sainte, mais vous avez une manière à vous de la décrire et d'exprimer les impressions qu'elle vous suggère ; les sentiments pieux, les réflexions élevées, les coups de crayon pittoresques et les petites aventures personnelles se succèdent dans votre récit et en font une lecture fort agréable.

Je vous en félicite en vous priant d'agréer tout le religieux dévouement de votre humble serviteur.

Cardinal MATHIEU,

DE L'ACADÉMIE FRANÇAISE.

Rome, 6 juin 1908.

LUMIÈRE et JOIE D'ORIENT

LE DÉPART

Marseille, jeudi, 29 août 1907.

Mon voyage est un élan.

J'aspire à la Beauté : beauté souveraine des paysages et des mers — beauté de nature morte aux ruines éternelles — beauté lumineuse d'un ciel où mon âme errante va chercher le repos !

Ce jour, le vingt-neuf août, le grand steamer : le *Niger* lève son ancre du port de la « Joliette » à cinq heures dix minutes du soir. Il pleut frileusement et Notre-Dame de la Garde, tout à l'heure encore si radieuse du haut de sa blanche colline, se cache maintenant sous un épais brouillard. Un coin du ciel, voilé par une très mince enveloppe de soleil couchant, nous montre encore un peu de la France, mais si peu !

Ce sont les dernières ramifications des Alpes

1

rudes et sombres projetant confusément leurs hardis promontoires de roches calcaires. Pas un cri apeuré de sirène, pas une voix d'homme, pas un chant de femme, pas un rire d'enfant !

Le départ est froid, silencieux, presque macabre.

Resterais-je insensible devant cette terre mienne que je quitte ? En vain, je m'éloigne de tous, m'accoudant à la poupe du navire afin d'écouter plus clairement la dernière note vibrante de mon cœur. Rien... je suis plongée dans une nuée moite qui me fait descendre à l'entrepont. Là, je suis saisie, je regarde, je regarde encore... ne pouvant croire à tous ces lambeaux de chair humaine, éparpillés devant moi et qu'on appelle : les émigrants.

Et ce sont des hommes noirs, brûlés par le soleil, brisés de fatigue, titubant sur des sacs comblés de marchandises — des femmes, assises par terre tenant sur leur sein de chétifs enfants à demi nus ; leurs yeux sont mourants, leurs bras alanguis, leur front ruisselant de sueur — sur des planches surélevées et couvertes d'une toile, de belles filles aux longs cils noirs prennent déjà le repos de la nuit ; la gorge entr'ouverte, elles respirent l'odeur infecte de ce pêle-mêle, au milieu de compotes de raisins, de melons écrasés, de haillons, de détritus de toutes sortes. Mes pas et mes pensées s'arrêtent près d'eux, pauvres êtres sans espérance ! et je les embrasse tous d'un seul regard tendrement humain !

Chers petits enfants... tenez... croquez ces bonbons dont le sucre rougira un peu vos lèvres si pâlottes ; puis, endormez-vous doucement, veillés par votre bon ange, sur le cœur de votre mère.

Appelée par la prière, je quitte mes frères malheureux, angoissée par tant de misère et quelque peu honteuse de posséder ce soir une couchette relativement douce.

Ma cabine ! un vrai domaine de poupées, composée de quatre petits lits adossés au mur et superposés deux par deux ; elle contient tout le confort désirable : une place pour chaque chose, chaque chose à sa place.

Nous l'occupons à trois, hasard heureux, qui s'est trompé de porte. Il n'en fut point de même pour les jeunes mariés partant en Terre Sainte en voyage de noces, ravis d'abord d'être seuls dans une chambre à trois : le commissaire leur présenta au dernier moment un compagnon de nuit qui n'était autre qu'un vénérable moine sans feu ni lieu. Le mari fit d'abord triste mine, la jeune femme souriait avec malice, le troisième personnage ne savait quelle contenance prendre ; enfin, amusé de l'aventure, chacun prit son parti et se salua d'un joyeux éclat de rire.

Vendredi, 30 août.

Lever six heures.

Bain délicieux d'eau de mer qui ranime le sang et répare les insomnies d'une nuit tiède. Le tout petit œil-de-bœuf, notre seule fenêtre, était resté ouvert et j'entendais très distinctement les clapotements de l'eau mousseuse contre la paroi : ce bruit n'était pas ennuyeux, au contraire, il berçait étrangement mon esprit si prompt d'ordinaire à courir vers Morphée.

Parfois, la vague chantante soulevait son voile bleu et je la voyais, depuis mon gîte, glisser légère, douce et folâtre, s'épanouir en un jet vaporeux, disparaître, puis reparaître en curieuse, montrant sa petite tête échevelée par la course à l'appui du sabord qu'elle n'osait franchir et je lui souriais, amicalement rêveuse, comme on sourit à l'enfant qui s'amuse.

Sept heures du matin. — En vue des côtes de la Corse : pics aigus, rochers dentelés en crémaillères, effondrement du sol, abîmes terrifiants, gouffres sans nom au fond desquels on devine quelque vallée gracieuse ou quelque lac bruissant !

Devant nous, des pentes glissantes de marbre vert où miroitent les derniers pleurs de l'Aube

— des plages ensoleillées — des entablements de granit — des grottes de porphyre — quelques jolis villages nichés dans des coins bleus. — Plus loin, des forêts austères, encore plus loin : les maquis, asiles de bandits ou retraites de vendetta se cachant dans les bois de myrtes ou parmi les bruyères.

La Corse est baignée de lumière, pendant que nous restons encore un peu dans l'ombre, qui devient l'ombre de mystère et de grâce... car, dans ce décor majestueux, la messe se dit à bord avec un recueillement d'intense sincérité.

La salle de la bibliothèque où l'on a dressé trois autels portatifs est trop petite pour permettre à plus de cinq fidèles d'y pénétrer.

Les prières s'y succèdent de cinq heures à huit heures et les assistants qui ne peuvent trouver place, restent sur le pont devant la porte ouverte, pendant que les laveurs, les gratteurs de parquets poursuivant leur besogne épuisent leurs jets d'eau en petites mares gênantes.

A côté, suinte le grouillement des émigrants dont quelques-uns suivent la messe avec de grands yeux ouverts.

Pourquoi essayer de définir cette heure mémorable du Divin Sacrifice, quand la profondeur des sentiments qu'il inspire est aussi profonde que celle des mers ? Entre le ciel et cette masse infinie sur laquelle nous flottons, à quel degré de

puissance, la prière peut-elle monter suave ? Le
prêtre, lui-même, par l'accomplissement de son
devoir sacré, se trouve transfiguré, le timbre de sa
voix devient plus timide et plus doux et l'on sent
que toute son âme s'en va vers le chemin de la
Vraie Vie où elle restera éternellement belle.

La mer est calme, ondoyante, d'un bleu sombre,
le cap Corse est doublé et j'ai la joie de contempler l'île d'Elbe qu'un officier de marine
vient de me montrer. Il est midi.

Je colporte cette précieuse indication aux passagers en quête de savoir et qui braquent leurs
jumelles sur les falaises, comme pour y découvrir
un nom.

— Etes-vous bien certaine de ce que vous avancez, me dit M. Jolibois avec un petit air nar-
quois et où placez-vous l'île célèbre de Monte-
Christo ?

— Cher monsieur, donnez-vous simplement la
peine de vous retourner et vous verrez un rocher
formidable qui pointe jusqu'aux cieux ses trois
dents canines. Voilà Monte-Christo. Là, fut
Edmond Dantès, l'illustre héros de Dumas.

Là, fut trouvé son immense trésor !

Mais ici, devant vous... le Malheur l'emporta
sur la Gloire.

M. Jolibois s'inclina et le laissant à ses considé-
rations sur la chute des Grands, je quittai le
cercle pour me diriger en deçà de la masse des

cordages roulés en spirale. Paisiblement solitaire
je regardais...

L'île n'est pas grande — vingt lieues de circonférence sont vite couvertes d'un regard — mais,
quel regard lui accorder, quand on songe à
« l'hôte de 1814 ».

Que de pensées germèrent sur ce sol aride, que
de regrets, que de souvenirs y sont enfouis ! Sa
fièvre ardente pouvait l'emporter du sud au nord,
de l'est à l'ouest, c'était toujours la même chose :
le roc dur, le bleu du firmament, le flot cruel qui
n'apportait rien. Combien de fois, est-il monté
là-haut, pour scruter l'horizon, chercher la voile
blanche qui s'accrocherait au rivage et s'y fixerait?
mais, soit par ordre secret, soit par l'indifférence
qui glissait déjà dans son cœur sous l'influence du
comte de Neipperg, Marie-Louise ne vint jamais !

Et où étaient ses fidèles ?

Alors, il redescendait vers Porto-Ferrajo, cherchait Bertrand, appelait Drouot comme aux soirs
des batailles ; voyait sa jolie sœur Pauline et sans
se faire annoncer entrait chez Madame Mère.....
alors, ce n'était plus l'Empereur, ni l'homme
qui luttait, mais le fils qui souffrait et sa mère
l'attirait... tous deux se comprenaient... quelquefois sans rien dire... tandis que le pavillon blanc
aux trois abeilles d'or flottait comme une épave
sur la cime du mont.

Aujourd'hui, trois petites maisons blanches en

couronnent le faîte. Salut à vous, demeures très humbles qui me rappelez une grande page de l'histoire ; au-dessus de vous, plane sans trêve la « Vision de l'Empire » dans laquelle j'aime à distinguer la belle et noble vie de Drouot : « le Sage de la Grande Armée ».

En ce lieu, à sa mémoire, je veux attacher une pensée particulièrement intime, non seulement, parce qu'il fut un vaillant de la terre féconde de Lorraine, mais surtout, parce qu'il fut l'ami sûr, le compagnon simple et fidèle, des jours attristés de son Empereur !

L'île s'embrume de lumière dense et je quitte ma retraite pour m'étendre paresseusement sur ma chaise-longue et me livrer aux douceurs de la sieste. Sur mon front, je ramène mon voile de soie blanche qui se gonfle à la brise et je ferme les yeux, pour revoir en dedans, là-bas, les petites maisons blanches.

La cloche de cinq heures me fait sursauter... c'est l'appel du dîner du premier service dont je ne suis point l'invitée ; mon tour viendra à six heures et demie et en attendant, je prends un malin plaisir à examiner les personnes qui m'entourent. Ce matin, on nous a remis la liste des pèlerins formant notre caravane en partance pour Jérusalem et je m'applique à deviner et à mettre le nom sur chacun d'eux. Nous sommes quarante dont seize dames. A Marseille, sur le bateau, « nous

» partîmes cinq cents... mais, sans trop de ren-
» fort, je n'en souhaite pas trois mille en arrivant
» au port ! »

Le pont, entièrement recouvert d'une toile
épaisse pour nous protéger contre les froidures et
les trop grandes chaleurs, est un vaste promenoir
où chacun prend son plaisir comme il peut. Tout
ce monde m'amuse. Peu de lecteurs, quelques
rêveurs, beaucoup de flâneurs... Des Italiens bavards causent avec volubilité ; des Allemands
graves mesurent leurs gestes à leurs paroles ; les
Anglais rigides regardent par terre, tandis que les
Français le nez en l'air, le sourire sur les lèvres,
poursuivent avec délices la fumée d'une cigarette,
dans une pose familière de bien-être !

Maintenant, allons prendre des forces... voici
l'heure... la nourriture est bonne et l'appétit
glouton.

La salle à manger se compose de trois longues
tables, j'occupe celle du milieu, tournant le dos
à la mer. Mon commensal de droite est un grec
« modern style » et c'est en vain que je m'épuise
à vouloir découvrir sur son visage une ligne de
traits antiques.

A ma gauche est un canadien fort distingué. En
face de moi, un remariage de cœurs britanniques,
ne divulguant leurs pensées que pour attester le
goût des plats qui passent avec une rapidité
vertigineuse. Les garçons ont un talent tout parti-

1.

culier d'enlever les assiettes et si vous causez
trop, tant pis pour vous... adieu poulets, canards
et le reste...

Après le thé de neuf heures, chaque passager
ayant rejoint sa cabine, je me trouve seule sur le
Pont, ravie de passer ma nuit sous le ciel étoilé.
Mon installation est fort peu compliquée : sur
ma chaise-longue, je me suis enroulée de ma
couverture de voyage, n'ayant d'autre oreiller que
mon inséparable coussin bleu, sujet de moquerie
bien souvent, mais jamais méprisé.

Que je suis bien ainsi : suspendue au-dessus
de l'abîme dans cette douce atmosphère d'un soir
d'été, je vais pouvoir enfin donner libre cours à
mes pensées — prier — oh ! prier à haute voix la
Vierge et lui consacrer après mon cœur d'enfant,
un cœur de femme ! vivre ainsi dans l'Immensité,
seule... la nuit... c'est pour ainsi dire respirer du
bonheur et un bonheur incompris des autres.—
Pourquoi incompris ? mais non ! Une ombre
passe... puis deux... puis trois.

Il est minuit et demi... une autre lève les bras
comme pour secouer un songe ou implorer quelqu'un ! Je reconnais des prêtres qui, sans doute,
viennent aussi méditer et je les vois s'effacer
dans leurs chaises à différents points du tillac.

Puis, un homme gigantesque surgit ; c'est un
géant des Cordillères qui ne peut pas entrer dans
sa cabine et encore moins s'allonger ou se retour-

ner sur sa couchette. Je le croyais somnambule et c'est un monomane qui ramasse tous les petits papiers avec un soin minutieux pour les jeter ensuite dans la mer. Il parle à demi-voix, charge ses trésors de bénédictions ou de malédictions, se frappe la poitrine et le dos de « mea culpa » et tout à l'heure, il se pencha si fort et si longtemps au-dessus du parapet, que je crus véritablement qu'il allait se suicider... je ne voyais plus que ses longues jambes ; ensuite, il délia les lacets de ses souliers, prit lentement sa chaussette du pied droit et la posa sur sa tête ; même opération pour la seconde... quand il eut donné suffisamment d'air à ses orteils, il remit tout en place avec la même lenteur et recommença la chasse aux petits papiers.

Voilà mon « joli sommeil de mer » troublé par ce pauvre homme. Je ne suis occupée que de lui et de la perte de son esprit.

Une à une, les étoiles se cachent, il ne me reste plus que « l'Etoile du Matin » vacillante petite veilleuse sur les flots qu'elle éclaire.

L'étoile est partie... il est deux heures.

Je rentre dans ma cabine où mes deux compagnes s'éveillent pour me dire gentiment bonjour.

NAPLES

Je saute de mon lit pour regarder par le sabord la figure que présente la mer à l'approche de Naples — la vague bouillonne — un léger brouillard enveloppe la ville, aussi, je lui donne le temps de se retirer pendant l'heure réservée à ma toilette et à mon premier déjeuner.

Une partie des passagers est déjà sur le pont, humant l'humidité et, comme on ne découvre rien, je laisse facilement ma place libre, avec la certitude de posséder la meilleure et de voir plus, quand tout le monde s'affolera à chercher ses paquets et à guetter la porte de sortie.

Je suis prête... Tout de suite, mes regards se dirigent à gauche vers la montagne du Pausilippe où reposent les cendres de Virgile. Ce nom du Pausilippe qui a bercé si souvent mon enfance ; cette tombe, de laquelle j'emportai une branche de laurier, la première fois que je la vis, me jettent des souvenirs plein le cœur.

Que n'ai-je près de moi l'Enéide pour en lire un passage, comme ce soir-là du 31 décembre 1904.

Il était près de six heures, la nuit étendait déjà ses voiles d'ombre quand nous arrivâmes au pied du Pausilippe.

Un forgeron, gardien des clés de la grotte, nous présente à sa vieille mère comme visiteurs et au milieu de vaches, de chèvres, de bourriques, d'ordures, de gens déguenillés, nous avons peine à nous frayer passage. La bonne femme, voûtée par l'âge ouvre la porte de gauche et une vingtaine d'escaliers étroits, taillés dans le roc, comblés de pelures d'oranges et de citrons pourris se présentent à notre vue. Nous montons... nous traversons un jardin en friches... une jeune femme s'approche... nous pénétrons dans une vigne, un garçonnet apparaît puis, nous redescendons de petits sentiers bordés d'orangers puis, par d'autres en colimaçons inextricables et je crois que dans cette partie, Lucullus aurait peine à reconnaître ses admirables jardins. Trois guides pour deux personnages suffisent amplement et l'un derrière l'autre nous marchons sentencieusement... Je tiens l'Enéide... tout haut, j'en lis des passages. Dans cette demi-teinte du soir, sur cette montagne mémorable, ma voix prenait des tons que je ne lui connaissais pas ; je l'écoutais chanter... était-ce le souffle poétique de Virgile ou sa Muse réveillée qui, jouant sur ses fibres la faisait ainsi vibrer ?

Je ne sais, mais ces minutes furent pour moi délicieuses !

Nous glissons sur un tertre humide, puis sous une grotte en baissant la tête. Il fait obscur. La vieille allume une chandelle : « C'est ici » dit-elle.

L'enfant ajoute : « Pétrarque est venu ici, pleurer devant l'urne ! Voulez-vous son portrait ? C'est une lira ».

Du lierre, du laurier s'enguirlandent autour de la pierre funéraire ; la vieille se courbe plus encore, arrache la plante séculaire et de sa main pauvre et calleuse m'offre la « *Fleur de l'Immortalité* ». Je la prends avec bonheur, remerciant par un sourire d'infinie gratitude la pensée du vieillard et nous sommes, à la lueur de sa chandelle, de pauvres ombres honorant un grand poète.

L'enfant disparaît... la jeune femme salue, la vieille femme nous reconduit et de la tombe solitaire qui sépare Naples de Pouzzoles, je contemple la grande ville agitée sous ses mille feux du soir !

A droite, le Vésuve fume pacifiquement. Lui aussi me rappelle notre ascension fameuse ; nous voulions l'entreprendre à pied, complètement à pied, sans guide, faisant la sourde oreille aux aimables propositions du funiculaire de l'agence Cook (24 francs par personne).

De notre hôtel, nous prîmes le tramway électrique jusqu'à Resina entre Herculanum et Portici, tramway qui longe tout le quartier maritime ou

Margellina ; sa population est sale, infecte, grouillante ; les femmes se pouillent devant les boutiques établies sur tout le parcours... petits bouges d'oranges, d'ananas, de cerises, de poissons, de coquillages ; les poules picorent dans les boucheries, les baudets maigres et chargés cherchent partout un peu de nourriture qu'ils vont recueillir jusque dans les pourritures de toutes espèces.

Aux innombrables balcons sèchent le linge et les fruits, et c'est ainsi jusqu'à Resina, petit bourg non moins recommandable pour sa propreté. Ici, des voitures, des guides s'offrent à nous conduire au pied du Vésuve, nous les refusons du geste. Un déguenillé, plus malin que les autres se met à nous suivre, sans rien dire...

C'est un homme de quarante-cinq ans environ, grand et robuste ; son pantalon maintes fois rapiécé menace de le quitter en route, sa chemise largement ouverte faute de boutons, laisse apercevoir un grand christ de cuivre suspendu à un cordon noir, ses chaussures trop courtes montrent le talon à mi-hauteur ; il ne s'est jamais peigné et sa casquette crasseuse tient à peine sur l'oreille.

Nous suivons de grands murs protégeant cabanes et jardins, marchons sur d'immenses pavés de lave creusés ou défoncés par le temps ; c'est donc une route de lave peu agréable, car les mille petits trous formés dans la pierre font extrêmement mal aux pieds.

Nous avons dépassé les rares figuiers, nous entrons dans les vignes si renommées du *lacryma-christi* (vin très fort) vignes rabougries, aux ceps noueux, à l'aspect peu prospère, puis nous arrivons à la base du volcan. A ce moment, la même expression se peignit sur nos visages : expression de découragement devant l'insurmontable ! Comment allions-nous traverser cette mer de lave, ces amas de scories, ces monticules en tire-bouchon d'un liquide en fusion et refroidi, sans marque de sentier, sans aucune indication ? Et en haut, le volcan fumant, tantôt répandant sa lueur blanchâtre, tantôt se couvrant de son impénétrable voile.

Notre mendiant s'arrêta et nous offrit « en bon français » de nous conduire au cratère pour « trois francs ».

Pauvre homme ! ce serait le seul gain de sa journée, il y en avait tant d'autres qui n'auraient pas seulement un sol, disait-il.

Nous suivons notre guide à travers ce désert de lave dur et sec, jusqu'à l'Observatoire.

Naples se découvre sous un beau soleil, mais son golfe reste encore sous la brume.

Les scories font place à la lave, puis le grésillon, aussi menu que des grains de plomb ; ici, la montée devient plus fatigante, nous sommes à pic sur un « pain de sucre noir » et un cep de vigne horriblement convulsionné me tient lieu d'alpenstock. Un autre guide nous apercevant venir, dégringole de sa hauteur pour nous offrir son aide, persuadé, que moi femme, je ne parviendrai pas au bout de la montée ; il m'examine en riant, me tend sa corde que je n'ai garde de toucher, et intérieurement, je me disais ces paroles peu consolantes « que nous étions vraiment à la merci de ces deux hommes qui, d'un bon coup de poing pourraient nous assommer ou nous jeter au loin ».

Péniblement, nous montons dans la cendre, traversons les fissures par lesquelles les vapeurs d'eau bouillante s'échappent du cratère ; en y mettant la main, cela brûle fortement.

La suie commence au Cône et là, chacun se trouve forcé d'être précédé d'un guide spécial de la Compagnie, au prix de trois francs cinquante centimes, pour atteindre le cratère ; en plus, les personnes qui se sentent découragées ont l'avantage de trouver des chaises à porteur au prix minime de dix francs ou une corde à deux francs.

En un quart d'heure, on est devant l'immense excavation béante... à droite, une fournaise et des grondements sourds, puis, un jet de feu et des pierres qui s'élèvent et s'écartent en éventail. Un gamin nous demande un « sol » pour le faire cuire dans la lave en fusion et il nous le rapporte incrusté en réclamant « un franc » pour son service ; on lui donne dix sous et, sans murmurer, content,

il tourne les talons. Dans ce pays, il est de règle
de demander toujours le double.

Un craquement, puis une fumée abondante
« les pierres » crie le guide, sauvons-nous !

Le monstre travaille, il prépare une éruption et
M. Janssen, le grand observateur, est venu, malgré
ses quatre-vingt-deux ans, étudier la nature des
gaz délétères qui s'en échappent.

Il est deux heures et pour toute restauration
n'avons encore sucé que du sucre, je cherche dans
mes poches et j'y découvre quelques figues, deux
mandarines et des mirabelles sèches de Lorraine,
dont j'enterre les noyaux.

Nous ne nous en portons pas plus mal, mais le
soleil qui s'est caché, nous a laissé un froid terrible et l'onglée nous meurtrit les doigts. Pour
nous réchauffer, un paysan s'est approché avec
deux bouteilles pleines de lacryma-christi et en
offre à qui veut, moyennant un franc le verre :
c'est simplement du jus de figues, changé en vin
pour la circonstance.

Nous redescendons bien vite, glissant dans la
grenaille, volant dans ses éclats, puis viennent les
gros colimaçons de lave qu'il faut escalader ou
contourner. A ce moment, je sens que mes lèvres
et mes pieds sont brûlés tant leur sensibilité est
grande.

Notre guide, à la croix de cuivre, nous quitte
heureux en recevant un salaire plus fort que celui

demandé et nous comble de vœux chanceux.

Il est cinq heures, la nuit est venue. Resina grouille encore plus que le matin, tous les enfants s'accrochent à nos pas. Oh! mes pieds!! aussitôt rentrée à l'hôtel, je veux enlever mes chaussures, impossible...

Quelques efforts encore... et ils m'apparaissent dans un état désastreux : paralysés, enflés, rouges comme deux petits homards cuits.

· ·

Je n'avais pas subi le sort de Pline, c'était l'essentiel.

· ·

J'en étais là de mes réflexions sur Pline, quand je m'aperçus être seule maîtresse de la place. Tous les oiseaux du bord envolés ! ! !

Le bateau a mouillé, non pas à quai, mais à une certaine distance du château de l'Œuf, aujourd'hui caserne et qui se dessine en forteresse imprenable.

Je descends — aucun bruit — toutes les cabines sont fermées. J'arrive à la salle à manger où les corps pressés, serrés les uns contre les autres, ont peine à se mouvoir.

— Levez la tête et regardez-moi, crie une voix.

Nous obéissons tous et tournons la tête vers celui qui commande : c'est le médecin du port venant effectuer sa descente sanitaire et réglementaire.

La visite terminée, on se bouscule, on se masse
à la porte de sortie ; mais le moment n'est pas
encore venu de courir sur terre, on attend je ne
sais pas quoi, sans doute la petite chaloupe qui
doit nous conduire à l'entrée de la douane.

Des barques sautillantes entourent notre maison
flottante, elles sont garnies de chanteurs, en quête
de quelques sols. Une guitare, un violon, une
mandoline : voilà tout l'orchestre. Une femme est
au milieu habillée de mousseline mauve, parée
de volants et de dentelles, bien coiffée « à la
mode française actuelle », très ondulée et très
bouffante. Elle a de beaux yeux qui, certes, nous
charment davantage que sa voix nasillarde.

Des hommes plongeurs gagnent leur vie à ramasser au fond du golfe le gros sou qu'on leur
jette et bientôt c'est un envahissement de tous ces
petits colporteurs : la plaie de Naples.

Tant bien que mal, nous nous installons dans
une autre embarcation, les oreilles cassées par les
offres horripilantes des marchands de coraux,
d'émaux, d'écaille et de lave travaillée. Si vous
avez l'air de vous intéresser à l'objet, le prix est
tellement surfait qu'on le rend aussitôt, alors, le
napolitain ne vous quitte plus... il baisse, baisse
son prix jusqu'au moment où vos lèvres fatiguées
de dire : non, s'ouvrent enfin pour lui, dans un
faible : oui.

Nous mettons pied à terre au milieu d'une foule

compacte de miséreux : les enfants vous enlèvent toute paix, il leur faut « un sou de macaroni ». Ils deviennent tellement audacieux que je prends le parti de leur donner une caresse, qui, à mon grand étonnement les enchante plus que la pièce de monnaie, et ils se retirent en m'envoyant des baisers en me montrant leurs jolies dents blanches. Une fillette se met à danser devant moi, j'essaie de l'écarter, elle me prend le bras et s'y suspend ; alors, me retournant brusquement, je lui avance un « pas de gavotte » avec une fort belle révérence Louis XV qui la font pâmer de rire et elle me donne la liberté.

Ayant traversé la place des docks, les « Quarante » se groupent à la station de voitures. Le prix est convenu, le guide est arrêté et quatre par quatre nous occupons les landaus désignés. Je me trouve ainsi en compagnie de deux dames et d'un prêtre à l'air fort réjoui et qui porte assez allègrement, malgré son embonpoint, un gros appareil de photographie. A voir ce monument en voyage et un voyage aussi long, je tremble pour la suite de l'entreprise, car j'ai bien peur que la bonne volonté de l'artiste ne vienne à l'abandonner en chemin. Pour comble de surcroît, un napolitain nous présente un petit chien à vendre, et sans plus de cérémonie le dépose sur mes genoux en me réclamant un franc. Naturellement, je l'envoie se promener ; mais tenace, il court après la voiture.

Nous arrivons à la cathédrale Saint-Janvier — l'homme est encore là — alors, avec des soupirs de lassitude et des « je vous en prie, oh ! je vous en prie », l'ecclésiastique lui fait enfin comprendre que la direction n'acceptera jamais ce pèlerin d'un nouveau genre, et il se retire résigné, nous laissant pénétrer dans l'église.

Ici, la caravane s'éparpille sur les dalles... on va, on vient, on veut tout voir.

On nous montre le tabernacle d'argent dans lequel on conserve du sang de saint Janvier, martyr sous Dioclétien.

Ce sang a le pouvoir de se liquéfier le dix-neuf septembre, jour de la fête du saint, en opérant des miracles.

Nous regardons « à la va-vite » les tableaux du Dominiquin, et comme dans toutes les églises d'Italie, il n'y a que profusion de marbre, peintures, objets précieux, il reste bien peu pour la prière intime auprès des autels, surtout quand on est en société et que les heures d'escale sont comptées.

A Rome, je m'en souviens... je m'arrêtais au seuil des grands temples, plus heureuse que dans nos cathédrales gothiques, nos petites chapelles fleuries. Là, on se sent humble, petit, véritable pécheur ; à Rome, je me sentais purifiée, sanctifiée, régénérée. En France, c'est la maison de Dieu ; sur la terre des martyrs, c'est être dans sa gloire !

Par les longues rues commerçantes, sombres et étroites, sales naturellement, nous entrevoyons les trous de boutiques où s'étalent le gros piment rouge, la figue fraîche violette et les citrons mûrs ; ainsi nous descendons vers l'église Saint-Dominique.

Directement, nous nous rendons à la petite chapelle Saint-Nicolas, sanctuaire vénéré d'extase divine, où le Christ en croix parla à saint Thomas d'Aquin.

Ce grand tableau, sombre, auréolé, enlaidi maintenant par la piété du faste, existe au-dessus du maître-autel. Un rideau rouge le couvre, mais on l'écarte pour nous. A cet endroit même, un jour que saint Thomas priait avec ferveur de ne point s'éloigner du chemin de Vérité, dans l'ouvrage de théologie auquel il travaillait, tout en réclamant du ciel l'étincelle de feu qui devait consumer son âme, le Christ solitaire inclina la tête et lui dit ces paroles : « Thomas, tu as bien écrit de moi ! Quelle sera donc ta récompense ? »

Dominique de Caserte qui rapporte ce fait, entendit aussi la voix de saint Thomas répondre en son extase : « Nul autre, Seigneur, nul autre que vous. »

A genoux, devant l'autel, je médite ces simples paroles et le front calme, le cœur joyeux, je monte vers saint Dominique répandre sur son autel des fleurs de grâces et de reconnaissance.

Pour elles... pour ces pieuses mères, consacrées à son ordre, guides parfaits de ma vie fragile de jeune fille, j'y laisse une prière douce... fortifiante peut-être pour leurs années d'exil... éternelle par le souvenir !

De là, nous allons à l'église Sainte-Claire. Mystérieusement, le sacristain nous conduit derrière le maître-autel. Je m'attendais à voir des reliques ; en effet, ce sont des reliques, mais des reliques vivantes ! Au delà d'un grillage noir, qui vous brouille les yeux, les religieuses clarisses sont en oraisons muettes... elles ne bougent pas, on dirait des statues aux prunelles closes ; aussi, nous les laissons dans leurs rêves « du Pardon » pour les pécheurs qui oublient...

Quelques tombeaux épars près desquels je m'arrête, entre autres celui de Robert le Sage (1343), roi franciscain. Une dame brune, grande et mince, me prend pour une *english woman* et très complaisamment me nomme divers monuments, notamment celui des Bourbons de Naples. Je lui réponds gracieusement : « *Thank you very much*, afin de lui laisser le bénéfice de son aimable attention. »

Notre petit tour en voiture se termine par l'église Saint-François-de-Paul. Nous nous arrêtons devant son magnifique portique qui est une reproduction de Saint-Pierre de Rome. A l'intérieur, le son se reproduit soixante-quatre fois ; le sacristain essaie quelques notes sur un harmo-

nium pour nous faire juger de l'effet. Le maître-
autel revêtu de jaspe et de lapis-lazuli est d'une
beauté qui ne m'étonne plus.

Après une discussion inévitable avec les cochers
et, justice faite par les agents, toute la caravane
envahit la galerie Humbert où la poste est située.

On s'arrache les porte-plumes, on se passe les
canifs pour couper des crayons en deux, afin de
se rendre mutuellement service et, comme j'ai
terminé ma petite besogne amicale je me rends à
la devanture des magasins voisins, pour admirer
les reproductions des chefs-d'œuvre antiques.
J'entraîne avec moi Mlle de la Butte et au moment
où j'allais lui faire partager mon enthousiasme
pour le Taureau Farnèse avec les deux fils
d'Antiope attachant la malheureuse Dircé aux
cornes de la bête, elle m'annonce désespérément
que les Quarante ont disparu...

Où les retrouver ? L'une va à droite, l'autre à
gauche... j'aperçois un voile blanc et finalement,
nous nous rallions au « panache » de mademoiselle Joannès. Nous marchons, il fait chaud, pas
trop cependant sous un ciel d'Italie, en plein été,
et je cherche partout le lazzarone, étendu dormant
sur la lave noircie ou mangeant le macaroni filant.
Le R. P. franciscain que je couvre de ma vaste
ombrelle de nourrice, tant je crains un coup de
soleil pour sa tête nue, m'aide de ses yeux pour
les dernières découvertes. Dans ce quartier de la

Marina, nulle trace d'indolents, tous sont occupés à chanter, à rire, à sucer des fruits et à couvrir les trottoirs de pépins de grenades sur lesquels les gens peu expérimentés du sol de Naples, glissent et se laissent choir avec une facilité qui n'a rien de réjouissant pour les membres de la caravane, car on se demande avec anxiété si on atteindra le bateau, sans jambes ni bras cassés.

De nouveau, le cercle se forme sur la place des Docks, quelques âmes charitables s'inquiètent de l'absence de certaines, on s'agite, on se compte... juste ma dame brune de l'église Sainte-Claire n'est pas là ; une respectable personne assure l'avoir vue prendre une voiture avec un jeune abbé ayant toute sa barbe et deux autres associés dont elle ne peut définir le sexe et se dirigeant du côté opposé à la Marina. Si la Villa Nationale a été leur but de promenade pour contempler la baie merveilleuse, jamais ils ne pourront être revenus à temps. Le bateau part à onze heures et lui, n'attend pas. Arriveront-ils, n'arriveront-ils pas ? La chaloupe est là, on saute dedans. Je n'ai pas encore choisi ma place, que ma figure s'éclaire : devant moi... ma dame ! elle est donc retrouvée, les autres aussi ! En pur français, je lui dis nos angoisses et elle me répond par un de ces mots qui sort du vrai terroir du midi : « Que vous êtes brave ! »

En tous cas, si je ne suis pas anglaise, elle est

bien marseillaise ou... non loin de Marseille !

Nous grimpons à l'échelle de fer du steamer, gagnons vivement, et sans nous faire prier, la salle à manger où un bon déjeuner est servi.

Une heure après midi. — Notre maison flottante s'était ébranlée si doucement que nous avions quitté le golfe sans nous en être aperçus et les anciennes îles grecques d'Ischia et de Procida ne sont plus dans le lointain que deux petits points noirs.

Mais voici l'île de Caprée, séjour aimé de Tibère, si néfaste pour ses amis et... pour moi, à l'aurore d'un premier janvier que je n'oublierai jamais.

La mer était maussade, peu engageante, il fallait aller ou rester. Nous allâmes... peu rassurés du reste dans la goélette qui tressautait de plaisir ou d'alarme. Au delà, selon son habitude, le grand vapeur stationnait ; la barque fit mine de s'arrêter, on l'accrocha désespérément, et désespérément aussi les passagers se hissèrent jusqu'au pont. Là, je restai... assise, le dos abrité contre le vent et sans bouger, je regardais droit devant moi, tout au loin... le plus loin possible. Mes deux voisines, plus bavardes que des pies, ne tarissaient pas de m'accabler de questions, je leur répondais juste pour être polie, car, je sentais déjà mon pauvre cœur qui défaillait. La mer alors devint insultante et chacun s'esquiva le mieux qu'il put.

A deux genoux, l'âme en désarroi, j'étreignais passionnément ma cuvette, seul bien auquel je tins encore ! Peu m'importait où j'allais, ce que l'on ferait de moi ; j'étais sur la mer grondeuse, qui me torturait et m'engloutirait, peut-être ? le plus tôt possible serait le meilleur, je devançais même l'appel en demandant d'être jetée vivante dans les flots !

Un monsieur à l'air abruti me tenait compagnie et nous nous saluions ainsi de chants plaintifs et bizarres. Quelques dames étaient étendues sur des sofas, le visage vert et le regard fermé.

Trois heures ainsi furent vraiment mortelles, seul le capitaine était très content.

Un bruit infernal, des chaînes remuées, des sifflements aigus, des roulis, des tangages, puis on se disposa à sortir. Ma faiblesse était si grande que le vent furieux me renversa. Enfin, on allait descendre, hélas ! oui, on allait descendre, mais encore dans une barque.

De nouveau, la petite échelle... un marin vous empoignait sur un des échelons, vous jetait dans les bras d'un autre plus vigoureux, lequel vous déposait comme un paquet sur les genoux ou les pieds d'un voisin ou d'une voisine. Une fois remplie, la goélette reprit son « quadrille américain », s'engouffrant, se relevant fière et hautaine, passant entre les rochers, sous les arcades et saluant enfin le rivage qui nous souriait d'un soleil de « Midi ».

2.

Mon corps fut étendu sur la plage, je ne voyais plus rien, je ne demandais rien au ciel bleu qui plongeait dans mes yeux.

On me mit en voiture pour aller à l'hôtel. Les roues passant sur le roc rendaient un son assourdissant ; on montait, on descendait, toujours en courant avec des secousses qui n'avaient rien d'agréable, suivant la mode italienne qui consiste à faire le plus de bruit possible. A l'hôtel, il y avait du feu, je me mis auprès... le vent soufflait à faire voler les vitres ; les voyageurs se regardaient les uns les autres, désenchantés de ne pouvoir entreprendre l'excursion de la « Grotte d'Azur ».

Aujourd'hui, fièrement debout, je la regarde avec quatre bons yeux : les deux miens et ceux de ma lorgnette et je lui fais « risette » comme à une vieille connaissance qu'on aime autant ne pas approcher de trop près.

Je me retourne vers la jolie Méta qui lui fait vis-à-vis, tout en me rappelant l'aventure de ce pauvre touriste, ayant pris possession d'une voiture, et voit du même coup s'envoler sac de voyage, couverture et parapluie. Un autre cocher met ce bagage dans son véhicule ; le Monsieur court après son bien, le premier cocher court après son client, le second cocher ne veut rien rendre, de sorte que l'honorable gentleman ne pouvant se couper en deux est obligé de s'aider de sa canne et taper ferme sur les doigts du maraud.

En suivant la côte, je distingue aisément Sorrente. Là, j'évoque mon poète et ses beaux vers passent dans ma voix comme de charmeuses caresses ;
les flots me prêtent leur harmonie et si je n'avais
déjà versé des pleurs sur la tombe de Graziella,
j'aimerais aujourd'hui à lui porter des fleurs.

Sur la plage sonore où la mer de Sorrente
Déroule ses flots bleus au pied de l'oranger
Il est près du sentier sous la haie odorante
Une petite pierre étroite, indifférente
Aux pieds distraits de l'étranger.

. . . .

Nul ne visite plus cette pierre effacée,
Nul n'y songe et n'y prie ! excepté ma pensée
Quand, remontant le flot de mes jours révolus,
Je demande à mon cœur tous ceux qui n'y sont plus,
Et que les yeux flottants sur de chères empreintes
Je pleure dans mon ciel tant d'étoiles éteintes !

. . . .

Mais pourquoi m'entraîner vers ces scènes passées ?
Laissons le vent gémir et le flot murmurer ;
Revenez, revenez, ô mes belles pensées
Je veux rêver, et non pleurer.

. . . .

Oui, laissons le flot murmurer et dire le nom du
Tasse, dont la maison blanche s'élève sur la
falaise. Puis, regardons Amalfi coquettement
assise sur ses gradins ombreux. Que de fruits
lourds suspendus à la branche ! que de barques
gracieuses se balancent aux amarres de Salerne !

Toute cette côte d'Italie est baignée de lumière,
je m'y attache et je l'aime, mais le soleil jaloux,
vainqueur de sa beauté, me frappe en plein visage
et je lui dis bonsoir !

La vie à bord est franchement agréable, on y
goûte la liberté et tous les genres d'existence qui
conviennent au caprice. On se réunit avec plaisir,
on se sépare sans façon —personne ne s'impose.
Les thés de quatre heures et de neuf heures,
les citronnades de la journée sont les petits passe-
temps ; souvent, on pense à se rafraîchir ou à se
lester, trop souvent même pour le service des
« Messageries Maritimes ». En descendant à la
salle à manger, généralement, ce ne sont pas dix
minutes que l'on perd à la dégustation, mais
parfois l'heure entière. On a retrouvé quelqu'un
dont l'estomac ou le cœur réclame certain tonique ;
un autre arrive, s'installe, trois, quatre fauteuils
pirouettent sur leur vis, alors la conversation
s'engage... se poursuit, semée de bons mots et de
rires éclatants.

Les connaissances se forment, les groupes se
resserrent, on ne s'examine plus autant, on commence à s'acclimater à « ce qui peut être le caractère» que chaque individu porte sur son visage.

On me parle beaucoup, on me questionne de
même, tels trouvent que mon esprit est ailleurs...
En pleine mer, sur le pont, oui, je l'avoue ! Il est
aux côtes prochaines, au pays de demain... A

cette Grèce enfin, dont le nom me trouble et fixe mon regard.

. . . .

9 heures 45 du soir.

Debout sur le pont, j'ouvre les yeux bien grands et je n'aperçois qu'une masse noire, informe, gisant au milieu des flots : c'est le Stromboli. Pas un feu ne sort de son cratère ! pas une étincelle présageant son courroux. Eole dort... juste au-dessus de lui, scintille la plus belle étoile qui nous oriente ainsi sur la place de son royaume, parmi les îles Lipari faiblement égayées par de timides lumières.

11 heures 30 du soir.

Cependant le dieu des vents veillait sur moi, et de sa demeure embrasée m'envoyait un bon sommeil.

Mollement étendue sur ma chaise-longue, je me réveille, ravie, voguant entre deux avenues lumineuses... Je suis entre la Calabre et la Sicile et les foyers de l'une et de l'autre sont autant de phares éclairant ma route.

Sur l'Italie, la lune en un beau croissant rouge

orange prend un plaisir secret à s'y reposer et
comme prix de passage, nous laisse, en souveraine
un beau sillon d'argent. Le navire s'y promène
majestueux et fier, et sans aucune secousse, je
tombe délicieusement de Charybde en Scylla. Où
sont donc les Sirènes enchanteresses ?

Au loin, seulement, j'entends Circé déclamant :
« Sur la mer s'élèvent deux rochers voisins,
» contre lesquels les flots noirs d'Amphitrite rou-
» lent avec le bruit du tonnerre. Les dieux fortunés
» les appellent les rochers errants. Jamais les
» agiles oiseaux ne les franchissent d'un vol
» heureux ; sur leur cime lisse, les colombes
» mêmes, qui apportent l'ambroisie à Jupiter
» tombent expirantes. Aucun vaisseau n'approche
» de ces lieux sans y trouver sa perte.

» De ces deux rochers, l'un cache dans la pro-
» fondeur des cieux sa tête pyramidale. Au centre
» s'ouvre une caverne ténébreuse. Là habite
» Scylla qui fait entendre d'horribles hurlements.
» Douze pieds traînent ce monstre immense, il a
» six cous d'une longueur démesurée, ses têtes
» sont d'une longueur épouvantable, ses gueules
» sont toujours béantes hérissées d'un rang triple
» de dents voraces ; autant le monstre a de gueu-
» les, autant il ravit d'hommes du vaisseau fuyant
» à toutes voiles. Voisin de celui-ci l'autre rocher
» est moins élevé. Là sous un figuier sauvage, la
» redoutable Charybde ouvre sa gueule dévorante,

» trois fois chaque jour elle vomit les noires
» vagues, trois froins elle les engloutit avec d'hor-
» ribles mugissements.

» Malheur à toi, si ton navire approchait lorsque
» les torrents se perdent dans ce gouffre. »

Heureusement, la mer à cet endroit n'est plus
qu'un beau lac sans ride, qui varie, sans nul
doute de six heures en six heures au changement
de courant. Plus d'appréhensions, plus de crainte,
le Progrès a triomphé de la peur des Anciens et
je glisse sur les flots, heureuse mortelle, comme
en un rêve très doux.

Dimanche, 1ᵉʳ septembre, minuit 30.

Un arc de cercle bleu et je vois Messine sur ma
droite, rayonnant dans la nuit. L'Etna crépite,
des colonnes de feu s'élèvent gigantesques de ses
profondeurs infernales. Le volcan semble toucher
le ciel impassible; sa fureur est continue, l'horizon
est un vaste incendie dont les flammes débor-
dantes se dérobent en fumée et traînent, dans la
voie lactée, comme de longues chevelures noires.

A gauche, Reggio se pointille de diamants :
c'est un enchantement !

J'admire en mon cœur, en mon âme, je regarde
le ciel en lui disant : Merci.

VERS ATHÈNES

Toutes les étoiles s'étaient éclipsées et malgré ma vision absorbante, je n'ai pu distinguer ni la pointe de Ténare, ni la cime du Taygète.

Mais voici Cerigo, l'ancienne Cythère, bleuie d'opale, transparente sous ses voiles.

Là, plus de parfums subtils, plus d'offrandes aux autels ; le beau front d'Astarté par les siècles a pâli et sur les rives désertes de sa divinité le Plaisir y pleure sa jeunesse passée.

C'est l'heure... L'Aurore aux doigts de rose ouvre les Portes de l'Orient.

Que c'est beau !

Un « frisson d'âme » me saisit... la Grèce se découvre enfin, à mes regards charmés.

3

Éblouie, je reste près de l'étoile jolie, la dernière au ciel, ma sœur d'aujourd'hui.

Palpitante, je demeure en lui tendant les bras, la Grèce !

En dehors des matelots, personne sur le pont pour contempler ce spectacle sublime. Personne, pour saluer la terre des héros grecs.

Suffisait-il donc pour comprendre la Grèce, d'exprimer sa Beauté sur le pupitre noir d'une classe ; d'armer son courage au bouclier d'Achille, d'exciter son esprit au génie de Sophocle entre les quatre murs d'un collège ?

A seize ans, vous rêviez au ciel de la Grèce, vous tous qui dormez maintenant, quand le jour se lève sur la patrie d'Homère.

Mais, si l'on vous donnait tout à l'heure pour votre déjeuner, au lieu de café, de beurre et de gâteaux, si l'on vous donnait, dis-je, du *brouet noir !*

A qui penseriez-vous ? Sans doute au sage Lycurgue !

Oui, tout au fond dans les terres se devine Lacédémone. Salut Léonidas !

Comme cette belle page de dévouement suprême, vient se mêler à d'autres que la mémoire conserve.

. . . .

« Au sein de nombreuses vagues s'élève sur la
» noire mer l'île belle et fertile de la Crète qui

» possède un peuple innombrable et que cent
» villes décorent, bàties par diverses nations. Là
» est la ville immense de Gnosse où règne Mi-
» nos. »

Ainsi parlait Ulysse.

Et cette île est maintenant devant moi, île de
nom lointain, vue et revue dans mes songes de
petite fille et que je rapprochais si facilement, à
neuf ans, de la petite ville moyenàgeuse que mes
parents habitaient sur les bords de la Moselle.
Cette ville aux remparts presque détruits, aux
rues montueuses, aux escaliers voûtés, aux terrasses dominant prairies et forêts, possédait encore
certains souterrains dont l'ouverture se trouvait
dans le jardin d'une famille amie.

Combien de fois, sans que l'on n'en eût jamais
rien su, mes pas se sont-ils portés vers cette porte
fermée ?

On me disait : Va t'amuser, va cueillir des
fleurs et des fruits, et tranquillement, j'allais
m'asseoir au fond du fossé : c'était l'entrée du
labyrinthe.

. . . .

Là, je songeais au valeureux Thésée et parfois
je pleurais sur le sort réservé aux sept jeunes
filles et aux sept jeunes gens. Mon imagination
m'emportait jusqu'à écouter, anxieuse, l'oreille
collée contre la serrure rouillée, les rugissements
du Minotaure et j'avais si peur pour mon héros ;

mais la belle et bonne Ariane apparaissait dans
ses longs voiles retombant avec art, elle offrait le
fil à Thésée.

Thésée tuait le Minotaure, Thésée sortait de l'antre mystérieux et tous deux étaient heureux !

C'était la fin de l'histoire. Dans ce temps-là,
je ne connaissais pas encore l'ingratitude et je
n'aurais pu soupçonner l'abandon du noble cœur
d'Ariane. Aujourd'hui, elle m'apparaît encore
mais...

> Très pâle en fleurs, le cou baissé
> Comme une tige brisée
> Elle semble un grand lys blessé
> Qui pleurerait sa rosée.

Lorsque la visite était terminée, ma tendre
mère m'appelait de sa voix fraîche et douce.

Vivement, je sortais de mon trou et j'arrivais
près d'elle sautillante et légère, le sourire dans les
yeux, le rouge sur la joue. Souvent, ma mère
passait sa main sur mon front pour s'assurer que
le jeu n'avait pas été trop vif et ses amies cares-
saient et soulevaient mes deux épaisses nattes
blondes, ne se doutant pas, assurément, que
j'eusse été capable d'en former un long fil pour
aider Ariane à sauver le guerrier.

*
* *

A gauche, le cap Malée se dresse redoutable,

par habitude et par taquinerie, il cherche à nous blanchir de l'écume qu'il rejette. Gaiement, nous nous éloignons de lui.

*
* *

Les Cyclades joyeuses dansent autour de nous, c'est un murmure confus de chœurs éoliens.

Des parfums dans l'air, du soleil partout...

Quelles délices !

Voici Mélos.

 Chère aux abeilles.

Paros !

 Riche en moissons.

Naxos !

 L'île charmante
 L'île aux écueils sans courroux,
 Où la mer sur le sable endormi se lamente
 Avec des sanglots si doux.

Delos !

 L'île aux voilures de lauriers-roses qui flotte
 Dans la cadence des flots.

1 heure du soir.

Un cri..... c'est Athènes !

A ce nom, le « Niger » ralentit sa marche et s'avance superbe vers la terre chérie des dieux.

A l'imposant spectacle de la nature aride, se joint l'exquise féerie de l'éclatante lumière.

Athènes resplendit en reine sous un nimbe d'azur tandis que de l'Hymette, du Pentélique et du Parnès sortent des colonnes de soleil, ruisselantes, enveloppantes, éblouissantes !

L'Hymette surtout roule des fleuves d'or, inondant l'Attique jusqu'au Sunium.

Egine s'embellit de gaze si bleue qu'elle attirerait le corps par la fascination de ses vagues célestes.

Et Salamine ?

Ici, chacun se dédouble... les langues qui étaient restées muettes sous le charme de la contemplation commencent à s'agiter. On parle de combats, de victoires, l'esprit renaît aux arts, se retrempe dans les souvenirs historiques, la mémoire se rafraîchit... on est content... on a vu !

Les heures passent et nous regardons toujours sans nous lasser ce panorama merveilleux.

Au-dessus d'Athènes encadrée des trois monts, apparaît solitaire un petit point blanc..... chacun veut le voir, tous les yeux s'y portent, toutes les lorgnettes aussi...

Remarquons-le bien dans l'air transparent : c'est le rocher de l'Acropole.

Nous approchons... la mer est de plus en plus bleue, de plus en plus claire... on en voit presque le fond en avançant vers le Pirée.

L'Acropole a disparu.

L'Hymette se grandit... je cherche sur ses

flancs des plantes odorantes, des essaims bour-
donnants et je me demande, en pays hellénique,
si l'abeille prodigue vient encore sur les lèvres
déposer quelque miel...

* *
* *

3 heures du soir.

Des petites barques proprettes sillonnent le
port, attendant les voyageurs du grand paquebot
qui se disposent à mettre pied à terre.

Point de cris comme à Naples ; on voit des
figures gaies, avenantes. Parents et amis sont
venus au-devant des leurs et l'on agite mouchoirs
et ombrelles, signes distinctifs de reconnaissance
pour tous.

Nous débarquons aussi prestement que possible, car nous avons peu d'heures à dépenser et
nous avons tant à voir ! Je ne respire plus, tant
j'ai peur d'omettre quelque chose.

Sur le quai, un marchand de cartes postales
est littéralement assiégé — il possède aussi des
timbres — qu'on se partage — lui, réclame son
argent en hurlant ! grec, français, italien, peu
importe, il accepte tout ; mais nous y perdons
assurément, car nous payons le timbre un sou
plus cher.

C'est le petit bénéfice du changeur sur place !

L'achat terminé, on se retourne alarmé.

Eh bien ! où sont les autres ? Par quelle rue sont-ils passés ?

A l'aveuglette, nous tournons à gauche et courons, courons jusqu'à la gare où le train doit nous emporter vers Athènes.

Il était temps !

Essoufflés, n'en pouvant plus, nous tombons sur les banquettes de bois des compartiments qui nous ouvraient leurs portes et se refermèrent aussitôt.

Cette attraction des cartes postales fera certainement mourir quelques « cultistes du souvenir ».

Naturellement, on veut prouver à ses amis qu'ils ne sont pas oubliés et malgré tout... je suis bien sûre qu'au retour les intimes accuseront encore !

Voilà comme notre peine, nos sueurs seront récompensées !

La machine siffle... et nous emporte gais comme des pinsons, à travers la route poudreuse bordée de petites maisons carrées, entremêlées d'un peu de verdure et de grands peupliers.

A quatre heures sonnant nous sommes à Athènes.

— Vite, vite, dépêchons-nous !

Par cette parole ailée, nous comprenons qu'on se passera de voitures !

Donc, en procession et sous la conduite d'un

bon Père de l'Institut Saint-Paul, nous voilà partis
pour le temple de Thésée de trente ans plus vieux
que le Parthénon.

C'est un beau petit temple resté debout malgré
ses deux mille trois cent quatre-vingt-deux ans.

L'intérieur n'est plus que le réceptacle de trou-
vailles seulement intéressantes pour les archéo-
logues : sculptures brisées — membres dépareillés
— quelques xoana ou personnages en bois sans
grâce et sans mouvement — quelques figures
de saints, peintes en bleu rappellent : les
uns les premiers essais de sculpture chez les
Grecs, les autres les premiers temps de l'église
byzantine.

La voûte du péristyle est percée de petits carrés
vides, autrefois, ces carrés contenaient des étoiles
en métal précieux, ce soir, j'aimerais contempler
là, les étoiles du firmament...

Je m'éloigne un peu pour examiner les triglyphes du fronton qui ne sont pas séparés par de
petits tableaux sculptés comme au Parthénon.

Cette marche à reculons ne dure pas longtemps,
car les ondulations pierreuses de la route me forcent à chercher mon équilibre. Je suis encore la
dernière du groupe... cette fois, je prends mon
essor pour rattraper mes compagnons, hélas !...
la Prison de Socrate m'arrête... J'entendais
soupirer...

. . . .

3.

C'était Myrto demandant son époux
Que l'heure des adieux ramenait parmi nous,
Avec ses longs cheveux elle essuyait ses larmes
Mais leur trace profonde avait flétri ses charmes.

. . . .

    Dors-tu ! La mort est-ce un sommeil ?
Il recueillit sa force et dit : C'est un réveil !
    L'âme était-elle ?
Croyez-en ce sourire, elle était immortelle !
             Encore une parole...
Non, laisse en paix mon âme afin qu'elle s'envole !

. . . .

On n'entendait autour ni plainte, ni soupir,
C'est ainsi qu'il mourut si c'était là mourir !

Pierre le serviteur, à la voix chantante, vient m'avertir que je suis en retard. Cela ne m'étonne pas et je le préviens que cela m'arrivera plus d'une fois.

Sur ce, je lui montre un monument se dressant à droite sur la colline. — Qu'est-ce encore ? — C'est le tombeau de Philoppapos. — Né pour être roi, vivant ignoré, mort... on parle de lui ! Chose très rare ! !

Nous continuons sans être incommodés : ni par la chaleur, ni par cette poussière de l'Acropole dont j'avais entendu médire si souvent. Des pins-boules, des cactus aux fruits roses, des aloès mourants, des caroubiers sont les seuls arbres dont les voyageurs puissent espérer l'ombrage.

Nous sommes tous silencieux... même Gulliver semble inspiré. Il a ramassé une de ces longues

branches de cactus épineux et dans sa main droite
la porte comme un cierge !

Ainsi, nous nous dirigeons vers l'Aréopage.

Le rocher est suffisamment escarpé pour craindre quelques chutes, on en signale, par excès
de complaisance de la part de Gulliver qui veut
aider de ses bras, et nous embarrasse trop de ses
grandes jambes.

La tribune de l'Aréopage est de peu d'étendue,
mais elle embrasse un vaste horizon.

Là, on se recueille, car indépendamment des
foudres d'éloquence qui ont fait trembler ces
pierres mêmes, saint Paul prononça ici son premier sermon aux Athéniens.

« Je vous vois, leur dit-il, religieux jusqu'à
» l'excès en toutes choses. En effet, comme en
» passant je regardais les statues de vos dieux,
» j'ai trouvé même un autel portant cette inscrip-
» tion : *Au Dieu inconnu*. Ce Dieu donc que vous
» adorez sans le connaître est celui que je vous an-
» nonce : ce Dieu qui a fait le monde et tout ce
» qui est dans le monde étant le maître du ciel et
» de la terre n'habite pas dans des temples bâtis
» de la main des hommes ; il n'est pas non plus
» honoré par les ouvrages de l'art humain comme
» s'il avait besoin d'aucune de ses créatures, lui
» qui donne à toutes la vie, la respiration et
» toutes choses. C'est lui qui a fait naître d'un
» seul toute la race des hommes pour habiter sur

» toute la surface de la terre, ayant déterminé
» les temps précis et les bornes de leur demeure
» en ce monde, afin qu'ils cherchent Dieu et
» tâchent de le trouver à tâtons et comme avec la
» main, quoiqu'il ne soit pas loin de chacun de
» nous. Car c'est en lui que nous avons la vie, le
» mouvement et l'être, et comme l'ont dit quel-
» ques-uns de vos poètes : nous sommes la race
» de Dieu même.

» Étant donc la race de Dieu même, nous ne
» devons pas croire que l'Être divin soit semblable
» à de l'or, à de l'argent ou à de la pierre tra-
» vaillés par l'art et l'industrie humaine. Aussi
» Dieu, sans avoir égard à ces temps d'ignorance
» fait annoncer aujourd'hui en tout lieu, à tous
» les hommes qu'ils fassent pénitence parce qu'Il
» a déterminé un jour auquel il devra juger le
» monde dans sa justice par celui qu'Il a établi
» pour prononcer ce jugement et à qui Il a rendu
» témoignage devant tous les hommes en les res-
» suscitant d'entre les morts. »

*
* *

A cette heure exquise du soir, l'Astre du Jour
couvre le Parthénon de toutes les richesses de sa
gloire.

Je n'ose m'avancer... Cette puissance des siècles
me retient et me pénètre d'un saint respect.

A peine puis-je soutenir l'éclat d'une telle grandeur et d'une telle majesté ! Je me sens si petite ! !

Pour bien comprendre les monuments antiques nous disait le Révérend Père Bertet, il faut surtout les voir sous le ciel de Grèce.

Pourrions-nous souhaiter un jour plus suave que celui-ci ? Non. Tout nous favorise : le ciel, la terre, la mer, le soleil. Après avoir suivi la « via sacra » où les chevaux du triomphe laissèrent la trace de leurs pas, je me trouve dans une sphère de bienheureuse solitude. Le calme que je respire mêlé à une ardeur tout intérieure, me fait goûter avec un charme ineffable, la présence de la Beauté.

Sur la première marche du Parthénon, je me blottis dans un rayon rose et là, m'identifiant avec cette noble race de la Grèce antique, je vois passer devant mes yeux les noms les plus illustres. Je leur prête ce corps robuste, cette âme fière et généreuse, ce regard droit et ferme qui les faisaient aimer des dieux.

Ce cortège merveilleux disparaît vers le temple de la Victoire et me laisse errante le long des Propylées, cherchant la déesse aux yeux bleus ! Me voici dans un sanctuaire.

La nature est trop belle, ces ruines trop imposantes... je me mets à genoux...

Notre cher guide vient à passer accompagné de

la caravane, j'en profite pour lui demander l'emplacement du chef-d'œuvre de Phidias.

En souriant, il me répond : « Ne cherchez pas très loin, vous êtes dessus. »

O profanation ! qu'aurait-on fait de moi au temps de Périclès ? Enterrée vivante, sans doute

A cette pensée je recule épouvantée et cette fois, j'écoute de toutes mes oreilles les explications que le bon Père veut bien nous donner.

Le rocher de l'Acropole s'élève à une hauteur de cent cinquante-six mètres.

Le Parthénon, œuvre d'Ictinos, date du vᵉ siècle avant Jésus-Christ et fut conservé intact jusqu'en 1687, époque à laquelle les Vénitiens le bombardèrent.

A l'aide de notre imagination, nous relevons les colonnes tombées, le fronton démoli, les frises saccagées, les statues brisées, et reconstituons la sublime demeure de Pallas.

Les dimensions sont de 73 m. 80 sur 32 m. 80.

L'ordre dorique s'accorde avec l'ordre ionique, dont l'un représentait par la simplicité de ses formes, la force virile ; l'autre, la grâce féminine par l'élégance et la délicatesse de ses proportions.

L'édifice comprenait trois parties :

Le *pronaos* ou portique ;

Le *naos* ou sanctuaire ;

L'*opisthodome*, où se gardait le trésor.

Les colonnes mesurent 8 m. 50.

La frise de la cella représentait les Panathénées ou fêtes données en l'honneur de Minerve.

Quant à la seconde frise qui entourait le Parthénon, Phidias avait séparé les triglyphes, par de petits tableaux de marbre ou métopes sur lesquels figurait le combat des Centaures et des Lapithes. Il en reste une partie.

Sous prétexte d'un fol amour, amour non point égoïste, certes, puisqu'il voulut en faire profiter sa patrie, lord Elgin trouva moyen au xixe siècle, d'enlever les chefs-d'œuvre des Panathénées, pour en doter le British museum de Londres. De sorte que nous, pauvres et aimables touristes, nous avons la tristesse de gémir sur une blessure... de pierre, c'est vrai, mais blessure grave puisqu'elle attaque les beaux-arts. Naturellement, le nom de lord Elgin n'est point porté aux nues et si on lui doit certaines recherches archéologiques, ses études n'effaceront jamais le crime de dégradation dont il s'est rendu coupable.

Le plateau de l'Acropole, long de 310 mètres sur 140 de large, comprenait plusieurs temples, dont deux seulement sont à moitié debout : tel celui de la Victoire Aptère, aux quatre colonnes ioniques parfaitement conservées.

L'Erechthéion, au centre duquel gît un maigre arbrisseau, montrant la place de l'olivier, symbole de paix, présenté par Minerve aux Athéniens.

A côté se voit la marque du trident de Neptune,

où le peuple d'Athènes venait écouter la mer
bouillonner... Je me penche pour écouter... rien !
Mais en me relevant, j'aperçois deux petits talons
Louis XV (non point de la caravane) qui diront
sûrement un jour à Paris, dans la pose des femmes du siècle :

« Eh bien oui, chère ! j'ai déchiré mes pieds
aux pierres de l'Acropole. »

L'Erechthéion est fermé par un portique de six
Cariatides en marbre, dont une en terre cuite.
Ces jeunes filles supportent gracieusement sur leur
tête le poids de l'entablement, tout en ne reposant
que sur une jambe, la seconde est légèrement
repliée sous les plis d'un costume en Paros transparent.

Nous restons un instant saisis par le splendide
panorama qui se déploie devant nous : Athènes
moderne, les trois ports du Pirée, de Munychie et
de Phalère, Salamine, Eleusis, Egine ; les monts
Hymette, Pentélique et Parnès, formant l'auréole
de l'Acropole ; le Stade qui pouvait contenir trente
mille personnes et où se célébraient autrefois les
jeux des Panathénées.

Je retourne sur mes pas, je veux revoir le sanctuaire de la belle déesse disparue, dont les chairs
étaient d'ivoire et les draperies d'or pur.

Je me la représente debout, tel son portrait
décrit bien souvent : « vêtue d'une tunique qui
» lui tombait jusqu'aux pieds ; l'Egide sur laquelle

» se détachait la tête de Méduse, protégeait sa
» poitrine ; un casque orné d'un sphinx et de grif-
» fons couvrait la tête, une des mains supportait
» une Victoire haute de six pieds (1 m. 98), l'autre,
» la lance. Sur le bouclier posé à terre et sur le
» piédestal se développaient des bas-reliefs. »

Il faut partir... D'un dernier geste, le bon
Père me montre au loin la forêt des Euménides,
située entre le mont Hymette et le Pentélique.
Ai-je le temps d'accorder une pensée à Œdipe et
de mêler mes plaintes à celles d'Antigone ?

. . . .

« Il est donc vrai qu'on peut regretter jusqu'à
» ses maux ? Ce qui ne s'appelle nulle part le
» bonheur, était un bonheur pour moi, quand je
» le soutenais dans mes bras : O mon Père, père
» chéri ! Une éternelle obscurité voile sa couche
» souterraine et les larmes n'ont pas manqué à
» son trépas, car mes yeux, ô mon Père, ne ces-
» seront de te pleurer et je ne sais comment s'affai-
» bliront jamais les regrets que tu laisses à ta fille
» infortunée.

» Tu es mort et je n'étais pas là ! »

. . . .

— Avez-vous vu la fontaine d'Esculape ?
— Pas encore, où est-elle ?
— Là-haut !

Et pendant que les « Quarante » se laissent
aller aux pentes glissantes du théâtre de Bacchus,

je grimpe prestement parmi les blocs épars de la cité détruite.

J'entre dans une grotte.

Un petit glouglou d'eau fraîche m'attire.

Je m'approche... ô délicieuse apparition ! une jolie petite naïade sortait de la roche creuse, me souriait en me présentant à boire. Ses yeux câlins, son front candide me ravissaient. Je l'embrassai. Et, rendant grâces aux dieux, je pris le nectar que sa gentille petite main m'abandonnait. Cette eau avait la saveur du lait. Je la goûtais à petits traits, tout en me remémorant ces vers de notre grand poète.

Les Turcs ont passé là — tout est ruine et deuil
Tout est désert — mais non, seul près des murs noircis
Un enfant aux yeux bleus, un enfant grec assis
Courbait sa tête humiliée.
Il avait pour asile, il avait pour appui
Une blanche aubépine, une fleur comme lui
Dans le grand ravage oubliée.

Adieu... petite... adieu !! et me voilà courant par le sentier rocheux, le sentier que montait, en venant du Stade, la procession des Panathénées, la tête chargée de fleurs, les mains remplies de fruits.

Puis, je m'arrête...

Devant moi, s'étendait le théâtre de Dionysos, tellement imposant que mon être y demeure.

Quoi ! je passerais par ici, sans m'offrir le luxe d'une représentation ? Non pas ! Je prends place sur un de ces sièges de marbre patiné par le soleil

des ans, délicatement sculpté et j'assiste avec un
enthousiasme contenu à la plus belle tragédie
d'Euripide : Iphigénie.

« Et vous, jeunes filles, chantez l'hymne
» de mon sacrifice, apprêtez les corbeilles sa-
» crées ! Je me donne à la Grèce, immolez-moi,
» renversez Troie. Voilà mon hymen et ma
» gloire... »

A mes pieds quelques petites fleurs dressent
leur tête altière ; l'orgueil d'avoir poussé en cet
endroit célèbre les empêche de mourir. Allez, pau-
vrettes, le Destin est là... ma main vous cueille et
vous emportera...

Dans la plaine, sept colonnes corinthiennes du
temple de Jupiter-Olympien semblent défier le
temps, malgré la chute des autres, renversées
par un tremblement de terre.

On nous montre un chapiteau sur lequel vivait
un stylite, nom donné aux anachorètes retirés sur
ces hautes solitudes.

— Et que faisait-il, demande une dame ?

— Ce qu'il pouvait, répond notre cicerone.

Une dernière fois nous admirons l'Acropole...
et, nous la laissons avec un regret profond se
parer du vêtement pompeux que lui jette le couchant.

Que ne puis-je rester ? que ne puis-je voir
encore ?

Mais l'heure a des ailes... Fuyons ! !

Écoutez ? ? ?

O rappel doux aux chrétiens ! Ce sont les cloches d'Athènes qui bercent l'air pur du son de l'*Angelus*. Chant d'allégresse ! chant d'espérance divine ! Mon âme souviens-toi !

* *

Par des allées de poivriers, nous descendons vers Athènes moderne ; en passant nous voyons la cathédrale Saint-Denis, la façade de l'Académie des Beaux-Arts, la Bibliothèque, nous rencontrons quelques evzones vêtus de la fustanelle. Ces soldats de l'infanterie légère portent avec une certaine désinvolture la jupe blanche, courte et plissée qui les fait plutôt ressembler à des danseuses de l'Opéra qu'à de solides guerriers.

La marche vers la gare s'accélère, nous brûlons le pavé et quelques-uns des nôtres meurent de soif. Deux songent à se désaltérer... mal leur en prit, hélas, car, dans leur précipitation, les notes du voyage furent oubliées sur le comptoir, et cette précipitation précipita aussi le rendu de la monnaie qui s'effectua aux dépens du consommateur, naturellement ! Dans la main du cafetier, la pièce de cinquante centimes s'était changée en un bouton de corozo ! !

Mˡˡᵉ de la Butte s'éteint d'inanition. Elle n'a point de monnaie et je lui donne mon dernier sou qu'elle accueille avec une reconnaissance infinie pour acheter un de ces ignobles petits gâteaux saupoudrés de poussière et vendus dans la rue par des mains peu engageantes. Ainsi, nous nous acheminons vers la station ! Encore cinq ou six escaliers à descendre... le train est là... il s'ébranle... il est parti. . . . .

Comment suis-je dans le compartiment ? Je l'ignore ! Et pourquoi Mlle de la Butte est-elle restée sur le quai ? énigme !

Je l'ai vue dans un éclair lever les bras au ciel, l'implorant avec le reste de son petit pain ; puis, j'ai vu Mme Gray arriver en tourbillon, juste pour regarder le train filer !

Que faire ? à quelle heure le second train ? Elles n'arriveront plus, le bateau sera parti, ont-elles de l'argent ? Peuvent-elle prendre une voiture pour les ramener au Pirée ? Sûrement leur voyage en Orient est manqué ! C'était vraiment palpitant... et conjectures sur conjectures n'arrivaient pas à rapatrier nos deux malheureuses compagnes.

Que feront la tante et la fille de Mme Gray dont l'une est restée à bord et l'autre qui se trouve actuellement dans un wagon de première classe ne sait pas encore le sort de sa mère ? Comment lui apprendre la situation ?

Il s'agissait de reprendre lestement nos petites barques et de supplier le Commandant de bien vouloir retarder l'heure du départ ! Mais voudra-t-il ?

Notre Directeur s'émeut devant le chagrin de la jeune fille... il attend le second train, et trois quarts d'heure après, tout le monde se trouvait réuni, jurant, mais un peu tard de ne plus jamais se séparer.

* *
*

Quelques vieilles chansons fredonnées tout bas, puis tout haut, ont réuni les passagers en un cercle serré.

Chansons d'autrefois ! que chacun se rappelait avoir bégayées tout petit, telles : le chien de Bricou, la Clarinette, Malborough, Frère Jacques, etc.

Elles s'étaient élancées d'un cœur resté français : celui d'un missionnaire retournant en Turquie.

Tous reprenaient la note, le refrain grandissait, jaillissait en fusées !

Oh ! ces chansons de nos grand'mères, où seront-elles dans le siècle futur ? Pas en France, assurément ! où l'on veut rendre les enfants si savants qu'ils ne s'amusent plus et j'ajouterai, qu'ils ne savent même plus rire !

Oui, elles iront réjouir les petits orientaux, ceux-là du moins écouteront attentivement le langage des simples et des forts, qui tout en cultivant leur âme sauront mettre la gaieté sur leur front. Le bien aura changé de place, voilà tout ! Et nos pauvres sœurs et frères proscrits du pays natal, trouveront encore et malgré tout des cœurs pour les respecter et les aimer !

LES ÉCHELLES DU LEVANT

Mardi, 3 septembre.

Nous avons laissé derrière nous Andros où « les raisins débordent des corbeilles » et nous voguons vers la fertile Chio qui porte haut l'honneur, parmi les sept villes rivales d'avoir vu naître le « divin Homère ».

A midi, nous longeons de riantes prairies plantées d'arbres fruitiers se courbant vers la mer, en attendant les tapis de Smyrne, ce sont des tapis de verdure qui protègent notre vue.

De jolies mouettes blanches, d'un vol cadencé, nous souhaitent la bienvenue. Au fond, limitant l'horizon, des montagnes plus hautes qu'en Grèce enserrent des vallons peuplés.

Le mont Pagus avec ses anciennes fortifications génoises domine la ville dont la population comprend deux cent mille habitants, répartis en quarante mille grecs, seize mille juifs, six mille français et le reste turc.

Dans une trouée s'étend la ville de Magnésie.

4

Et voilà l'animation qui recommence sur les eaux à l'approche du grand steamer. Les petites barques se heurtent, tant elles se pressent et maintenant va commencer pour nous la série des Échelles du commerce levantin.

Préparons nos poignets, préparons nos jarrets.

Du haut de notre tour « Prends garde » nous faisons connaissance, pour la première fois, avec quelque chose de turc... ce sont trois petites masses de soie noire roulées dans une barque et qui ne possèdent aucune forme de femme.

Cherchez la « ligne » tant que vous voudrez, elle est cachée par des fronces sans nombre recouvrant le dos d'une seconde jupe, jusqu'au sommet de la tête. Les yeux sont eux-mêmes voilés par une gaze noire appelée *tcharchaf*; lorsque cette gaze est blanche et laisse seulement les yeux à découvert, elle prend le nom de *yachmak*.

C'est ainsi qu'il m'est permis de jouer « à la turque ».

Ramenant sur le visage mon voile blanc très épais, j'intrigue quelque peu quatre personnages parisiens dont l'imagination s'enflamme à tel point, qu'ils croient reconnaître en moi une « *Désenchantée* » et s'attendriraient presque sur ma destinée, si on ne les avait assurés que les femmes turques, loin d'envier les européennes, se trouvent très heureuses de leur sort.

— Voyez, disait l'une, comme elle s'est couverte vivement en rentrant au port.

— Je veux voir ses yeux, disait l'autre.

La troisième et la quatrième personnes répliquaient, tandis que mes compagnons s'amusaient follement à les écouter, sans les désabuser et m'entouraient davantage pour me prémunir contre une curiosité de plus en plus croissante.

Les trois dames noires du caïque n'ont pas bougé, elles ne causent pas, elles demeurent figées sous leur linceul, semblant attendre les âmes des morts pour les conduire aux Enfers...

Minos, Eaque et Rhadamante vous ne nous jugerez pas encore, car nous préférons dire « bonjour » aux Pères franciscains venus de Smyrne pour nous chercher en chaloupes, comme on viendrait sur terre nous chercher en voitures, et qui nous parlent de leur rez-de-chaussée flottant. Une vague les lance presqu'au niveau de notre second étage et l'on se réjouit de tomber bientôt à leurs pieds en sautant avec la lame qu'il ne faudra pas rater !

Ouf ! ! les « Quarante » sont à quai, se suivant comme des moutons de Panurge à la visite des passeports.

Un nom circule : le Père Vincent !

Grand et fort, une figure franche, énergique, la voix accueillante, le geste fraternel, le sourire fin... **tel** est le Père Vincent qui fait tout de suite notre conquête !

— Où voulez-vous aller ?

— Où vous nous conduirez mon Père.

— Eh bien ! nous allons commencer par le plus amusant : les bazars.

Un « oui » retentissant fut la réponse qu'il attendait et nous sommes ragaillardis, prêts à enjamber le pas d'une façon soldatesque ; mais voilà que du fond d'une rue étroite apparaît tout essoufflé notre Directeur venant nous indiquer un autre programme.

Par vénération pour saint Polycarpe, premier évêque de Smyrne et martyr en 166, on commencerait par visiter l'église portant son nom.

Le Père Vincent fit observer qu'à cette heure chaude de la journée, elle était fermée et qu'il faudrait réveiller le sacristain ayant l'habitude de faire la sieste.

Il fut entendu qu'on le réveillerait... car saint Polycarpe devait passer le premier et non le dernier.

Par des rues enchevêtrées, étroites et brûlantes où le commerce européen étale quelque luxe, nous arrivons enfin à l'église, grande et belle pour une église élevée en Orient par la foi et la seule persévérance de nos chers missionnaires.

Là, un prêtre me rappelle la mort de saint

Polycarpe, quand pressé de renier le Christ il répondit :

« Il y a quatre-vingt-six ans que je le sers, i ne m'a jamais fait de mal, comment pourrais-je blasphémer mon Roi et mon Sauveur ? »

On le lia au bûcher où il fut percé d'un coup d'épée.

Ensuite, nous allons à la cathédrale Saint-Jean, entrons dans une église grecque où les dorures et les pierreries se mêlent confusément.

Puis, en passant devant la maison des Frères des Écoles chrétiennes, M. Enon propose d'entrer et la cour est envahie par les « Quarante » qui reçoivent une cordiale réception. On visite l'établissement, on monte sur la terrasse pour jouir du panorama grandiose sur toute la ville, mais je m'abstiens de cette ascension et je profite de l'absence des autres pour me faire gâter.

La chaleur très forte me brouillait les yeux, aussi, le Père Vincent me conduisit à la cuisine où régnait une fraîcheur exquise. Non seulement je pus calmer le feu de mes paupières d'une eau bienfaisante, mais goûter un excellent sirop de cerises qu'un non moins excellent frère convers m'offrit sous le nom de *vichina*.

La première personne que je vis descendant de la terrasse fut Mlle R... se plaignant d'avoir soif.

En ce moment, sa souffrance était facile à sou-

lager et à mon tour, je la conduisis vers la
cuisine où même régal rafraîchissant lui fut
servi.

•Mais les Frères avaient des réserves de bonté
pour nous et lorsque les « Quarante » se trouvè-
rent assemblés dans la cour, de jeunes smyrniotes passèrent devant nous avec des plateaux chargés de raisins blancs aux grains très longs, très
serrés et dont la grappe à elle seule pesait certainement plus d'une livre.

Maintenant, en route pour les bazars, où l'on
se promet de faire tant d'achats, que la corvée du
change des monnaies est déjà imposée à notre
aimable cicerone.

Les changeurs pullulent aux bazars ; leur boutique n'est pas plus grande que celle du marchand
de babouches ou du vendeur de nougat. Les métalliques sont ramassés avec une jolie petite pelle
en cuivre dont on se sert comme d'un jouet et nous
constatons avec effroi le poids de bronze qu'il
nous faut glisser dans nos porte-monnaie.

Les bazars sont de longues rues commerçantes
très étroites, sombres, voûtées parfois par des
treilles de raisins — il y fait frais — et je suis
étonnée de la bonne mine et de la propreté de ces
gens qui nous regardent passer sans nous incom-
moder de leurs offres de service.

Les boutiques sont achalandées de produits de
toutes espèces et le marchand de soieries ne croit

pas déroger en se plaçant près d'un vendeur de melons ou de poils d'angora.

Un chameau ! oui un vrai chameau auquel nous faisons une ovation très démonstrative au milieu du bazar et qu'il a peine à comprendre l'animal !

Il ne comprend qu'une chose, c'est que nous lui barrons le chemin et il n'a pas le temps de s'amuser vu le déménagement qu'il porte sur ses bosses : armoires, matelas, ustensiles de cuisine et tout le matériel que peut comporter un ménage turc. De plus, son cou est orné d'un collier en perles bleues et nous apprenons que cette amulette est destinée à le préserver contre le *mauvais œil* ; à ce propos Mahomet dans le livre du Coran réserve cette prière pour conjurer les malheurs du sort.

> Je cherche un refuge auprès du Seigneur de l'aube du jour
> Contre la méchanceté des êtres qu'il a créés,
> Contre le mal de la nuit sombre grossie de crimes,
> Contre la méchanceté de celles qui soufflent des nœuds
>   (sorcellerie ou ruses de femmes),
> Contre le mal de l'envieux qui nous porte envie.

A partir de ce moment, la caravane se disloque et nous restons une quinzaine avec le **Père Vincent** qui nous pousse dans les bains turcs !

Allons-nous prendre un bain ?

Le Père A... n'ose entrer ; mais notre guide joyeux le prenant par les épaules le lance dans l'étuve d'où il ressort suffoquant avec des couleurs de coquelicot.

L'établissement se compose de trois pièces :

Dans la première on se déshabille. La seconde contient des sofas avec une piscine d'eau chaude. Dans la troisième : l'étuve par conséquent où l'on s'abandonne aux mains d'un masseur qui s'acquitte de sa tâche avec la conscience d'un vrai fils de l'Islam.

Les musulmans ont l'habitude de cette cérémonie deux ou trois fois par jour, car Mahomet a dit :

« Ne priez point quand vous êtes souillés, attendez que vous ayez fait vos ablutions à moins que vous ne soyez en voyage. Si vous êtes malade ou en voyage frottez-vous le visage et les mains avec de la menue poussière à défaut d'eau. »

Ensuite, nous allons visiter la Mosquée ; les chrétiens peuvent y pénétrer sans se purifier aux fontaines d'eau claire placées dans la cour, mais ils doivent se déchausser ou porter les babouches en cuir rouge que le gardien de la « Maison Sainte » leur présente avec des salutations et des piétinements successifs.

La Mosquée comprend une immense salle couverte entièrement de ces beaux tapis d'Orient à laine épaisse et serrée, aux couleurs si chatoyantes.

La chaire à degrés élevés fait face à l'entrée, elle s'ouvre par une portière de soie rouge. L'Iman y monte le vendredi après-midi pour exhorter les fidèles et réciter l'office.

Contre la chaire, une horloge-armoire indique l'heure de la Mecque.

A la voûte se balance une corne de cerf, afin d'éloigner le *mauvais œil !*

Un silence scrupuleux doit être observé pendant la visite. Quatre musulmans sont en prières et ne témoignent aucune attention à nos faits et gestes. Ils sont tout esprit avec Dieu, le visage tourné vers la Kaba ou temple de la Mecque et rien ne saurait les distraire. A genoux, ils se prosternent jusqu'à terre ou restent assis sur leurs talons, tel ce vieillard à longue barbe blanche lisant des préceptes de morale. Son attitude de paix et de parfaite tranquillité serait enviée, je crois, par plus d'un incroyant !

Comme chrétiens, nous jouissons auprès des mahométans d'une meilleure réputation que les juifs, la preuve en est : « Ceux qui sont le
» plus disposés à aimer les fidèles sont les hom-
» mes qui se disent chrétiens, c'est parce qu'ils
» ont des prêtres et des moines et qu'ils sont sans
» orgueil.

» Lorsqu'ils entendent les versets du Coran, tu
» verras des larmes s'échapper en abondance de
» leurs yeux, car ils ont reconnu la vérité et ils
» s'écrient : O Seigneur, nous croyons.

» Pour récompense de leurs paroles, Dieu
» leur a accordé les jardins arrosés de courants
» d'eau où ils demeureront éternellement : c'est

» la récompense de ceux qui font le bien. »

A l'extérieur de la Mosquée se dresse un, deux, trois ou quatre minarets suivant son importance. Du haut de cette tour surmontée d'une galerie circulaire le « muezzin » invite cinq fois par jour les fidèles à la prière : à l'aurore, à midi, à trois heures, au coucher du soleil et à la nuit. Les phrases qu'il laisse tomber frappent l'air d'une étrange psalmodie, mais la voix est puissante quand il proclame qu'Allah est le plus grand.

Dans l'intervalle, Mahomet dit aux hommes : » Pense à Dieu dans l'intérieur de toi-même, » avec humilité et avec crainte, prononce son » nom tout haut, mais sans trop élever la voix ; » pense à lui le matin et le soir et ne sois pas » négligent.

» Fais aussi une lecture à l'aube du jour, la » lecture de l'aube du jour n'est pas sans avoir » les anges pour témoins. Et dans la nuit, consa- » cre tes veilles à la prière, ce sera pour toi une » œuvre surérogatoire. »

Nous croisons un garçon de douze ans, qu'on nous présente comme un futur prêtre. Il répond à notre salut avec un charmant sourire, car il est écrit : « Si quelqu'un vous salue, rendez-lui le salut plus honnête encore, Dieu compte tout. »

.
* *

Un de moins parmi nous... M. Langevin s'est perdu ! Serait-il retourné au bain, par hasard ? Nous regrettons sa présence, et lui nous regrettera encore davantage lorsqu'il saura dans quelles conditions s'est effectué notre « *five o'clock* ».

Un à un nous pénétrons dans un réduit obscur ayant pour meuble un comptoir autour duquel se tiennent plusieurs individus. On nous souhaite le bonjour avec des signes excessifs de courtoisie, et comme nous avons l'air fort civils, on nous fait l'honneur du cabinet particulier situé derrière la boutique : c'est une pièce carrée contenant deux tables et des chaises en nombre suffisant. Les murs sont tapissés de morceaux de papier de rouleaux différents tantôt bleu et blanc, tantôt vert et rouge. Il n'y a point de fenêtre, mais une ouverture pratiquée dans le plafond donnant accès à un grenier. Nous sommes dans un café. Un enfant très propret nous apporte sur un plateau d'immenses sorbets et de très grands verres d'eau glacée ; puis de minuscules tasses à café dans lesquelles se trouvent le café pulvérisé et le liquide bouillant, sucré d'avance. Défense expresse de remuer.

Mlle R... laisse son sorbet **pour goûter**

au café qu'elle déclare moins mauvais et le Père Vincent se délecte avec une préparation gélatineuse, gluante, ressemblant à du blanc-manger, saupoudrée de cannelle ; à ce gâteau, il est permis à tout le monde d'y tremper le petit doigt... Pour toutes ces libations, on nous réclame la modique somme de quinze métalliques, soit trois sous par tête et nous quittons la maison, emportant mille vœux de bonheur de la part de nos hôtes, qu'ils nous communiquent d'une façon charmante par l'usage fréquent de la salutation et du geste qui l'accompagne... Ils portent d'abord trois doigts de la main droite sur les lèvres, puis sur le cœur et ensuite sur le front ce qui signifie :

Ton nom vole sur mes lèvres.

Il restera dans mon cœur.

Je ne t'oublierai pas.

Nous continuons notre promenade vers la fabrique de figues où nous recevons bon accueil.

Le travail est réparti entre hommes et femmes. Ces dernières vêtues de longs tabliers en cotonnade bleue sont assises par terre dans une salle très claire autour d'un monticule de fruits. Elles préparent, amollissent et étirent la figue qu'elles envoient d'un coup de pouce gracieux et sûr dans les corbeilles placées devant elles.

Dans une salle voisine, des hommes rangés sur des bancs et devant des tables, s'occupent à mettre les figues dans des boîtes, après les avoir au préalable imprégnées d'eau de mer, fendues et aplaties entre leurs mains fines et délicates.

Dans le hall des expéditions, des ouvriers automates fixent seulement par deux pointes, le couvercle des petites boîtes, celles-ci, jetées à terre sont ramassées par des enfants qui les portent entre leurs bras, empilées à la cinquantaine jusqu'à de grandes caisses destinées à l'exportation.

Le salaire des hommes varie de trois à cinq francs par jour, celui des femmes de un à deux francs et celui des apprentis de cinquante à soixante-quinze centimes.

*
* *

En sortant de la fabrique et dans un carrefour parsemé d'ordures ménagères, un marchand ambulant nous offre un tapis, ne mesurant pas moins de cinq mètres, travaillé grossièrement à la main et du prix de quatre francs.

Un ou deux touristes le prendraient bien, mais l'ennui qu'il causerait pour le transporter dans nos pérégrinations et les taxes de douane, excéderaient joliment le plaisir qu'ils auraient à rapporter « quelque chose d'oriental » d'autant plus que le sympathique commissaire du « Niger » m'a déclaré que bon nombre de tapis achetés en

5

Turquie, arrivaient tout simplement d'Allemagne, pour être revendus ici, avec le cachet local. Les vrais tapis, ceux qui coûtent cher, sont façonnés dans les vilayets où chacun est maître chez soi, possesseur de son métier à tisser, sans souci de l'atelier ni du patron. Une fois terminé, le tapis est vendu à des commissionnaires chez lesquels viennent s'approvisionner les représentants des Grands Magasins du Bon Marché ou de la Place Clichy, à Paris.

Le vrai tapis de Smyrne contient seulement trois couleurs : rouge, vert et bleu foncés. Le rouge domine pour former le fond et les deux autres couleurs se combinent en dessins peu variés.

Chaque province a son genre spécial et c'est pourquoi nous voyons tant de diversités et de coloris, si doux et si tendres qu'ils arrivent sans peine à tenter plus d'une bourse !

*
* *

J'examine un mouton blanc, très bizarre... mais, il paraît que tous les moutons turcs lui ressemblent. La toison excessivement fournie, cache presque la tête et, la très large queue pomponnée de rubans rouges contraires au *mauvais œil*, s'épanouit jusqu'à mi-jambes. Aussi pacifique qu'un fumeur d'opium, notre présence

ne le dérange point et il continue à humecter ses
papilles sèches, du dernier suc puisé au cœur
d'une pastèque rose.

Le Père Vincent nous fait entrer dans une
vaste cour ombragée, encombrée de gens, d'animaux et de véhicules.

Cette cour est entourée d'un rez-de-chaussée
avec des divisions ou chambres, louées seulement
pour une ou deux nuits.

C'est le caravansérail ou hôtellerie.

Dans ces petites pièces, point de meubles, aucun
siège, la porte toujours ouverte sert de fenêtre, le
voyageur apporte avec lui son matelas, très propre, recouvert d'une étoffe multicolore et pendant
que le maître dort, chameaux, ânes et voitures
stationnent dans l'enceinte à la fraîcheur d'une
fontaine.

Le signal de la retraite est donné.

Nous traversons la cour du Palais du Gouverneur, construction moderne sans architecture
précise : des lampions rouges circulent au-dessus des arcades dorées d'inscriptions arabes
et le jardin ne contient guère que des chardons rouges, à cette époque stérile de l'année.

Nous suivons les quais de Smyrne longs de
trois kilomètres, non point à pied, mais bien en
tramway-balladeuse qui nous ramène au port.
Entre temps, nous avons la tristesse de voir des
prisonniers enchaînés trois par trois, gardés par

des sentinelles le sabre au poing. Ils se rendent à Constantinople, soi-disant pour y être jugés, mais ne gardent aucun espoir d'arriver jusque-là, s'ils ont commis des délits politiques, car le plus souvent ils sont jetés au Bosphore, sans autre forme de procès.

La mer est irritée... elle se lance follement contre la rive et, devant elle, nous restons consternés dans une interrogation muette. Qui donc osera se risquer ? Mais il faut croire que nous commençons à posséder le pied marin, car nous sautons avec une légèreté surprenante dans les frêles esquifs aux moelleuses carpettes qui nous servent d'assises, pour escalader le « Niger » se préparant à la remorque.

Les « aurevoirs » non les adieux sont échangés prestement avec le Père Vincent, accaparé par celui-ci, par celui-là pour des demandes de commissions qu'on n'a pas eu le temps de faire.

— N'est-ce pas, mon Père, vous voudrez bien m'acheter cinq pipes ?

— Et à moi des timbres et des cartes postales.

— Mon Père, pourriez-vous me mettre ces lettres à la poste.

— Père Vincent, je voudrais bien un fez.

— Mon Père, permettez-moi de compter sur vous pour l'achat d'un tapis !

En bloc, le bon Père répond : oui, oui, oui et il

nous souhaite bon voyage, jusqu'à notre retour à Smyrne qui doit avoir lieu dans deux jours.

M{ᵉ} de la Butte non favorisée par la chance, eut le regret de ne point descendre à terre cette après-midi, s'étant foulé le pied au débarcadère d'Athènes.

Mais, je la retrouvai sur le bateau, toute guillerette, en compagnie d'un Frère de la Doctrine Chrétienne résidant à Smyrne et qui, en partie, avait fait l'éducation de son neveu en France.

Elle me présenta. Lui, était d'origine lorraine, non loin de ma petite ville natale et deux lorrains ne pouvaient qu'être heureux de se serrer la main, surtout si loin, à la porte d'Asie !!

La conversation s'engagea sur les productions de la Lorraine, quel sol fertile ! quel beau et bon pays ! et au milieu de mirabelles et de kwetches sortit soudain le nom de Maurice Barrès.

— A propos, n'est-il pas académicien et député questionna Frère Honoré.

Sur mon affirmation, il se leva, prenant congé de nous très satisfait, je pense, de ces deux rencontres qui lui rappelaient le pays perdu ! Pays perdu, où il avait laissé sa chère vieille mère qui le pleurait et priait pour lui chaque jour ; une pensée douce l'y ramenait et cependant, dans les yeux clairs de Frère Honoré, se lisait toute son abnégation !

Mercredi, 4 septembre, 7 heures du matin.

Par sagesse, j'étais allée me coucher vers onze heures du soir, mais, j'avoue avoir fait la curieuse et m'être relevée pour parler aux étoiles et voir passer Lemnos.

La demeure de Philoctète blessé, méritait bien mon attention, je ne pouvais résister à sa plainte.

Il disait :

« Comme je passais dans l'île de *Lemnos*, je
» voulus montrer à tous les Grecs ce que mes
» flèches pouvaient faire : me préparant à percer
» un daim qui se lançait dans un bois, je laissai
» par mégarde tomber la flèche de l'arc sur mon
» pied, et elle me fit une blessure que je ressens
» encore. Aussitôt, j'éprouvai les mêmes douleurs
» qu'Hercule avait souffertes ; je remplissais nuit
» et jour l'île de mes cris ; un sang noir et
» corrompu, coulant de ma plaie infectait l'air et
» répandait dans le camp des Grecs une puanteur
» capable de suffoquer les hommes les plus vigou-
» reux. Toute l'armée eut horreur de me voir
» dans cette extrémité ; chacun conclut que
» c'était un supplice qui m'était envoyé par les
» justes dieux.

» Je demeurai presque pendant tout le siège de
» Troie, seul, sans secours, sans espérance, sans

» soulagement, livré à d'horribles douleurs dans
» cette île déserte et sauvage où je n'entendais
» que le bruit des vagues de la mer qui se brisaient
» contre les rochers.

» Il ne me restait pour tout bien que quelques
» habits déchirés dont j'enveloppais ma plaie
» pour arrêter le sang et dont je me servais aussi
» pour la nettoyer.

» Dans cette île, il n'y a ni port, ni commerce,
» ni hospitalité, ni homme qui aborde volontaire-
» ment. On n'y voit que les malheureux que les
» tempêtes y ont jetés et on n'y peut espérer de
» société que par des naufrages. Depuis dix ans,
» je souffrais la honte, la douleur, la faim ; je
» nourrissais une plaie qui me dévorait : l'espé-
» rance même était éteinte dans mon cœur.

» Tout à coup, revenant de chercher des plan-
» tes médicinales pour ma plaie, j'aperçus dans
» mon antre un jeune homme beau, gracieux,
» mais fier et d'une taille de héros.

» O étranger, lui dis-je d'assez loin, quel
» malheur t'a conduit dans cette île inhabitée ?

» Ne sois point effrayé de voir un homme si
» malheureux, tu dois en avoir pitié.

» Il n'y a que les grands cœurs qui sachent
» combien il y a de gloire à être bon.

» Souviens-toi de la fragilité des choses humai-
» nes. Celui qui est dans la prospérité doit crain-
» dre d'en abuser et secourir les malheureux.

» Voyez où j'ai vécu, comprenez ce que j'ai
» souffert ; nul autre n'eût pu le souffrir, mais la
» nécessité m'avait instruit et elle apprend aux
» hommes ce qu'ils ne pourraient jamais savoir
» autrement.

» Ceux qui n'ont jamais souffert, ne savent
» rien, ils ne connaissent ni les biens, ni les
» maux, ils ignorent les hommes, ils s'ignorent
» eux-mêmes.

» Tout à coup, j'entends une voix plus qu'hu-
» maine : je vois Hercule dans un nuage éclatant.
» Il me dit : tu guériras, tu perceras de mes
» flèches Pâris auteur de tant de maux.

» Et toi, ô fils d'Achille, brave Néoptolème, je
» te déclare que tu ne peux vaincre sans Phi-
» loctète, ni Philoctète sans toi.

» Allez donc comme deux lions qui cherchent
» ensemble leur proie.

» Surtout ô Grecs ! aimez et observez la reli-
» gion : le reste meurt, elle ne meurt jamais !

» Après avoir entendu ces paroles, je m'écriai :
» O heureux jour ! douce lumière, tu te mon-
» tres enfin après tant d'années ! Je t'obéis, je
» pars.

» Adieu, cher antre. Adieu, nymphes de ces
» prés humides, je n'entendrai plus le bruit
» sourd des vagues de cette mer. Adieu rivage
» où tant de fois j'ai souffert les injures de l'air.
» Adieu promontoires où Echo répéta tant de fois

» mes gémissements. Adieu douces fontaines
» qui me fûtes si amères. Adieu, ô terre de
» Lemnos, laissez-moi partir heureusement, puis-
» que je vais où m'appelle la volonté des dieux
» et de mes amis. »

* *
*

Donc, à sept heures du matin, j'ai bientôt fait
de me transporter sur le pont, pour pénétrer avec
ma lorgnette dans ces deux immenses forteresses
défendant le détroi de Gallipoli, dont l'une est
appelée : château d'Europe et l'autre château
d'Asie. Le passage est tellement resserré, qu'il
semble qu'on pourrait prendre au vol *la clef des
Dardanelles* ; puis, avec quelque crainte, le
bateau s'enferme dans l'ancienne Propontide et
s'il venait à couler, nous irions tout simplement nous asseoir à une profondeur de
1300 mètres.

La mer de Marmara, longue de 280 kilomètres et large de 80, n'a pas de couleur pro-
noncée, elle tirerait plutôt sur le gris-verdâtre.
Son remous est assez sensible, vu la rencontre
de la mer Egée et de la mer Noire dont l'une
lui apporte ses flots chauds et l'autre ses eaux
froides.

5.

3 heures du soir.

On est dans l'attente... une attente presque maladive qui vous oppresse et vous grise aux lointaines et approchantes clartés de la Corne d'Or.

4 heures du soir.

Juchée sur un amas de cordages, juste à l'avant de la proue qui fend les ondes, me soutenant seulement d'une main au câble suspendu au-dessus de ma tête, ainsi, je vois tout à coup Constantinople déchirer son voile brumeux et m'apparaître avec tout l'éclat des dons précieux de l'Orient.

Cet imposant tableau de somptueux décors, ce déploiement de faste et de grandeur souveraine, glacent et pétrifient mon corps. Je ne suis plus qu'une froide statue, au cœur d'argile, aux grands yeux ouverts, recélant dans son âme de pierre les trésors de Byzance, l'immensité des cieux !

La place que j'occupe (la meilleure du bâtiment) me fut acquise par la rencontre du Révérend Père A... et de M. l'abbé P... Ces messieurs quittaient le grand pont pour la partie extrême et m'offraient de les accompagner, ce dont j'acceptais avec l'empressement le plus vif.

La plèbe était là, haletante et presque souriante, tout à l'heure le front bas, maintenant le front haut et c'était plaisir de voir sous des haillons sordides, la Misère éblouie sachant encore vibrer !

De sa main nerveuse qu'elle soulève à demi, elle montre les coupoles, les marbres des palais, les croissants d'or, les tiges des minarets, puis d'une voix sifflante par la soif altérée s'écrie : *Sancta Sophia !*

CONSTANTINOPLE

On dirait que le bateau, lui aussi, ressent une étrange sensation... et n'ose avancer... telle une jolie femme à la porte d'un bal s'arrête un instant pour savourer le plaisir et paraître radieuse sous la lumière des lustres.

A gauche, nous percevons les campagnes chères aux colonies grecques et tournant un peu, nous nous engageons dans l'admirable baie de la Corne d'Or.

Mais alors, quelle profusion de richesses et d'élégance.

Le vieux Stamboul enorgueilli de sa renommée flamboyait jusqu'au ciel nuancé des couleurs idéalement tendres de rose, de gris et de bleu !

Mes deux compagnons en guides dévoués m'initiaient au plan de la ville et nous cherchions à reconnaître ensemble : la sublime Porte — le Vieux Sérail — les mosquées du Sultan Ahmed, de Bajazet, de la Sultane Validée.

Puis, nous amusant à compter les minarets, nous en découvrîmes soixante.

Je ne savais plus de quel côté diriger mes regards, tout m'attirait, tout me charmait !

Si je me tournais du côté asiatique, j'entrevoyais Scutari avec ses innombrables petites maisons rouges semées en amphithéâtre sur les collines odorantes et plus haut, comme pour arrêter le vol de la gaieté, les sombres cyprès de la Cité des Morts.

. . . .

Si je me tournais à droite, c'était un autre enchantement ! La pointe du Séraï découvrait la Corne d'Or...

Au fur et à mesure que nous avancions, j'éprouvais en moi-même un revirement complet : la statue s'animait, causait, s'enthousiasmait ! l'heure sonnait enfin ! la joie rêvée s'inscrivait au grand Livre de Vie !

*
* *

Vite, vite les passeports. On descend tout de suite.

Tout le monde se porte vers la passerelle, craquant sous le poids et alors, c'est un tohu-bohu inexprimable.

Poussé, bousculé, heurté, on se demande même, si on arrivera entier aux bureaux de la douane.

J'y fus transportée, je ne sais comment, saisie plutôt par la foule, que dirigée par mes moyens.

Là, un autre genre de supplice commence, il faut attendre ses passeports près d'une petite porte où une main s'agite. Ne pouvant bouger, on tâche de dégager sa tête de l'assaut des malles qui marchent toutes seules... V'lan un coup dans le dos, un second dans la poitrine, une armoire ambulante vous écorche la joue.

Cherchez le porteur? il n'y en a pas... ou bien il faudrait l'interpeller si bas, si bas, qu'on renonce à se mettre par terre : le malheureux est complètement aplati sous l'énorme quantité de marchandises qu'il transporte et il ne peut guère prévenir de son passage, vu le peu de place qui lui reste pour y poser le pied.

Nous finissons cependant à sortir de cette lamentable situation, mais pour butter contre des chiens-loups à poils rudes et roux, affreusement maigres, dormant ou bâillant sur la chaussée, quelques-uns se traînent comme de vieux invalides, la patte cassée, l'œil crevé, l'oreille pendante; d'autres, pleins de boue, des galeux, vous frôlent, n'ayant même pas la politesse de se déranger pour vous laisser la place libre.

Enfin, où sommes-nous? est-ce dans un pays civilisé ou dans un chenil?

Nous errons à Galata, entre la « Corne d'Or » et le Bosphore qui se partage avec Péra le privilège d'être européanisé, car Stamboul, sur la rive gauche est tout à fait turc.

Mais, nous n'avons pas le loisir d'étudier si nous sommes en Europe ou en Asie; un attroupement se forme, on désire changer des pièces d'or et des billets et le banquier a bientôt fini de montrer sa tête et sa petite boutique.

Après, nous avons peine à nous reconnaître en nous trouvant enfermés en partie dans une chambre faiblement éclairée par une veilleuse.

Chacun demande des explications à son voisin, lequel est bien incapable d'en donner; une dizaine de personnes sont sur des bancs non coussinés, les autres debout et entassées contre des turcs. J'ai la bonne fortune d'être assise ayant près de moi Mme de Bruges complètement bouleversée, effarée; son émoi se change en véritable terreur lorsqu'elle sent glisser le plancher. A n'en pas douter, nous sommes dans un ascenseur, un funiculaire ou un chemin de fer souterrain. Mme de Bruges s'accroche désespérément à mon bras, me dit qu'elle n'a jamais mis les pieds dans le métropolitain de Paris, et qu'elle n'aurait jamais pensé venir faire son apprentissage à Constantinople.

— C'était écrit, pauvre Madame !

Quelle autre fiche de consolation, aurai-je pu lui offrir dans le royaume de Mahomet ?

L'agitation des dix membres de la caravane m'amuse au delà de toute expression.

M. Langevin suffoque d'émotion.

M. Jolibois cherche une fenêtre ou du moins la porte par laquelle nous sommes entrés.

M. Chanteclair serre sa petite femme contre son cœur.

Mlle Neighbour parlotte, parlotte.

Enfin, une éclaircie... et nous stoppons sur l'une des sept collines auréolant Constantinople.

Grâce à cette machine, nous avons gagné Péra pour ne rien distinguer, il fait nuit et les Pérotes ne se montrent plus.

Nous marchons dans une grande et large rue, le guide nous indique çà et là les Ambassades, les théâtres, les hôtels de luxe.

Grimpant toujours dans une course effrénée, M. Langevin n'en peut plus, Mlle de la Butte boite, Mlle Neighbour est plus colorée qu'une pivoine, aussi je propose d'entrer chez un marchand de cartes postales pour le dévaliser.

Là, encore, nous ne pouvons être tranquilles, le guide nous rappelle à l'ordre par ces paroles insupportables : « vite, vite » qui commencent à devenir obsédantes, on les a déjà entendues avant qu'elles ne soient prononcées !

Il est six heures et il faut être rentré à six heures et demie.

De nouveau, nous prenons « la poudre d'escampette » et la descente est encore plus vertigineuse que la montée !

M. Langevin voudrait bien s'arrêter aux étalages des magasins, s'extasie devant les vases de forme empire et dans sa ferveur pour l'Orient, baptise toutes les choses d'Europe du nom d'orientales. Je l'exhorte à remettre au lendemain cette pseudo-turco jouissance, mais il ne paraît pas satisfait et me répond fébrilement : « Demain, demain, ce sera comme aujourd'hui et comme les autres jours... courir toujours, toujours courir !

Littéralement nous n'avons plus de respiration en sautant dans le funiculaire. A la descente, nous joignons une autre expédition et retraversons Galata, d'où M. de Saint-Pons ne peut pas s'arracher. Lui, s'intéresse au petit commerce. Les marchands de comestibles encombrent les trottoirs. Ici, manque l'électricité, aussi pour remédier à cet inconvénient, on se sert d'une simple chandelle, non pas à la portée de la main, mais au fond d'une espèce de hotte, garnie de figues et de raisins.

Et puis, c'est si drôle de voir tous ces gens en chemise, circuler, vendre, acheter et manger sur place !

Les rues sont très étroites, populeuses, sales, mal pavées ; à chaque pas on tombe soit dans un trou, soit dans une famille de chiens dont la mère allaite les petits et auxquels on fait encore des excuses par-dessus le marché.

De loin, nous entendons la cloche du dîner...
Un, deux, et nous voilà à bord.

*
* *

Quel tapage ! quel remue-ménage ! que de
va et vient. Il y a surtout un bruit de chaînes
qui est assourdissant, et il paraît que tout ce
tintamarre va durer la nuit entière ! C'est réjouissant ! !

Et moi qui comptais si bien posséder le pont
et causer aux étoiles ! Impossible maintenant !
personne ne voudra occuper sa cabine avec
ce vacarme prêt à fendre les têtes les plus
solides.

Je m'étais trompée... dès neuf heures les places
se vident et je quitte la mienne pour aller me
réconforter d'une tasse de thé, laissant ma couverture et mon manteau aux bons soins de
M. Faure.

Il est entendu qu'il y aura réciproque.

Ce soir, par extraordinaire, le service à cette
heure était déjà terminé. Mais au bout de la salle,
il y avait M. Langevin et Mlle de la Butte, qui
écrivaient des cartes.

En me voyant, ils sortirent de leur mutisme
et la gaieté du trio se prolongea jusqu'au moment où le maître d'hôtel vint nous avertir
qu'on allait éteindre les feux. Force nous fut

faite d'abandonner la partie ; mais un qui ne l'abandonnait pas, c'était bien M. Faure attendant toujours patiemment ma venue pour prendre sa tasse de thé.

Sur le pont, abrité contre le vent, M. Faure dormait comme un bienheureux. Ne voulant pas ternir un sommeil si paisible par l'annonce d'une déconvenue, je me mis à causer avec M. Frédal, et son ami d'hier, un jeune anglais qui s'étant pris de sympathie subite, le tutoie comme un frère.

La conversation dura peu, ces mots clairs et précis : « Où est mon thé » venaient de résonner à mes oreilles.

J'allais balbutier des excuses très légitimes, lorsqu'intervint M. Langevin qui, doublé de compassion, exposa la situation.

Et voyant que M. Faure n'était pas convaincu :

— Allons, lui dit-il, faites contre fortune bon cœur !

— Oui, je sais que là où il y a de la gêne, il n'y a pas de plaisir.

— Que voulez-vous, chacun prend son plaisir où il le trouve.

— En effet, charité bien ordonnée, commence par soi-même !

— Qui oblige fait des ingrats !

— A tout péché miséricorde, dis-je en me frottant les yeux.

— Voyez... la vie est bien l'ognon que l'on pèle en pleurant.

— Dites plutôt, que trop rire fait pleurer.

— Tout est bien qui finit bien et maintenant... allons dormir sur les deux oreilles ! !

Mais, je n'ai guère envie de suivre ce conseil par cette nuit trop belle !

Constantinople fête l'anniversaire de la naissance du Sultan, s'illumine de jeunesse dans la douceur du rêve et m'entraîne joyeuse vers d'autres firmaments !

Si j'en crois ces rayons qui plus doux que le jour
Inspirent la vertu, la prière, l'amour
Et quand l'œil attendri s'entr'ouvre à leur lumière
Attirent une larme au bord de la paupière.
Tentes du ciel, Edens, temples, brillants palais
Vous êtes un séjour d'innocence et de paix,
Tout ce que nous cherchons... l'amour, la vérité
Ces fruits tombés du ciel dont la terre a goûté
Dans vos brillants climats que le regard envie
Nourrissent à jamais les enfants de la vie.
Beaux astres, fleurs du ciel dont le lis est jaloux
J'ai murmuré tout bas : Que ne suis-je un de vous ?
Je viendrais chaque nuit tardif et solitaire

Sur les monts que j'aimais briller près de la terre
          ..... et s'il est ici-bas
Un front pensif, des yeux qui ne se ferment pas,
Une âme en deuil, un cœur qu'un poids sublime oppresse
Répandant devant Dieu sa pieuse tristesse,
Un malheureux au jour dérobant ses douleurs
Et dans le sein des nuits laissant couler ses pleurs,
...Mon rayon pénétré d'une sainte amitié
Pour des maux trop connus prodiguant sa pitié
Comme un secret d'amour versé dans un cœur tendre
Sur ces fronts inclinés se plairait à descendre.
Et vous, brillantes sœurs, étoiles mes compagnes,
Qui du bleu firmament émaillez les campagnes
Vos rayons m'apprendraient à louer, à connaître

Celui que nous cherchons, que vous voyez, peut-être !
Et noyant dans son sein mes tremblantes clartés
Je sentirais en lui... tout ce que vous sentez.
Cependant, la nuit marche et sur l'abîme immense
Tous ces mondes flottants gravitent en silence,
Et nous-mêmes avec eux emportés dans leur cours,
Vers un port inconnu nous avançons toujours.

LAMARTINE.

. . . .

Mais d'où viennent ces clameurs formidables, ces luttes, ces terreurs ?

C'est un concert de chiens qui durera, tant que ces messieurs sans gîte ne seront pas rassasiés — c'est à qui ramassera les meilleurs morceaux — de là joie ou colère.

A Constantinople, les chiens exploitent la situation du service de la voirie et le gouvernement a tout intérêt à conserver de si précieux fonctionnaires qui ne demandent aucun salaire.

Autre sérénade... voici les coqs qui se réveillent et il y en a, il y en a des bataillons ! Chiens et coqs... coqs et chiens — hurlements — chants de triomphe — tout un orchestre diabolique enfin ! Joignez à cela les ronflements sonores de M. Langevin, c'est à se sauver..... Où ?.....

Pas dans sa couchette en tout cas... La chaleur y est intolérable me dit Mme Knèlle ; impossible d'ouvrir, tous les sabords sont hermétiquement clos par suite de l'agitation régnant autour du navire à cause de la rentrée du charbon et de toutes les marchandises ; aussi, bon nombre de personnes abandonnent déjà leur demeure et viennent dormir sur le pont.

Non, vraiment, je ne puis pas jouir pour moi toute seule de cette Beauté des Cieux !... J'appelle.

— M. de Saint-Pons !

— Oh ! le Croissant de Mahomet ! Le Croissant étoilé ! !

Au même instant, le muezzin entonnait son hymne matinal et glorifiait Allah !

Un mystère... planait autour de nous, des vapeurs d'aube se détachaient mollement de la surface ridée des eaux — les caïques se croisaient silencieusement — des ombres fugitives les montaient..., on aurait dit de pauvres âmes errantes, sillonnant les avenues de la « Cité des Pleurs ».

L'une d'elles, debout sur la nacelle craintive allant de-ci, de-là, implorait son Dieu : le Dieu d'Abraham et d'Ismaël.

Une autre, pieds nus à l'entrée du pont, montée sur une petite éminence, tenait ses mains levées vers le Croissant doré, puis les abaissant en forme d'éventail au pavillon de l'oreille, les inclinait lentement vers la terre qu'elle baisait devant le Dieu Puissant et Miséricordieux.

D'autres âmes s'assemblaient ou s'éloignaient très graves, tandis que des bruits d'ailes déchi-

rant les nuées, marquaient dans l'air humide le passage des alcyons.

* * *

A sept heures du matin, « rendez-vous » pour le plaisir.

Nous commençons par nous ranger docilement en compagnie de dix, sous la conduite d'un chef ; mais, comme l'ordre est toujours très difficile à obtenir dans ces sortes d'expéditions, nous voilà de nouveau tous groupés sur le vieux pont de bois séparant Stamboul de Galata.

Au milieu, le passage est interdit à quiconque ne montre pas son ticket, car un droit de péage est imposé à tous les piétons. Notre but est de nous rendre sous le pont, à la station des bateaux, destinés aux promenades sur le Bosphore. Tout est encore plongé dans le brouillard et en attendant l'heure du départ, je fixe ma pensée sur la gent commerçante et du hasard.

Point de femmes — les hommes seuls, supportent sur leur tête les paniers profonds remplis d'importantes aubergines à face violette, — de melons à grosseur de citrouilles — de raisins allongés, pareils à des prunes.

« Fort comme un turc » dit le proverbe et en voilà un qui ploie sous le fardeau d'une armoire et de trois malles — un autre transporte un piano et non loin, comme par dérision, six ouvriers peinent à tirer une planche légère — puis ce sont des baudets dont on devine les pattes sous les ais qui les couvrent et qu'ils traînent jusqu'à terre. Un petit garçon aux grands yeux noirs très doux passe près de moi tenant entre ses mains une corbeille de framboises ; par taquinerie, j'avance la main pour en saisir une ; il me regarde sans surprise et sans reculer d'un pouce, gentiment me laisse prendre la baie, accompagnant mon larcin d'un sourire familier.

Des voitures de maître, découvertes, attelées de deux chevaux font gémir le vieux Pont et emportent dans des flots de mousseline les visiteuses tardives ou matinales de Péra. Par contre, d'autres circulent comme des corbillards au fond desquels rient ou soupirent les impénétrables petites formes noires.

Ici, les bateaux ne doivent guère plus se presser que les gens, aussi par esprit d'imitation et d'assimilation je ne perds point patience et m'installe sur un escabeau turc qui m'offre son assise devant une boutique tenant à la fois de la cuisine bourgeoise et de l'épicerie ; tantôt ma vue s'égare sur une pile de boîtes de sardines. « Choisissez la meilleure marque » — Amieux : toujours à mieux ! — tantôt sur la carcasse d'un poulet qu'on dissèque ou sur des tablettes de chocolat Suisse ou encore sur des caisses de gâteaux secs anglais de la grande usine : Huntley.

Enfin ! c'est lui ! C'est notre bateau de plaisance ! Il fait froid, le brouillard enveloppe le Bosphore et nous ne voyons rien !! La pluie nous balaie et nous sommes obligés de nous blottir les uns contre les autres comme de pauvres oiseaux transis sous la feuillée ! Mais le ciel est clément pour nos cœurs désolés, le rideau gris se lève et nous n'avons plus assez d'yeux pour voir, plus assez de paroles pour exprimer notre ravissement !

Sur la rive d'Europe, les palais enchantés !

Sur la rive d'Asie les délicieux séjours !

Et ce sont des villas rustiques perchées sur pilotis, d'autres percées à jour s'accrochent aux flancs des coteaux ; les unes encadrées de fleurs vives, les autres abandonnant à l'onde leurs guirlandes parfumées.

Une trentaine de villages, autant de petits ports donnent au Bosphore son air de fête quotidien.

Et voici les « Eaux douces d'Asie », les pelouses jonchées de roses et traversées par le « ruisseau céleste », promenade favorite et tant fréquentée par les petites dames voilées de *tcharchaf* ou de *yachmak*.

En Turquie, les Morts s'imposent et on ne peut jamais jouir d'un spectacle, sans qu'une longue

ligne de cyprès viennent assombrir votre joie. Les
stèles des grands cimetières se profilent sur les
hauteurs et la méditation aurait long cours, si
elle n'était arrêtée par les impérieuses tours de
Roumili-Hissar. C'est à cet endroit nous dit notre
bienveillant cicerone que le courant du Bosphore
est le plus impétueux, par suite de ses rives plus
resserrées et, en jetant un rapide coup d'œil sur
l'histoire, c'est ici que passèrent sur un pont de
bateaux les sept cent mille soldats de Darius et la
« retraite des Dix mille » sous la conduite de
Xénophon.

Et la rive s'élargit, déployant avec soin le
pittoresque de sa nature tranquille. Ici encore, de
gracieuses petites villas retirées sous l'ombrage
d'érables gigantesques ; là, des cafés au bord de
l'eau respirent la fraîcheur sous les platanes
centenaires : les divans sont les sièges habituels
du jardin où de nombreux clients, les jambes
croisées fument déjà le narghileh ; d'innombrables caïques franchissent l'espace avec des
vitesses d'automobiles : l'un vient de nous croiser
comme une flèche emportant une Icone sacrée
soutenue par un Pope habillé tout en or !

Après Sultanieh caché dans un bois de syco-
mores, s'avance Bey-Koz adorable de verdure et
de grâce ; c'est là, paraît-il, que se trouvait le
fameux laurier qui rendait fous les imprudents,
osant toucher à ses feuilles ? Et ce ne sont que

6.

jardins suspendus, petites baies frémissantes, terrasses aériennes qui vous chantent au cœur et engourdissent votre âme.....

Mais, regardez bien mes yeux, par cette vaste échancrure, ce que vous ne verrez plus demain : le Pont Euxin des anciens, le ciel brumeux de l'intraitable mer Noire.

Parmi les cuirassés, les flottaisons de navires, on pourrait avoir quelque appréhension de se sentir cerné, si le bateau ne décrivait une courbe pour joindre Thérapia, dont le nom signifie « guérison » étant donnée la force de sa station climatérique.

Nous côtoyons Bouyukdéré avec ses immenses hôtels européens recommandés pour leur confortable et ses résidences somptueuses d'été des principales ambassades.

A partir de ce moment, le Bosphore change d'aspect, ce n'est plus qu'un beau lac où les eaux bleu-pastel se jouent avec les rayons ardents d'un soleil de midi.

Les jardins du Sultan se remplissent d'oiseaux.

Scutari se noie dans des flots empourprés.

Byzance m'éblouit... je reste sous son charme.

*
* *

Une partie de l'après-midi se passa à l'assaut de Sainte-Sophie, mais l'arrivée jusque-là ne fut pas chose aisée.

Mme Gray qui se souvenait de son aventure à Athènes ne désirait pas la renouveler et s'entourait le plus possible de sa famille; mais, comme il fallait se presser de prendre à l'extrémité du Vieux Pont les voitures disponibles, il s'ensuivit que la jeune fille fut enlevée à sa mère sans consentement.

La voiture filait à une allure vertigineuse, sautait dans les flaques d'eau, se disloquait aux coins de rues, chavirait dans des trous et Mme Gray réclamait en vain sa fille que nul ne pouvait lui rendre, pas même le cocher qui ne comprenait seulement pas le mot : Arrêtez !

Dans la cour de Sainte-Sophie, autre nouvelle alarmante : les demoiselles Chapelier étaient perdues, personne ne les avait vues, n'avait aperçu leur voiture.

De plus, un cocher poursuivait un jeune homme auquel le Directeur avait remis l'argent nécessaire pour s'acquitter de la course. Le jeune homme avait empoché la pièce, mais sans comprendre le motif de cette générosité ! Arrivé à destination, le cocher attendit... puis réclama. Pour toute réponse, son client lui tourna les talons, et comme l'un parlait turc et l'autre hollandais les rapports entre eux étaient assez difficiles à établir. On finit enfin par se mettre d'accord et à se retrouver !

Depuis quelques jours et par un caprice bizarre

du Sultan, il était interdit à tout chrétien,
de pénétrer dans les mosquées et surtout à
Sainte-Sophie.

Notre Directeur avait employé toutes sortes de
moyens pour faire lever la sentence ; l'ambassade
de France même, était dans l'impossibilité d'ac-
quiescer à son désir.

Notre guide religieux très connu et aimé des
gardiens de Sainte-Sophie, tâcha de les amadouer
par de bonnes paroles et quelques promesses ;
ils restèrent inflexibles, incorruptibles ! Inutile
d'insister... la volonté veillait, une volonté rigou-
reuse aux yeux fulminants, rendue plus signi-
ficative encore par le petit clapotement de la
langue contre les dents et le geste très lent, mais
très arrêté de la main qui défend ! Un troisième
gardien en titre plus élevé survint... sembla
s'intéresser à notre sort... je crus la cause gagnée...
une seconde de fausse joie, hélas ! De son air
austère il nous salua... souleva une portière... et
disparut en traînant ses babouches.

Que faire ? nous contenter de l'extérieur et du
récit historique ?

M. Sterne n'était pas venu à Constantinople
pour ne pas voir Sainte-Sophie, aussi usa-t-il
d'un tour d'enfant, dont il voulut nous faire profiter. Il regarda par la serrure et contempla...
l'obscurité ! Ensuite, délaçant ses souliers, il
s'approcha tout doucement d'une des portes laté-

rales, entra dans un premier vestibule et le trouvant désert vint appeler d'autres compagnons ; les plus entreprenants le suivirent, tenant religieusement leurs chaussures à la main. La joie inondait leur cœur ! Ils s'enhardissent... traversent le vestibule, et allaient atteindre le second, lorsqu'ils sont surpris et repoussés non seulement avec des signes formels, mais avec un œil terrible, qui aurait bien pu être le *mauvais*. Somme toute, ces hommes observaient leur consigne, accomplissaient leur devoir. Qui sait, après notre départ, peut-être auraient-ils payé chèrement de leur vie l'acte de complaisance envers nous ?

Des espions rôdaient autour de la mosquée et il y avait tout à craindre et rien à espérer !

Alors, le nez en l'air nous écoutons avec intérêt les explications que le bon Père veut bien nous fournir.

« Sainte-Sophie fut commencée en 532 de notre ère sous l'empereur Justinien et dédiée à la « Sagesse ».

De pur style byzantin, l'extérieur ne répond en rien à toutes les merveilles intérieures.

La coupole de 31 mètres de circonférence couverte de plomb, semble aplatie, quoique surélevée à cinquante-cinq mètres de la nef centrale et maintenue par de monstrueux contreforts peints en rose.

Après la prise de Constantinople par les Turcs

1453 la basilique chrétienne devint musulmane et trois grands sultans :

Mahomet le Conquérant.

Sélim II.

Amurah III l'ornèrent de quatre minarets et du Croissant qui la surmonte.

Deux paroles nous sont rappelées :

Celle de *Justinien* triomphant devant le temple béni « Gloire à Dieu qui m'a jugé digne d'accomplir cette œuvre ! Salomon, je t'ai vaincu ! »

Celle de *Mahomet II* arrêtant la dévastation :

« Allah est la lumière du ciel et de la terre ! »

Le bon Père se fait aussi l'écho de la légende de la « porte murée ».

Lorsque les hordes guerrières et fanatiques vinrent saccager le temple, un prêtre, dit-on, célébrait la Sainte Messe. Obligé de quitter l'autel il s'enfuit par une porte qui se referma sur lui avec une telle violence que la lance ni la hache ne purent la faire céder. Cependant, d'après la tradition, la porte s'ouvrira le jour où Sainte-Sophie sera rendue à l'Eglise et l'on verra le prêtre absent depuis des siècles continuer l'offrande du Sacrifice profané !

Après avoir entouré Sainte-Sophie de plaintes inutiles nous reculons vers un petit réduit où trois patriarches assis à « la turque » sont occupés dans trois coins à raccommoder les vieux Corans de la Mosquée.

Très respectueux à notre approche, deux se lèvent pour nous saluer, tandis que l'autre, rayonnant de plaisir, nous montre son travail véritablement artistique.

Ses yeux d'un bleu très clair se reposent amoureusement sur les grands feuillets remis à neuf et qu'il tourne lentement devant nous avec un soin extrême.

Nous lui prodiguons nos compliments qu'il accepte avec un « humble sourire plein d'orgueil » en nous découvrant ses dents du plus bel ivoire. Ses ongles d'une rare propreté et finement poncés font ressortir la main blanche d'une transparence de nacre : main visiblement entretenue pour approcher des livres saints !

Sur une petite place, nous remarquons la « fontaine aux ablutions » du sultan Ahmed III. C'est un joli pavillon en marbre blanc, extrêmement fouillé, revêtu à l'envi de mosaïques et de dorures et à mettre dans un écrin tant il a de délicatesse et de séduction.

Mais ce qui est plus séduisant encore, c'est ce gazouillis d'oisillon rompant la monotonie du lieu et qui me fait abandonner pour un instant cette inscription arabe courant au-dessus des vasques :

« Ouvre la clé de cette source tranquille et pure » et invoque le nom de Dieu. Bois de cette eau » intarissable et limpide et prie pour le Sultan. »

Oui, parle, parle encore ma toute charmante petite fille, j'aime ta voix d'hirondelle, tes yeux de velours, ton minois souffreteux et jusqu'à ta pauvreté qui m'envoie des baisers.

L'enfant nous suit dans la rue montante et déserte derrière les murs de Sainte-Sophie.

Toujours pas de femmes ou très peu. On préfère même ne pas rencontrer ces fantômes ambulants dont la figure est abîmée par un masque noir imprimé parfois de taches rouges, ce qui les rend encore plus épouvantables.

Il est fort probable qu'en soulevant la mantille, on trouverait une tête adorable. Mais, c'est défendu !

On n'entend aucun bruit.

Les maisons de bois à un ou deux étages semblent inhabitées, les fenêtres sont grillagées et cachent aux regards étrangers le « Harem » ou demeure des femmes complètement séparée du « Sélamlik » partie réservée aux hommes.

Stamboul, le vieux et vrai quartier turc n'est formé que de ces petites rues solitaires et jalouses conduisant à de grandes places où les hommes se promènent nonchalamment vêtus de vastes tuniques, le fez ou le turban sur le front.

On reconnaît facilement les descendants de Mahomet au turban vert qu'ils portent enroulé autour du fez rouge à gland de soie noire et les pèlerins de la Mecque au turban de laine blanche.

Ce sont des gens très graves, de taille robuste, chez lesquels on ne saurait mesurer le degré d'échelle sociale qui les sépare. Tous ont même allure, même regard pensif ou interrogateur — chez eux pas de surmenage, pas d'agitation, pas de cris, pas de disputes, pas de fièvre à ronger la vie — tout est d'une régularité froide, reposante !

Ceux qui ne fument pas ou ne travaillent pas égrènent leur chapelet.

Le chapelet musulman se compose de quatre-vingt-dix-neuf grains dont trois gros et quatre-vingt-seize petits auxquels est suspendu un gland de soie de couleur claire : sur chaque grain on récite un attribut de Dieu.

En voici la liste complète :

1. Le Miséricordieux.
2. » Compatissant.
3. » Royal.
4. » Beau.
5. » Pacificateur.
6. » Fidèle.
7. » Protecteur.
8. » Puissant.
9. » Réparateur.
10. » Grand.
11. » Créateur.
12. » Travailleur.
13. L'Accommodant.
14. L'Indulgent.
15. Le Dominateur.
16. » Dispensateur.
17. » Pourvoyeur.
18. L'Ouvreur.
19. Le Connaisseur.
20. » Réprimant.
21. » Propagateur.
22. L'Humble.
23. L'Enivrant.
24. L'Honorable.
25. L'Exterminateur.
26. L'Auditeur.

27. Le Voyant.
28. » Gouverneur.
29. » Juste.
30. » Subtil.
31. L'Observateur.
32. Le Clément.
33. » Magnanime.
34. » Doux.
35. L'Agréable.
36. Le Glorifié.
37. » Magnifique.
38. » Gardien.
39. » Fortifiant.
40. » Calculateur.
41. » Majestueux.
42 » Généreux.
43. » Veilleur.
44. L'Approbateur.
45. L'Intelligent.
46. Le Grandiose.
47. L'Aimant.
48. Le Puissant.
49. L'Evident.
50. Le Véritable.
51. » Fort.
52. » Ferme.
53. » Saint.
54. » Louable.
55. » Comptable.
56. » Premier.
57. » Restaurateur.
58. » Réconfortant.
59. » Régicide.
60. » Vivant.
61. » Substantiel.
62. L'Inventeur.
63. L'immuable.
64. Le Seul.
65. L'Eternel.
66. Le Bienfaiteur.
67. » Charitable.
68. » Prévoyeur.
69. » Producteur.
70. » Prévenant.
71. » Principe.
72. » Dernier.
73. » Réel.
74. » Mystérieux.
75. » Protecteur.
76. » Digne.
77. » Droit.
78. L'Acceptable.
79. Le Justicier.
80. » Bon.
81. L'Aimable.
82. L'Ordonnateur.
83. Le Seigneur de libéralités.
84. L'Equitable.
85. Le Compilateur.
86. L'Indépendant.
87. Le Riche.
88. » Distributeur.
89. Le Répartiteur.

90. Le Détenteur.
91. » Resplendissant.
92. L'Endurant.
93. Le Glorieux.
94. L'Universel.

95. Le Guide.
96. L'Immanent.
97. Le Parfait.
98. » Sublime.
99. » Patient.

LE BON MUSULMAN

Sur la place de « l'Hippodrome » l'air était doux, portant à la langueur, au bonheur de se sentir vivre !

J'avais quitté mes compagnons, tournant autour d'une espèce de guérite massive et qui n'était autre qu'un souvenir de l'empereur Guillaume II, lors de son passage à Constantinople en 1905.

Si M. Sterne était venu à Byzance pour voir Sainte-Sophie ; moi, lorraine, je n'étais pas venue à Stamboul pour m'arrêter devant une pierre commémorative allemande ; aussi, m'en suis-je allée, non sans avoir jeté un regard de compassion sur une vieille négresse, marquée au front du sceau bleu de l'esclavage. Qu'avait-elle fait la pauvre femme pour être réduite à cette existence ? et moi, qu'avais-je fait pour posséder tant de privilèges au-dessus d'elle ?

Bientôt, mes pas me conduisirent vers un beau petit vieillard à barbe demi-longue, blanche et soyeuse, portant le fez rouge sur la tête, sur les

épaules un manteau bleu. Il était appuyé contre
une des bornes en bronze entourant l'obélisque,
les yeux bleus perdus dans l'au-delà...

Où était son esprit ? Où était son âme ? A quoi
pensait-il ?

Ses traits reflétaient une certaine noblesse antique qui me plaisait et ses doigts d'une élégante
finesse me laissaient entrevoir, scintillante, la
nacre de son chapelet au gland de soie rosée.

Je m'approchai de lui... et, sans y être invitée,
je me mis à palper les grains de son chapelet, disant en souriant, que je n'en avais pas encore vu
d'aussi joli... C'était très vrai.

Sans aucune hésitation, il le posa tout entier
dans ma main droite et me laissa l'examiner, tout
en murmurant des mots arabes d'une musique
très douce, mais inintelligibles pour moi.

Un air de droiture, de sincérité était répandu
sur son mâle et clair visage et il me considérait
avec une religieuse bonté dont je me sentais toute
pénétrée.

Cette rencontre me faisait l'effet d'une trou-
vaille inespérée d'un vieux bijou byzantin et, en
semblable occurrence, je désirais naturellement
le faire estimer, par quelqu'un capable de l'appré-
cier à sa juste valeur.

Je détournai la tête et fis quelques pas vers le
groupe qui s'avançait. M. Labbey, toujours en
quête de nouveautés, se présenta le premier et

me suivit. Il s'intéressa discrètement à ce beau type de race, recueillit le chapelet miroitant au soleil et l'admira.

Le patriarche. parlait en me regardant toujours.

Un jeune homme turc s'étant approché de nous fut son interprète.

Il disait : « Que ce chapelet reste en tes mains pour te porter bonheur ! »

Ignorant sa situation, nous ne voulions pas, certes, s'il était pauvre le priver de son bien, et ne pouvant supposer cette offre si gracieuse de la part d'un riche à des passants et qui plus est, à des chrétiens ! le prix lui en fut aussitôt demandé...

— Il ne veut rien accepter, reprit le jeune homme. C'est un ancien officier ! Il vous donne son chapelet, heureux de vous faire plaisir !

Très touchés d'une si parfaite aménité et plus encore de la générosité de son âme, nos remerciements s'élevèrent à la hauteur de nos sentiments. Nos mains se tendirent vers lui et je crus sentir les deux siennes s'abaisser sur moi comme une bénédiction.

*
* *

Les bazars ! les bazars ! !

Tel un essaim d'abeilles s'enfuit de la ruche pour butiner les fleurs, tels nous nous élançons dans toutes les directions pour mettre à profit nos bonnes intentions, c'est-à-dire dévaliser les boutiques et remplir nos poches de tous les échantillons d'Orient.

Nous sommes heureux, heureux! ivres de joie ! pareils à des enfants auxquels on va distribuer des jouets promis.

Mais, va-t'en voir s'ils viennent, Jean! Il y a quatre-vingt-dix rues, quatre-vingt-dix enfilades qui aboutissent à de petits carrefours et tout passe devant nos yeux comme les sujets tremblottants d'un cinématographe, tant la vitesse demandée à nos jambes est considérable.

Si nous voulons attraper quelque chose au vol : une sandale, un fez, une soierie, par exemple, à moins de s'en aller sans payer, alors seulement, nous pourrons avoir l'objet convoité.

Une chose que je désirais par-dessus tout, c'était un petit bijou, une simple breloque représentant le Croissant étoilé, tel que je l'avais vu cette nuit dans le monde des Astres.

Au bazar, chaque corps de métier possède son quartier particulier, vous verrez par conséquent, soit une rangée de chaudronniers, de cordonniers, de fruitiers, d'épiciers, de bijoutiers, etc., etc. Il faut donc entrer là, avec une idée absolue. J'avais la mienne... mes compagnons avaient la leur, de sorte que si elles ne se rencontraient pas sur le même chemin, il fallait courir aux deux extrémités.

Je tenais spécialement à un Croissant.

M. Langevin à une calotte.

M. de Saint-Pons à une canne.

« Croissant, Croissant » clamait notre petit guide turc aux boutiquiers indolents, somnolant derrière leur comptoir.

Un signe négatif... et nous passions.....

Inutile de chercher mon bonheur parmi l'étalage, car l'étalage dans le royaume des bijoutiers n'existe pas.

Cinq ou six petites horreurs en métal argenté ou doré sont renfermées dans une cassette sous verre, tandis que les parures, les bagues, les colliers, les bracelets, toutes les merveilles enfin, sommeillent dans un misérable coffre-fort, lequel sert de point d'appui au dos du vendeur.

Sans nul doute, on remarque tout de suite à notre air que nous sommes des gens pressés et de peu d'importance et ces messieurs ne daignent même pas se mouvoir.

« Je veux la Lune », dis-je enfin à un de ces nombreux pacifiques qui attendent les bras croisés

7.

et les jambes repliées le bon client d'Allah. Ceci
est une justice à rendre aux Musulmans, ils ne
se font de tort ni aux uns, ni aux autres, chez eux
pas de concurrence.

Le gain, comme le soleil doit briller pour tout
le monde. Ils reçoivent l'acheteur avec toutes
sortes de salamalecs, lui offrent du café, des bis-
cuits ou des bonbons et remercient Allah de les
avoir favorisés.

« *Sésame, ouvre-toi !* »

Et aussitôt, mon aimable turc sort du fond de
son armoire un croissant... de forme trop pesante
pour tenter ma fantaisie, hélas !

Pendant ce temps, M. Langevin avait acheté ce
qu'il désirait et M. de Saint-Pons achevait de
marchander une canne d'ébène incrustée d'argent.

A la sortie du bazar, nous sautons dans une
voiture. M. Langevin qui veut me montrer ses
deux belles calottes rouges brodées d'or, descend
de la sienne pour entrer dans la mienne et dans
ce court intervalle trouve le moyen de s'abîmer
en un grand tas de boue. Ce n'était vraiment pas
le moment de se livrer à semblable exercice,
surtout que la vitesse acquise par un corps qui
tombe à Constantinople est en raison inverse du
temps permis à parcourir l'espace.

Nous quittons notre landau au vieux pont de
bois de Galata et prenons un pas de course digne

des plus braves troupiers de France et de Navarre.

Le guide n'a cependant pas été payé pour nous rendre fous de peur ? et il croit que le *Niger* a quitté l'ancre !

Nous redoublons le pas. — M. Langevin avec ses deux fez, M. de Saint-Pons avec sa troisième jambe qui ne lui sert pas à grand'chose puisqu'il la porte sous son bras ! et moi, ouvrant la marche, d'autant plus légère que mon bagage est le plus restreint. Au milieu du pont, on nous arrête pour présenter notre ticket.

Est-ce que nous avons le temps, franchement ! et je me sauve de plus belle.

Encore cinq cents mètres à courir pour atteindre le bateau. La forêt de mâts nous empêche de l'apercevoir. Est-il là ? n'y est-il pas ?.....

Ah ! voilà notre Drapeau, le Drapeau français, nous sommes sauvés ! Vive la France ! !

Ensemble, d'un bond, tous de front, nous nous précipitons sur la passerelle et lasse de frayeur, je vais tomber sur un fauteuil tournant, de la salle à manger. Je n'ai plus de jambes, plus de bras, plus de cœur, plus d'yeux, plus d'oreilles, plus rien... je me tiens les tempes pour empêcher mes artères d'éclater !

On me sert du thé.

Les amarres se détachent... nous partons.....

Nous partons ! Un bon génie passant me souffle

quelque force. Grâce à lui, je remonte sur le pont pour m'étendre à la poupe.

Il est quatre heures.

Constantinople, plus belle encore, s'arrache à nos regrets, à mon adieu éternel...

Au voile bleu, succède le rideau rose du crépuscule. Dolma Baghtché se perd dans l'azur des flots ; Stamboul disparaît sous des vapeurs de narghileh et des parfums de harems... tout s'endort... tout est fini ! !

FLEURS D'ÉPHÈSE

En mer, 8 heures du matin.

J'étais en train de consulter la carte et de me renseigner auprès de l'officier de quart, lorsque survint M. Grant.

— Une nouvelle, lui dis-je ?

— Ah !

— Une découverte !

— Laquelle ?

— Laquelle ? eh bien, en passant à Troie cette nuit, j'aperçus sur la plage le fameux cheval de bois !

Un sourire incrédule accueillit mes paroles ; aussi, perdant tout sérieux, ma confidence en resta là, n'osant pas risquer les funérailles d'Hector et les lamentations d'Andromaque ! Vastes scènes homériques si vivaces à mon imagination en longeant les célèbres côtes !

« Au milieu des femmes, Andromaque aux
» bras blancs, commença le deuil, tenant dans
» ses mains la tête homicide d'Hector : Cher

» époux, tu as perdu la vie et tu me laisses seule
» dans ce palais, et cet enfant tout jeune encore,
» je ne présume pas qu'il parvienne à l'adoles-
» cence : avant ce temps, Ilion sera réduite de
» fond en comble. Car tu as péri, toi son gar-
» dien, son sauveur qui protégeais les chastes
» épouses et les jeunes enfants.

» Bientôt sans doute, elles partiront sur les
» vaisseaux creux des Grecs et moi-même avec
» elle, toi, mon fils tu me suivras pour être em-
» ployé à d'indignes travaux et subir la loi d'un
» maître impitoyable ou bien quelqu'un des
» Grecs te prenant par la main te jettera du haut
» d'une tour pour venger un frère, un père ou
» un fils qu'aura tué Hector, car bien des Grecs
» luttant contre Hector ont mordu la terre im-
» mense avec les dents, c'est que ton père n'était
» pas doux dans la mêlée terrible.

» Tu as causé à tes parents, Hector, un deuil
» inexprimable, mais c'est à moi que sont réser-
» vées les plus cruelles douleurs car en mourant,
» tu ne m'as pas tendu la main, tu ne m'as point
» adressé quelque sage parole dont je puisse me
» ressouvenir en pleurant nuit et jour.

» C'est ainsi qu'elle parla tout en larmes et les
» femmes gémissaient avec elle.

» Alors Hécube à son tour mena l'inexprimable
» deuil : Hector, ô le plus cher à mon cœur de
» tous mes enfants, tu as été aimé des dieux pen-

» dant ta vie et ils ont eu souci de toi-même au
» sein de la mort, car, ceux de mes autres enfants
» que prenait Achille aux pieds légers, il les ven-
» dait au delà de la mer inféconde, à Samos, à
» l'inhospitalière Lemnos. Mais toi, après t'avoir
» ôté la vie avec l'airain au large tranchant, il t'a
» traîné plusieurs fois autour du tombeau de son
» ami Patrocle que tu avais immolé, mais il ne l'a
» point ressuscité pour cela. Et maintenant, te
» voilà étendu dans ce palais, frais et tiède encore,
» comme un homme qu'Apollon à l'arc d'ar-
» gent a frappé tout à coup de ses plus douces
» flèches.

» C'est ainsi qu'elle parlait en pleurant et elle
» excita des gémissements sans fin.

» Hélène vint la troisième : Hector, ô de tous
» mes beaux-frères le plus cher de beaucoup à
» mon cœur, car j'ai pour époux Pâris, semblable
» aux dieux, qui m'a conduite à Troie, que n'ai-
» je péri auparavant ! Voilà déjà la vingtième
» année que j'ai quitté ma patrie pour venir
» ici.

» Si quelqu'un au palais m'adressait quelque
» reproche, c'est toi dont le langage conciliant les
» modérait, grâce à ton humeur bienveillante. Je
» pleure à la fois ton infortune et la mienne,
» car je n'ai plus dans la vaste Troie, ni protec-
» teur, ni ami, tous ont horreur de moi !

» Lorsque parut la Déesse matinale, le peuple

» se rassembla autour du bûcher de l'illustre
» Hector ; les compagnons du héros recueillirent
» ses os blancs et les déposèrent dans une urne
» d'or et des sentinelles furent placées de tous
» côtés de peur que les Grecs aux belles cnémides
» ne les attaquassent à l'improviste ; et puis,
» rassemblés en foule, ils se partagèrent un repas
» magnifique dans le palais du roi Priam. Voilà
» comment ils accomplirent les funérailles d'Hec-
» tor, dompteur de coursiers. »

*
* *

Retour à Smyrne, vendredi 6 septembre.

Nous sommes en vue de « Smyrne », mais la
mer est tellement déchaînée que le débarquement
est rendu presque impossible.

Faudra-t-il renoncer à notre seconde visite ?

Renoncer au plaisir de revoir le Père Vincent ?

Renoncer à notre partie projetée pour « Ephèse ».
Et nous nous réjouissions tant de tout cela !

Haletants, inquiets, nous scrutons l'horizon, la
force des vagues, le ciel bleu sans nuages...

Au loin, des barques téméraires ont quitté le
port, sous la main habile de l'homme qui veut
lutter à tout prix et se rendre maître de la fureur
des flots. Le Commandant ne conseille pas de des-

cendre, mais il nous fait espérer que cette agitation s'apaisera dans deux ou trois heures.

Deux ou trois heures ! pour des gens pressés et
avides c'est un peu-beaucoup, d'autant plus que
nous avons un train spécialement commandé à
Smyrne pour Ephèse et qui se consume dans l'attente.....

Nous restons donc en pleine mer, sans marcher, mais secoués rudement par les lames en
détresse et, remplis de crainte pour les malheureux nautoniers, qui affrontent le danger et se
livrent ainsi au service des voyageurs peu soucieux
des bonnes grâces d'Amphitrite pour effectuer
leur descente.

Tantôt, les barques pirouettent, s'enfoncent, se
relèvent ou bondissent comme des balles élasti-
ques, sans aucune désespérance cependant d'arriver jusqu'au but !

Dans cette course périlleuse, l'une vient de
gagner le câble, s'y accroche férocement et par
cette victoire, bénéficie des avantages réservés au
premier occupant. On lui passe une malle... V'lan...
tombée à l'eau, relancée par une vague, on ra-
trape l'étourdie et pour la caller, une dame prend
place à côté d'elle ; mais arrive un gros rabbin,
qui s'emberlificotant dans sa longue robe, se laisse
choir sur la malle, laquelle, comme une poupée
de son, le renvoie sur la dame, la dame s'étale et
dans sa chute fait pencher l'embarcation d'une

manière affreusement critique. Les ballots de
toutes sortes pleuvent sur eux et sur les autres
barques d'arrière, alors on assiste à un spectacle
inénarrable : des cartons à chapeaux subissent le
sort le plus malheureux : les fonds se crèvent et
les frais modèles, les dernières nouveautés de
Paris s'écrasent sous des paniers chargés de vins
mousseux ; les couchettes turques de couleurs
voyantes s'envolent un moment pour retomber
lourdement sur le dos de quelqu'un... et au milieu
de tout cela, des cris, des ordres, des disputes et
des rires. Quelques marchands de Smyrne attirés
par l'appât du gain, grimpent à l'échelle pour
essayer de vendre des produits rafraîchissants ; l'un
d'eux, sautant de barque en barque et, embarrassé
de deux paniers contenant figues et raisins, se laisse
prendre par la vague gourmande une belle boîte
de figues... au risque de perdre toutes les autres
il repêche l'égarée qu'il revendra probablement
plus cher à un amateur ! La mer se calme petite-
ment, le vent semble diminuer d'impétuosité et
nous avons tellement envie d'aller à Ephèse, que
nous sommes prêts maintenant, à braver le courroux des flots. Seulement, notre chaloupe est
restée au port, toutes les barques sont parties
comblées, et il n'y en a plus pour nous prendre !
Comment faire ?

Heureusement, nous avons un Commandant
extrêmement aimable. La chaloupe postale est là ;

il s'entretient un instant avec l'officier du bord et
obtient notre passage. Nous sommes ravis... mais
il s'agit de ne pas manquer le pied... Je laisse
passer tout le monde afin de jouir du courage de
tous et de la bonne volonté de chacun en particulier et j'arrive, pour jeter mon ombrelle et mon
manteau à la face de M. Jolibois et m'asseoir sur
les genoux de Mlle Reine. Sur le quai, le Père
Vincent nous tendait les bras. « Qui vient à moi,
criait-il ? »

— Moi, mon Père, répondent plusieurs voix.

Le pas est franchi, mais le pied a glissé,
M. Dampierre tombe sur le Père Vincent, le Père
Vincent sur Mlle de la Butte et Mlle de la Butte
dans la douane. Pour peu, tous les douaniers
smyrniotes auraient roulé les uns sur les autres
au grand amusement des spectateurs.

Mais ce n'est pas l'heure de s'amuser... il faut
montrer ses passe-ports et vite en voiture pour la
gare.

Cette fois, nous ne traversons plus les quartiers
populeux, mais de vastes rues aux maisons blanches, de construction moderne avec le confort des
Européens.

Patiemment, notre train turc fumait, lui aussi,
son narghileh. Nous l'envahissons, après avoir
reçu chacun notre billet. Mue comme par un ressort je m'élance hors du wagon, je renverse tout
sur mon passage, presque notre Directeur qui fait

arrêter le train et auquel j'explique en quatre
mots ma course affolante : j'avais oublié dans la
voiture, manteau, Bible, herbier, Nouveau Testa-
ment. Les six voitures étaient encore en station,
mais le paquet n'y était plus. Sur ces entrefaites
accourt M. de Saint-Pons qui, lors de la montée,
s'était rendu responsable du contenant et du contenu, il parlemente et gesticule tant et si bien
qu'un brave cocher sort de dessous son siège ma
solide enveloppe. Aussitôt, M. de Saint-Pons s'en
empare, prend ses jambes à son cou, tandis que
je vide le restant de mon porte-monnaie, en signe
de remerciement, dans la main du musulman
consciencieux.

Installée dans un coin et riant de mon aventure,
je félicitais hautement la Compagnie des chemins
de fer d'Anatolie, d'avoir retardé jusqu'ici un service régulier entre Smyrne et Ephèse.

Et maintenant que j'ai repris haleine, suivons
attentivement la marche de notre promenade.

Voici d'abord le fleuve Mélès.

Arrêtons là nos souvenirs.

Nous sommes par conséquent dans l'ancienne
Lydie, sur les côtes d'Ionie. Tous ces noms mémo-
rables me donnent des joies tellement intimes que
je n'ai pas assez de mes deux poumons pour respirer l'air qui m'entoure ; de mes deux yeux pour
y mettre le ciel !

Le Mélès ne roule pas des eaux considérables, à

cette époque sèche de l'année, c'est un mince ruisseau dans lequel les chameaux tentent à se désaltérer.

Sur ses bords, on nous montre la demeure de l'aède divin !

Alors, en un songe lointain, se dessinent en notre esprit les tristes et nobles traits du poète aveugle... de son vrai nom Mélésigène parce qu'il naquit près du Mélès, de son nom littéraire Homère signifiant aveugle.

Des chèvres noires aux longs poils traînants, aux longues oreilles pendantes, remontent le cours du fleuve. Une vingtaine de chameaux, les uns derrière les autres à une distance d'un mètre environ, reliés à l'aide d'une corde au petit âne de file qui conduit la marche, se profilent dans l'ombre des hautes montagnes jaunâtres. Tous portent une clochette suspendue au collier bleu d'amulettes « contre le mauvais œil » et son tintement fêlé est le seul écho de l'interminable vallée.

Parfois, se découvrent quelques plantations de tabac à l'arome subtil dont les petites feuilles enfilées une à une sur des cordes tendues sont séchées au soleil à un mètre cinquante au-dessus du sol — des vignes rampantes — des champs cultivés au milieu desquels se dresse une pauvre hutte de branchages où le pasteur se repose.

Deux fois, nous faisons halte et sommes pour les habitants un sujet de curiosité et de fête.

L'accoutrement des femmes nous paraît un peu bizarre, ici, point de jupe, mais un simple pantalon en coton bleu ou rose.

Un troupeau d'oies se dandinant sur le chemin, nous indiquent par leurs cris d'ensemble que nous empiétons sur leur domaine ; en effet, nous sommes arrivés à destination et il reste à savoir quels sont ceux d'entre nous qui prendront des chevaux, des ânes ou leurs jambes pour se rendre aux ruines d'Ephèse situées à trois quarts d'heure de la station.

Ayant fait soixante kilomètres en chemin de fer, j'opte pour mes jambes et nous voilà partis, guidés par des indigènes, gardés à vue et fermant la marche par trois soldats à cheval, le fusil sur l'épaule, le pistolet au poing.

Pour ne pas en perdre l'habitude, on recommence à s'attacher des ailes aux talons et les piétons voulant même rivaliser de vitesse avec les mulets, se livrent à une course effrénée. Un flot de poussière me cache mes compagnons et n'ayant nulle envie de perdre mes forces, je me tiens ce langage : « Pourquoi te presser ? Tu verras peut-être un peu moins de pierres, mais ce que tu auras vu, tu l'auras bien vu ! Jouis donc de la nature, embaume-toi de ces souvenirs parfumés de la gloire des cieux, qui parsèment et s'attachent encore aux sentiers d'Ephèse... »

Peut-être par ce chemin... et pleurant son fils,

la Vierge Mère passa... pour aller vers Jean « le disciple bien-aimé ».

Ici, dans cette ville de marbre, l'Évangéliste écrivit, dit-on, son Apocalypse en 69 et y termina ses jours, après le martyre triomphant qu'il subit à Rome sous Domitien, en sortant sain et sauf de la chaudière d'huile bouillante.

Ici encore, saint Paul, alors âgé de cinquante-cinq ans, demeura quelque temps afin de détourner l'esprit des Ephésiens du culte des faux dieux.

Je revivais ces jours lointains, lorsque j'entendis la voix de M. Bourgeois :

— Vous êtes seule, me disait-il, et il n'est point bon de rester en arrière, surtout dans ce pays où quelque brigand peut sortir des broussailles et vous demander non seulement la bourse, mais encore la vie. Nous allons faire route ensemble et presser un peu le pas, car on ne voit déjà plus la caravane perdue au milieu des ruines !

Que de colonnes meurtries ! que de sculptures gisantes. Et parmi tant de mutilations, que de frémissements encore dans cette cité détruite.

Nous passons devant le théâtre où la foule s'ameuta contre saint Paul et dont dix-huit colonnes demeurent, pour attester la beauté du portique et montrer la colline entr'ouverte, aux rocs creusés, d'où s'élevait par gradins, l'amphithéâtre imposant.

Bien plus loin, toujours en marchant sur des

tertres mouvants, on rencontre l'emplacement de la Bibliothèque avec des statues par terre, des fûts de colonnes tranchés, des chapiteaux écrasés; puis le temple de Diane-Artémise, entouré de 122 colonnes, long de 129 mètres, sur 66 de large.

Malgré le décret qui défendait sous peine de mort de prononcer le nom d'Erostrate, je ne puis m'empêcher de parler de ce fou, qui pour devenir célèbre incendia la septième merveille du monde, l'an 356 avant Jésus-Christ. Reconstruit plusieurs fois, ce temple fut pour saint Paul une occasion de haine et de bénédictions.

A ce propos, l'histoire rapporte ceci :

« Il s'était formée à Ephèse, une industrie qui » consistait à fabriquer en argent des images du » temple de Diane-Artémise, et c'était pour les ou- » vriers occupés de ce travail, la source d'un gain » considérable.

» Un certain Démétrius, sans doute chef de cor- » poration, les ayant convoqués, leur adressa » ainsi la parole : « Camarades, vous savez que » notre gain nous vient de ces temples que nous » fabriquons. Cependant, vous voyez et vous » entendez dire que non seulement à Ephèse, » mais dans toute l'Asie, ce Paul a par sa persua- » sion, détourné du culte des dieux un grand » nombre de personnes, en leur disant que les » ouvrages de la main des hommes ne sont point

» des divinités. Or, il n'y a pas seulement à
» craindre pour nous que notre industrie ne soit
» décriée, mais aussi que le temple de la Grande
» Diane ne tombe dans le mépris et que la ma-
» jesté de cette déesse adorée en Asie et dans
» tout l'univers, ne commence à en souffrir. »

» Tous les ouvriers se répandirent dans la ville
» au cri mille fois répété de la « Grande Diane des
» Ephésiens ».

« Une masse se porta vers le théâtre. Le greffier
» de la ville les apaisa en disant : « Les hommes
» que vous avez amenés ici ne sont ni sacrilèges
» ni blasphémateurs de votre Déesse. »

» Il fut crut.

» Et on vit beaucoup de ceux qui s'étaient adon-
» nés à la curiosité des sciences occultes, apporter
» leurs livres sur la place publique et sous les yeux
» de tous les jeter dans les flammes. »

Ainsi, la parole de Dieu croissait et se fortifiait
puissamment.

Plus tard, saint Paul écrivit cette épître aux
Ephésiens.

« C'est la grâce qui vous a sauvés par la foi et
» cela ne vient pas de vous, car c'est un don de
» Dieu, ni des œuvres afin que nul ne se glo-
» rifie.

» C'est pourquoi, souvenez-vous de ceci.

» Vous étiez alors sans Christ, entièrement sépa-
» rés de la société d'Israël, étrangers aux allian-

8

» ces, n'ayant point l'espérance de la promesse et
» sans Dieu dans ce monde.

» Mais maintenant que vous êtes dans le Christ-
» Jésus, vous êtes devenus proches par le sang du
» Christ.

» Car c'est Lui qui est notre paix.

» Ainsi étant venu, il a évangélisé la paix et à
» vous qui étiez éloignés et à ceux qui étaient
» proches.

» Vous n'êtes donc plus des étrangers, mais
» des hôtes de la cité des saints de la maison de
» Dieu.

» A moi, le plus petit d'entre les saints a été
» donné cette grâce d'évangéliser parmi les Gen-
» tils, les richesses incompréhensibles du Christ.

» Et d'éclairer tous les hommes sur l'économie
» du Mystère qui était caché depuis des siècles en
» Dieu, créateur de toutes choses.

» Je vous en conjure donc, moi qui suis dans
» les chaînes pour le Seigneur de marcher digne-
» ment, en pratiquant en tout l'humilité, la dou-
» ceur et la patience, vous supportant les uns les
» autres avec charité.

» Travaillant avec soin à conserver l'unité
» d'esprit dans le lien de la paix.

» Et c'est lui qui a fait les uns apôtres, les
» autres prophètes, d'autres évangélistes, d'au-
» tres pasteurs et docteurs, afin que nous ne
» soyons plus flottants comme des enfants, mais

» que pratiquant la vérité dans la charité, nous
» croissions de toute manière en Jésus-Christ qui
» est le chef. Que chacun de vous parle à son
» prochain selon la vérité, parce que nous som-
» mes membres les uns des autres.

» Soyez bons et miséricordieux les uns pour
» les autres, vous pardonnant les uns aux autres,
» comme Dieu même vous a pardonné dans le
» Christ ! »

Un vaste parvis de marbre, séparé à mi-longueur
par un portail dévasté, tels sont les nobles et
saints débris de « l'église double » où se réunit le
22 juin 431, le Conseil œcuménique d'Ephèse,
présidé par saint Cyrille, patriarche d'Alexandrie
et qui proclama dans une heure sublime le dogme
de la « Maternité Divine ».

Et dans ce temple en ruines sous l'immense
voûte des cieux, d'un commun accord et d'une
commune voix, nos cœurs s'élancèrent vers Marie
pour lui rendre hommage dans un *Magnificat*.

Seule... retirée dans ce qui fut la petite église
dédiée à la Mère de Dieu, bien seule parmi des
fleurs blanches, mon âme continuait à chanter.
C'était un jardin de Mai.

J'aurais voulu cueillir toute cette flore adorable,
en faire des bouquets immortels pour les « miens
chers ». Mes mains étaient trop petites pour contenir ma moisson... je récoltais et je glanais...

O fleurettes bénies ! premières fleurs de Terre

Sainte, je vous conserverai pieusement enchâs-
sées. L'une de vous, tremblante, sera mon pur
joyau et dans ma vie heureuse, à vous je songerai!

Pour mieux penser, pour mieux saisir, pour
mieux me ressouvenir, je marchais lentement...

C'était l'heure exquise de la Nature... cette
heure qui, en Orient arrive et repart si vite !

Une lumière douce, très tendre, d'un iris enve-
loppant, descendait voluptueusement sur les
montagnes d'Ephèse, montagnes ni sévères, ni
riantes, mais de grâce imposante !

Je tournai la tête vers l'Occident, le ciel était
embrasé !

Jusqu'ici, je n'avais rien admiré d'aussi beau !
Cette mer de feu nous inondait... roulait sur nos
têtes des vagues éblouissantes et mesurant la terre,
s'étendait à nos pieds.

Les *Quarante* fugitifs, un à un silencieux, mar-
chaient dans un sillon nébuleusement tracé, leur
corps était d'or.

A les voir ainsi comme des « astres errants »
dans l'infinie clarté, on croyait assister à la procession des fêtes « Ephésiaques » célébrées chaque
année en l'honneur d'Artémise ; mais à les entendre dans leur chant du départ, la pensée se
ramenait aux premiers néophytes palpitant
d'espérance auprès des tabernacles.

6 heures du soir.

Il faisait nuit... et de pauvres vieux Ephésiens nous offraient à la flammette douteuse d'une chandelle de menus objets en terre, de fabrique récente, mais baptisés du nom « d'antiques ».

Nous reprîmes même train et à huit heures nous étions en gare de Smyrne — une petite vérification — et fouette cocher, jusqu'au port.

La mer s'était apaisée.

Alors, sans souci de la traversée, les bons rameurs nous emportèrent.....

Oh ! que Smyrne était jolie ce soir, avec ce millions de lumières divergentes et se jouant sur les eaux.

J'aurais aimé rester là toute la nuit, sur la petite barque, au gré de la vague smyrnéenne, mais, je projetai de ne point dormir et remontai « l'échelle » avec des joies plein le cœur.

8.

L'ILE DU SOLEIL

Samedi, 7 septembre, 6 heures du matin,
au lever du soleil.

O Soleil vainqueur ! Sans t'adorer, je m'incline devant toi. Resplendis sur mon front. Pénètre-moi de tes puissants mystères. Rends mon âme attentive ! Je veux prier !!

Midi.

En nous mettant à table, étonnement pour tous de voir devant chaque convive de la caravane une coupe à champagne. Pour tant de réjouissances, je demandai des explications à mon voisin de gauche et j'appris, qu'ayant dépassé l'attrayante Samos, notre estimé Directeur voulant nous confirmer la renommée de Walthy et l'excellence de ses vins, nous offrirait au dessert quelque fin muscat !

Mais une gorgée de ce nectar eut la propriété de troubler le sens de ma vue. Je m'endormis...

tout en traçant la table de Pythagore, n'oubliant
pas que ce « fils d'Apollon » natif de cette île
m'avait fait pleurer bien souvent quand j'étais
enfant. Dans ce temps-là, on ne me donnait pas
de vin de Samos, je n'obtenais mon dessert
qu'après avoir récité tout d'un trait 2 fois 1 font
2 jusqu'à 15 fois 15 = 225, mais j'étais sûre de ne
pas me tromper en avançant que M. Pythagore
qui vivait au vi⁰ siècle av. J.-C. était un homme
bien ennuyeux.

Rhodes, 3 heures du soir.

Serions-nous obligés de rester au port devant
la ville des Chevaliers et de nous attrister en face
de ses fortifications redoutables ?

La mer est un miroir tant elle est transparente,
mais le vent est si fort que la vague en colère
mugit en s'éloignant... Les colporteurs ne l'ont
pas craint et les voilà... grimpant comme de
jeunes chats après les cordages, sur le pont des
passagers. Le marchand de cartes postales est
tout de suite entouré, mais il veut abuser et
nous le renvoyons ; cependant comme « douceur
fait plus que violence » je l'attire de la voix,
d'une caresse sur l'épaule ; aussitôt, son regard
mauvais s'abaisse et détournant la tête, il me
répondit : *Prends*.

Son associé vend de petites boîtes en bois de châtaignier incrustées de nacre et fabriquées paraît-il, par des forçats de Rhodes. Sauf M. Langevin qui en prend tout de suite vingt-huit, pour les distribuer comme tabatières à ses amis, il y a peu d'acheteurs.

Ces vilains garçons rhodiens ne restent pas longtemps, car la mer est trop mauvaise ; les vagues s'élèvent en collines, tout à l'heure, elles seront montagnes !

Cependant, une barque les brave et glisse vers nous..... Elle contient quatre franciscains venant voir un des leurs à notre bord. Leur arrivée est pénible à attendre !! Le flot les enlève, les recule et ils ne peuvent monter à « l'échelle ». Leur voix gagne nos cœurs : un bonjour et un adieu et ils retournent à l'île.

Rentreront-ils ?

La barque s'éloigne... les rameurs agissent avec force, mais l'écume est grondante et les rejette sur le flanc.

Je les suis avec ma lorgnette et je tremble.....

Les Pères en résignés sourient à la tourmente et d'un geste amical esquissent un long « au revoir ».

Ils sont sauvés ! *Deo gratias !*

Il faut donc en prendre son parti, hélas ! nous ne connaîtrons pas « l'île du Soleil ».

Pendant qu'un des *Quarante* se morfond et conte son malheur à Mlle R... sur la perte de sa

jolie petite chaise bleue ; Mme Dupleix qui a vu
le vol au bas de l'échelle, sans pouvoir le retenir,
me présente un jeune Grec, fort distingué, dont
les parents habitent Rhodes et qui se fera un
plaisir, me dit-il, de me donner toutes les explications relatives à l'ancienne Kastro.

J'accepte immédiatement et accoudés tous deux
au bastingage, M. Rodockanachi me montre la
place occupée jadis par le « colosse de Rhodes »,
la septième merveille du monde et qui fut renversée en 223 av. J.-C. par un tremblement de
terre. Plus tard, un Juif acheta ses restes de
bronze et les débarqua, paraît-il, sur neuf cents
chameaux.

Je fis observer à mon aimable compagnon, que
j'avais entrevu à « Ephèse » les traces de la
septième merveille du monde et que le
« Colosse » devait nécessairement se ranger au
sixième plan ; ceci nous fournit l'occasion de
renouveler les « Merveilles » et de les classer en
bon ordre.

1. Pyramides d'Egypte (Chéops).

2. Jardins suspendus de Sémiramis et murs de
Babylone.

3. Statue de Zeus ou Jupiter à Olympie.

4. Tombeau de Mausole à Halicarnasse.

5. Phare d'Alexandrie.

6. Colosse de Rhodes.

7. Temple d'Artémise à Ephèse.

A l'aide de ma lorgnette, je puis distinguer la « tour de la Forteresse » et en pensée, j'entre dans le château par la Porte Rouge. — Une cour m'arrête. J'écoute.

L'ordre des « Hospitaliers de Saint-Jean » se divisait en trois classes :

Les *nobles* ou chevaliers.

Les *prêtres* ou chapelains.

Les *Frères servants* qui appartenaient indistinctement à l'une ou à l'autre classe.

Donc, d'un côté de la cour se trouvait le bâtiment des Prêtres, de l'autre celui des Frères, en face celui des Chevaliers et plus loin le palais du Grand Chef.

Les établissements des malades étaient situés rue des Chevaliers.

Dans la « salle d'armes » se réunissait le Grand Conseil composé des chefs des diverses langues au nombre de huit « France, Provence, Auvergne, Italie, Aragon, Allemagne, Castille et Angleterre ».

Là, on discutait les affaires sérieuses et l'on sacrait les Frères servants qui, en dehors des trois vœux monastiques : pauvreté, obéissance, chasteté, promettaient de secourir les pèlerins.

Tout hospitalier portait une robe noire avec une croix, dite « croix de Malte ». Elle consistait en un morceau de toile blanche à quatre bras égaux, formant huit pointes pour symboliser les huit béatitudes et s'adaptait sur le côté gauche de la poitrine.

La ville actuelle de Rhodes cherche à se dérober sous des bouquets d'orangers et des forêts d'oliviers dont elle tire un grand commerce d'huile et qui, avec les céréales constituent sa richesse.

D'ici, nous apercevons l'île de Kos entourée également de fortifications et ayant appartenu aux Chevaliers.

Patmos, résidence de moines grecs s'occupant de lettres et d'agriculture ; ces religieux possèdent plusieurs moulins et fournissent eux-mêmes, d'huile et de farine, les habitants qui leur apportent leurs produits bruts.

Patmos conserve fidèlement le nom de saint Jean.

Dans cette île, disent les uns, l'Apôtre écrivit son Apocalypse, selon d'autres, ce fut à Éphèse.

6 heures 1/2 du soir.

Quelles merveilles s'étendent à nos yeux !

Ce coucher de soleil est d'un rose si tendre, si tendre, qu'il en ferait pâlir des roses ! Ses tons harmonieux reflètent sur la mer bleue une teinte exquise !

Rhodes délaissée, apparaît toute blanche et ses

quatre moulins en détachant leurs ailes, semblent
quatre araignées suspendues dans les airs, filant,
tissant un coin du Paradis.

Devant ces soirs d'Orient de beautés incomparables, mon âme si petite et toujours pensive,
s'abandonne humblement, silencieuse dans une
attente douce, comme au jour prochain où Dieu
lui parlera.

HEURES FUGITIVES

La mer fut mauvaise toute la nuit ; ne pouvant dormir malgré mes bonnes intentions, je restai dans ma cabine près de mes deux compagnes paisibles et, penchée sur le bord de ma petite fenêtre, je me laissais séduire par ces flammes d'argent qui s'enfuyaient hors des célestes régions, je comptais les étoiles, bénissais le ciel et j'étais heureuse, heureuse ! !

Ainsi le jour me trouva...

Sur le pont, un autel fut dressé pour la grand'messe de 8 h. 20.

Le R. Père Adjute officia avec cette simplicité, cette humilité, cette joie des parfaits qui sait attirer les âmes.

La messe fut chantée et le *Credo*, entonné par des voix d'apôtres, auxquelles s'unissaient des voix ferventes de femmes, monta glorieux vers le Trône Éternel.

Balancé par le flot, soutenu invisiblement, comme on se sentait vaincu dans la main du Dieu Juge qui nous retenait à la vie ! Que de faiblesse pour l'être et de reconnaissance suprême dans cette minute immense, cette minute divine de la Consécration !

Elève-toi mon cœur, plus haut, toujours plus haut ! mais ne redescends pas !

Qu'est-ce que la prière ? Comment faut-il prier ?

Lentement, pieusement, profondément senti, ainsi, au nom de tous, M. l'abbé Platet a salué Marie dans la récitation du chapelet, auquel nous répondions.

Ensuite, malgré le roulis, le bon Père Adjute faisant effort sur lui-même pour surmonter son mal et rester debout, ne voulut point laisser passer ce saint jour de la Nativité sans nous parler d'Elle ! Ses accents furent touchants. Il parla de la Mère et de l'Enfant. Que fallait-il de plus pour émouvoir les cœurs, quand de tels sentiments sont exhalés d'une âme sensible et vraiment chrétienne !

6 heures du soir.

L'île de Chypre nous envoie des senteurs de citronniers, d'orangers, de bananiers, de dattiers et le soleil tout près de nous, m'aveugle de son disque étincelant que j'aime à voir se fondre dans un repli mousseux.

La mer toujours bleue et transparente se déroule en vagues peu fortes d'apparence, mais très troublées à l'intérieur.

Le ciel est gris bleuté, parsemé de-ci de-là par quelques flocons noirs tachetés de blanc, sans aucun présage d'orage.

Encore quelques heures avant de jeter l'ancre aux dernières « Échelles du Levant » et le Niger poursuivant son cours emportera bon nombre de mes regrets. Le fait est, que ce grand navire commençait à devenir pour moi une vieille habitude et je m'illusionnais à ce point, que ma vie pourrait s'écouler désormais sans souci, dans une gaicté toujours nouvelle entre le ciel et les mers.

Mais ces regrets ne seront pas de longue durée et faut-il le dire ? même en les écrivant, ils n'existent déjà plus, car ma pensée tout entière se repose déjà sur le sol béni, où j'aborderai demain.

Inutile à m'engager à prendre du repos, je n'en désire point et n'éprouve aucun besoin de dormir, voulant à tout prix, passer cette nuit presque angélique, à la préparation de mon entrée dès l'aube, aux « Sources de la Foi ».

Un peu de fraîcheur règne autour de ma tente et je quitte souvent ma chaise longue pour me dégourdir les membres, me promener solitaire et regarder au loin.....

Mais je ne fus pas assez leste !

Un autre vit avant moi le phare au feu fixe et M. l'abbé Platet me montrant l'horizon avec bonheur disait : « La Terre Sainte ! La Terre Sainte !! »

Il était 3 h. 10 du matin.

L'émotion fut vive..., le premier moment rempli d'un double et profond recueillement ; mais, comme toute pensée nette et forte tend à s'exprimer, j'eus la satisfaction de recevoir dans un fructueux entretien, toutes celles que mon pieux compagnon se plaisait à développer.

Le nom du Père Gratry vit le jour paraître sur la chaîne du Liban et je n'oublierai jamais de ma courte existence, ce lever de soleil au-dessus de Beyrouth.

Au milieu de jardins, de fleurs, d'arbres touffus, la ville sémillante et toute rose, s'entourait de charmes captivants...

A 7 heures du matin, au milieu d'une foule de caïques très proprets venus à notre rencontre, inquiets, nous enfouissons dans nos poches livres et revolvers, car la douane n'est pas tolérante pour ces sortes d'objets, qu'elle confisque aisément.

Gentiment, ces braves turcs nous laissent passer, mais un autre émoi s'empare de nos facultés : celui de retrouver les bagages emportés si légèrement par les porte-faix...

Alors, les agitations, les demandes sans réponse recommencent :

Où est mon sac ? Avez-vous vu ma valise ?

Et ma couverture ? Sûrement ma couverture est perdue !

Tante Adèle !

Où allons-nous ?

Les têtes pareilles à des girouettes tournent à tous les vents de Beyrouth ; enfin, on aperçoit M. le Directeur et sans plus tarder, nous suivons servilement ses pas.

Propriétaires de nos valises, nous arrivons en quelques minutes à l'hôtel Palace. Au premier étage, groupés confusément dans le salon-galerie, on nous distribue nos billets de logement.

Je possède le numéro 10, chambre à droite de ce salon : spacieuse, quatre lits, trois fenêtres doubles et deux balcons.

L'impression de propreté existe, reste à savoir si nous la conserverons jusqu'au bout, car les moustiquaires fermant soigneusement les couchettes logent quelquefois de petits insectes « cosmopolites », peu agréables à rencontrer sur l'oreiller.

La chaleur est intolérable, cependant, on finit par s'y habituer et, en attendant l'heure du déjeuner de midi, chacun est libre d'organiser la matinée comme bon lui semble.

Aussitôt ma toilette terminée et faite avec des

serviettes à raies jaunes et rouges qui ont déjà servi, sûrement, à nettoyer quelqu'un ou quelques-uns, je me rends sur la place du port où se tient un rassemblement de toutes sortes de gens.

On s'apprête pour une cérémonie et j'apprends que notre bateau a ramené le cercueil d'un évêque arménien décédé à Paris.

Les chars sont là.

Le premier est un porte-couronnes avec inscriptions en français.

Le second, destiné au corps, est orné d'une tête de mort avec des anges bleus et roses aux quatre coins.

Suivent les enfants de chœur en surplis blanc garni de dentelle avec une petite pèlerine de soie noire entourée d'effilés d'or. Des orphelines en uniforme gris, conduites par des sœurs dévouées. Puis de nombreux prêtres arméniens à manteau noir et manches très amples, toque noire, très haute, de laquelle s'échappe une masse de cheveux crêpus et pendants ; la barbe embroussaillée est plus ou moins bien soignée.

En attendant la sortie du corps, on passe le temps à manger des raisins, des figues de Barbarie, des petits pains soufflés, saupoudrés de grains ressemblant à du riz ; l'acheteur y fait un trou et le vendeur y jette une espèce de farine de lin. Le solide aspire au liquide... alors se présentent les marchands de boissons glacées.

Le gobelet argenté est d'abord rincé proprement à l'eau, puis il reçoit un peu de neige, râpée d'un bloc venu du sommet de la montagne — ensuite, le sirop — encore de la neige et une aspersion d'alcool.

Quant à la citronnade, consciencieusement agitée dans un long récipient en verre, sur l'estomac du porteur, elle se fait annoncer par une série de petites clochettes, un coup de cymbales ou un cliquetis de métalliques tournoyant au fond d'un vase en cuivre.

Nous accompagnons le convoi, précédé de plusieurs cavas richement habillés de soie tussor avec boléro brodé d'or et portant le cimeterre damasquiné d'argent.

Tout cela brille au soleil comme en un jour de fête ; cependant, on se croit bien être à un enterrement, lorsqu'au détour de la rue montante, le corbillard est arrêté par les cris et les évolutions de la mère et des sœurs du défunt, se cramponnant les unes aux autres et cherchant à arracher le cercueil. On les éloigne avec douceur ; mais la scène devient tragique dans l'intérieur de l'église. Ces femmes, changées en véritables furies, se jettent sur les prêtres, les embrassent avec une ardeur, une tendresse folles, les accablent de sanglots et de convulsions... la populace s'émeut, les cris attirent les cris, les mouchoirs se lèvent en signe de désespoir. On monte sur les bancs,

9.

sur les chaises, on se hisse les uns sur les autres, le désordre est inouï, j'en suis terrifiée !

L'office ayant pris fin, nous avons peine à trouver une issue et à nous rejoindre !

La foule se disperse et se remet au travail.

Dans une ville étrangère, les petits métiers sont toujours très intéressants à étudier, aussi, j'éprouve un réel plaisir à flâner dans cette rue extraordinairement commerçante de Beyrouth : marchands de grains, fabricants de babouches, vendeurs de cuivre, tisserands particuliers, et quels jolis écheveaux de soie blanche, bleue, lilas qui pendent le long des murs blanchis ! Au milieu de la rue, on charge les chameaux de sacs de blé dont un seul suffirait à remplir trois sacs de nos paysans. Ces patients animaux sont à genoux durant le travail et chantent singulièrement pour de si grosses bêtes. Leur voix fluette étonne nos oreilles qui les entendent pour la première fois.

Les ânes, également, supportent des poids pénibles, mais ne paraissent pas en souffrir.

On voit peu de femmes. Celles qui se promènent sont tellement affreuses avec leur voile à fleurs imprimées sur la figure et leur costume tout noir relevé et gonflé dans le dos, que je me détourne maintenant pour ne pas frôler ces « mortes-vivantes ».

L'indépendance nous égare dans des rues tortueuses, où nos pieds s'enfoncent dans une pous-

sière compacte et fine, où nos têtes s'exposent au
brasier du soleil, mais l'idée d'une découverte
nous fait tout supporter !

Une porte laissée ouverte, hâte ma curiosité,
le logis paraît désert et pour le visiter, j'appelle
M. de Saint-Pons resté poliment sur le seuil.

De grands bananiers ombragent la cour, au
milieu de laquelle est une citerne ; les fruits ne
sont pas encore mûrs et se suspendent en épais
bouquets de cent bananes au moins, pour se
terminer en une gaine écailleuse d'un beau rouge-
violet.

La maison se compose d'un rez-de-chaussée
unique. Je m'approche d'une salle... et une
femme très laide, non voilée et coiffée de deux
grosses nattes dans le dos, se montre à nos regards
étonnés. Avec bienveillance, elle nous donne accès
dans la chambre de repos contenant un lit en cuivre, un sofa recouvert d'une multitude de cous-
sins oblongs aux couleurs vives. Nous jetons un
coup d'œil dans la petite cuisine où tous les ustensiles sont par terre... nous rions, mais nous rions !
Devant le poulailler de construction peu confortable : dans une boîte vide de gâteaux olibets se
tient coite une pauvre poulette. A-t-elle une
queue ? Je n'ose m'en convaincre pour ne point
l'effrayer et nous prenons congé de notre hôtesse
en lui prodiguant force salutations. A ce moment,
la langue de la bonne femme se délie : une cré-

celle ne ferait pas plus de bruit... M. de Saint-Pons toujours très sensible aux marques de distinction, l'écoute posément, puis, ne comprenant rien à son jargon, se retourne vers moi, effaré, cherchant une lumière... comme si le ciel d'Orient m'avait pourvue subitement du don des langues et m'adresse ainsi la parole : « Que dit-elle ? »

Je n'en savais pas davantage, mais on pouvait facilement imaginer qu'elle réclamait le pourboire de sa complaisance.

Impossible de reconnaître notre chemin par ces petites rues sales ou poussiéreuses, aux maisons blanches et closes ; à force de marcher, nous tombons dans un bazar où les marchands, non semblables à ceux de Smyrne, ne comprennent pas le français. J'essaie de parler anglais et grâce à mon petit vocabulaire, on nous indique le chemin du port.

Après avoir écrit nombre de cartes postales, il s'agit de les mettre à la bonne poste et de se payer une petite course suffisamment chaude. Un enfant nous conduit au bureau central où toutes les nations sont représentées et à la poste française on nous signale que les cartes portant un timbre turc n'arrivent presque jamais à destination, qu'il est préférable de coller un timbre du Levant et de les jeter dans la boîte française. Ce que nous fîmes malheureusement pour les collectionneurs qui ne se contenteraient pas seulement d'amitié !

Les bazars de Beyrouth ne méritent aucune mention particulière, ou plutôt si, ils sont infects! Epiciers, boulangers, fruitiers, marchands de pois chiches, barbiers vivent côte à côte dans d'immondes réduits. Je m'arrête devant la boutique d'un de ces derniers qui est en train d'arranger son client d'une drôle de façon ; celui-ci a la figure complètement barbouillée de savon et l'opérateur muni d'un fil assez solide, se livre à des excès de tension sur le visage, imprime un mouvement de machine à coudre, et avec ses deux pouces, masse le nez, les joues, les oreilles du courageux personnage. Le maître et le patient rient de ma mine surprise, je ris aussi de leurs bonnes têtes. M. de Saint-Pons se met de la partie, de sorte que nous sommes deux contre deux à nous renvoyer l'éclat d'une moquerie réciproque.

Dans une rue adjacente, plus sale encore que les autres, je ne vis jamais spectacle plus horrible! à l'entrée d'un bouge, une grappe humaine d'hommes et de femmes à peine couverts de haillons, gisaient pêle-mêle sur la pierre nue, leurs traits contractés, creusés par la souffrance, leurs pauvres grands yeux noyés de misère, leur enlevaient même le droit d'avoir un sexe, c'étaient des êtres informes, las de leur poids de vie, avec lesquels on aurait voulu partager tout son cœur dans le lien commun de la fraternité.

Nous nous informons pour aller au cimetière musulman.

Un jeune garçon, souriant, causant français et croquant une belle grenade rouge, s'offre de nous y conduire.

La distance n'est pas longue, à peine cinq minutes de notre point de rencontre. Nous acceptons volontiers.

Le cimetière est dans la ville : c'est un jardin mal entretenu où les arbres poussent à l'aventure ; les tombes se perdent parmi des plantes vertes embroussaillées, avec une ou deux stèles suivant les individus et quelques inscriptions arabes.

C'est affreusement désolé !

D'une cabane en bois sortent des cris singuliers, nous avançons et nous voyons sur la terre fraîchement remuée une vieille femme qui hurlait, près d'elle une jeune mère gémissait et son cher petit enfant tendrement appuyé sur son sein, écoutait sagement ces prières quotidiennes. A côté, un homme dormait étendu sur une pierre. Ainsi, les musulmans viennent pleurer leurs morts cinq à six heures par jour et cela durant des mois et des mois. Leurs cimetières étant interdits aux chrétiens, deux fois, l'on vint nous avertir, mais notre guide nous ayant présentés sans doute, comme d'honnêtes personnes, on se rassura et nous pûmes méditer quelques instants sur la différence des religions et croire que la nôtre apporte plus d'espérance et de consolations !

Ensuite, l'enfant au doux sourire, dirigea nos pas vers la caserne pour assister à la sortie du Pacha.

Mais, quel serrement de cœur en longeant les murs des prisonniers, de voir des mains nerveuses se crisper aux barreaux des cellules ! Là, des musulmans attendaient leur délivrance.

Dans la cour de la caserne, stationnait la voiture du Pacha.

On nous laissa entrer et Mamélick nous indiqua du doigt, le côté droit réservé aux prisonniers chrétiens.

Un marchand de limonade, sous l'œil vigilant d'un soldat, leur servait à boire.

Le soldat m'accorda la permission de m'approcher et je fus prise entre deux grilles à faire frissonner !

Je n'aperçus d'abord que des mains décharnées, puis de grands yeux noirs suppliants qui réclamaient un peu de pitié.

Pauvres têtes malheureuses, accablées sous la menace de mort !

Quand viendra-t-on leur ouvrir cette porte maudite pour les traîner au supplice ?

Non, ils ne paraissaient pas méchants, mais seulement très malades !

Peut-être ont-ils mal agi sans le savoir, emportés par la folie d'un moment.

Que le pardon serait bon, s'il venait près d'eux maintenant !

L'air et la lumière ne parviennent dans leur immense cachot que par cette porte souterraine. A ma vue, tous se précipitèrent comme des bêtes fauves contre les barreaux qui nous séparaient, ils me fixèrent avec une telle expression de douleur et de gratitude que j'en fus remuée jusqu'au plus profond de mon âme.

L'un d'eux, aussi beau qu'une statue d'Apollon, n'osa prendre le petit don que je distribuai à chacun avec une émotion mal contenue. J'insistai. Sa main trembla. Que d'abîmes dans ses yeux attristés !

Un autre, d'un aspect rude et d'un âge plus dur, s'enfuit se cacher dans un coin comme s'il emportait un trésor.

Un troisième levait sa pièce en l'air dans un délire de jubilation !

Et tous, me firent une ovation sublime de reconnaissance par ces mots criés bien fort en français : *Mâmoiselle, Mâmoiselle* ; tous, me montraient leur cœur, leurs lèvres me prouvant par cet adieu qu'ils ne m'oublieraient pas.

La seconde grille se referma... et le Pacha en costume simple de bourgeois, suivi de son fils et de trois cavas, descendit le grand escalier à ciel ouvert et monta dans sa voiture. Il nous vit, sourit avec un geste de mains très gracieux, fami-

lier même, à supposer que nous étions pour lui
de vieilles connaissances. Il s'inclina à diverses
reprises, nous pareillement, avec l'élégance qui
caractérise le type de notre race et après avoir
jeté un dernier regard sur la porte basse des
cachots, nous quittâmes la place en rêvant à ce
qui n'arrivera jamais ici-bas : l'égalité parmi les
hommes.

Un point à noter à Beyrouth, c'est la profusion
des petits cireurs ; il y en a pour ainsi dire à
chaque porte et ils vous invitent au nettoyage de
vos chaussures avec un air si gentil, qu'on aurait
mauvaise grâce de refuser. Ils possèdent tous les
encaustiques nécessaires : jaune ou noir, crème
ou marron, blanc d'Espagne, terre de pipe, cirage
épais. Pour un pied de femme ils ont des délica-
tesses inouïes, on croirait même, en les voyant si
remplis d'attention, qu'il s'agit de la peinture d'un
tableau. Toujours le sourire aux lèvres, un mot
aimable et de bons yeux : tels sont les petits cireurs
de Beyrouth.

LE LIBAN

C'est avec une joie presque religieuse que j'entreprends aujourd'hui la montée du Liban !

Le Liban ! dont le nom seul emplit toute ma pensée : la grande voie vers Damas et le pays de Jésus.

Il me semble avoir pris mon billet pour le Paradis, et des villes de Tyr et de Sidon mon âme s'envole au delà des palmiers, des figuiers, des grenadiers, des eucalyptus, des mûriers et des oliviers.

La montagne appelée « blanche » soit à cause de ses roches calcaires, ou de la neige couronnant son faîte, est un vaste amphithéâtre sur lequel s'étagent des vignes, des arbres fruitiers, des pins au tronc contourné, de petites maisons blanches cubiques avec des volets peints en bleu. Point de toit, mais une terrasse où l'on monte extérieurement à l'aide d'une échelle.

La vue s'étend splendide sur Beyrouth et le

bleu clair de la mer de Syrie, sur les monts d'alentour peuplés de coquets villages, entr'autre le Sannin point culminant de la chaîne, d'une altitude de 2068 mètres.

La température est fraîche et nous respirons un air qui stimule notre sang, le rougit et lui donne une nouvelle vigueur.

Le train s'arrête à plusieurs stations où l'on vient nous présenter dans de jolis petits paniers tressés, des raisins et des pêches à la robe vermeille.

Une ravissante fille aux grands yeux d'ombre, avec son voile blanc rejeté en arrière et découvrant son front, passe devant nous et va puiser l'eau à la fontaine dans ses deux cruches en terre, dont l'une est portée sans souci sur l'épaule et l'autre avec une aisance charmante au bas de sa taille souple.

Mais quelle cruauté de la part de ces enfants qui arrivent en bande, nous vendre des brochettes d'oiseaux bleus blessés !

L'oiseau bleu ! la Belle au Bois dormant ?

Encore une évocation de ma plus tendre jeunesse et c'est aussi très bon de revivre tout cela !

Je suis prise de pitié pour ces folles petites têtes, auxquelles même pour de l'argent, je ne pourrais rendre la liberté ! !

Leurs plumes se froissent dans une lente agonie... tandis que d'autres par milliers s'envolent à tire-d'aile dans l'espace azuré.

Dans le haut Liban, des tentes noires de Bédouins se dressent solitaires ou se rassemblent parfois en espèce de hameau appelé « douar » sous le commandement d'un chef ou « cheik ». Ces nomades n'obéissent à aucune loi, ne sont asservis à aucun gouvernement et conservent tout à la fois le type du pasteur et du guerrier.

L'arabe, ainsi vêtu d'un long burnous brun flottant, la tête recouverte d'étoffe grossière, tranche étonnamment sous le ciel bleu transparent, on aime à voir sa silhouette au désert, entourée seulement de ses chèvres aux poils traînants, de ses moutons à laine épaisse, de ses chameaux couchés, léchant les pierres brûlées.

Hélas ! plus de cèdres, mais nous savons qu'ils formaient des forêts nombreuses dans la chaîne libanienne et qu'ils étaient vantés au delà de la contrée.

La Bible nous apprend que Salomon s'était fait une litière de bois du Liban.

Et le grand roi chantait : *Venez du Liban, mon Epouse, venez du Liban, venez vous serez couronnée, venez du haut des monts de Sanir et d'Hermon.*

Puis, il envoyait dire à Hiram roi de Tyr : J'ai dessein de bâtir un temple au Seigneur, selon que le Seigneur l'a ordonné à mon père David en lui disant : « Votre fils que je ferai seoir en votre place sur son trône, sera celui qui bâtira une maison à la gloire de mon nom. »

Ordonnez donc à vos serviteurs, qu'ils coupent pour moi des cèdres du Liban et mes serviteurs seront avec les vôtres, car vous savez que je n'ai personne, parmi mon peuple qui sache couper le bois comme les Sidoniens.

« Et Salomon ordonna que l'on prendrait pour cet ouvrage 30.000 hommes. Il avait 70.000 manœuvres qui portaient les fardeaux et 80.000 qui taillaient les pierres sur la montagne sans ceux qui avaient l'intendance sur chaque ouvrage au nombre de 3.000 et 300 qui donnaient les ordres au peuple. »

M. Chanzy, nous annonce l'Hermon.

A ce nom, tout le monde se penche en dehors des portières pour voir la montagne révérée des Rois, dont les pentes très douces laissent couler de limpides ruisseaux.

Ah ! que c'est une chose bonne et agréable, disait le Psalmiste, *que les frères soient unis ensemble ! C'est comme la rosée du mont Hermon qui descend sur la montagne de Sion ; c'est là que le Seigneur a répandu sa bénédiction et une très longue vie.*

Nous sommes à une hauteur de 600 mètres, parmi des ceps de vignes noueux et bas et la campagne florissante nous initie aux plaisirs champêtres et aux travaux de la saison.

Que de poésie dans ces coutumes d'un autre âge !

Quel calme !

Avec quelle sérénité d'esprit on regarde tout cela !

Telle la façon de battre le blé.

Celui-ci est sur place entassé en meules énormes. Un enfant, rien qu'un enfant vêtu de sa robe syrienne, debout sur une planche attachée à deux cordes, active de la voix et du geste un bœuf qui le conduit. Tous deux tournent autour de l'aire, d'abord lentement et de plus vite en plus vite ; le blé ainsi piétiné se détache aisément de l'épi et la paille hachée menue, menue sera plus facile à mastiquer, à digérer et constituera une excellente nourriture pour les bêtes de somme.

Naturellement, cette manière de procéder ne favorise pas l'industrie : plusieurs fois, on a essayé d'introduire des machines, mais les orientaux dédaignent ce système.

A vrai dire, il faut bien qu'ils emploient leur temps et comme la manière de vivre chez eux est moins compliquée que la nôtre, il s'ensuivrait une inaction et une paresse trop grandes. Ils sont déjà suffisamment enclins à la nonchalance, que serait-ce alors !

De distance en distance, de nombreux troupeaux noirs font tache au milieu de cette nature si verte et si fertile.

Les montagnes, légèrement ondulées, rougeâtres dans le bas, vertes ou jaunes suivant la production, creusent parfois des excavations monstres à demeures de Cyclopes ou des crevasses béantes impossibles à combler, ou bien s'élèvent grises et majestueuses avec des semis neigeux oubliant de se fondre.

Des champs de maïs s'étendent à l'infini sous le chaud soleil.

Tout est lumière. Et quelle lumière ?

Serait-ce déjà un avant-goût de la Vie Éternelle ?

A midi, les Quarante étaient attendus pour déjeuner au buffet de la gare de Rayak et Mlle de la Butte, toujours chanceuse, reçoit sur la figure et plein son costume, deux assiettes de bouillon brûlant. Le mal n'est guère remédiable, surtout au désert où l'eau est distribuée parcimonieusement. Mlle de la Butte accepte les excuses, faute de mieux, mais en attendant elle reste avec le visage rougi.

Décidément, les serviteurs de Rayak manquent d'usages ; à l'un, je réclame un petit pain, en prévision d'un goûter et sans plus de cérémonie, il s'empare d'un morceau grignoté, laissé sur la table par un convive et me le donne amicalement avec des mains graisseuses. Je lui fais remarquer sa négligence dans le service et il en paraît tellement étonné, que je ne puis m'empêcher d'en rire, mais il a compris, son salut respectueux me le prouve et il ne recommencera plus.

A 2 heures nous descendons en gare de Baalbeck,

moi, joyeuse, joyeuse... de courir vers la ville du Soleil !

On m'accuse même d'avoir une passion pour le Soleil et je ne m'en défends pas. Il est si beau en Orient et à plus forte raison à Héliopolis!

Chaque soir, je me réjouis de son lever, chaque matin de son coucher et j'aime tant ces grands horizons, ce ciel transparent, ces étincelles de chaleur divine, cette vie simple des pasteurs, tout, tout enfin, qui me rapproche de Celui que je suis venue chercher !

*
* *

Après avoir avalé consciencieusement la poussière de l'avenue de la Gare, nous quittons la grand'route pour un tout petit sentier rocailleux, bordé d'un côté par un ruisselet dormant, de l'autre, par des jardins touffus de cognassiers, de noyers, de palmiers ; un spectre tout de noir habillé se promène lentement dans les allées ombreuses, creusées par des pas nonchalants. Cette musulmane s'arrête pour le plaisir d'un instant, à compter les rares passants qui causent et rient dans ces lieux solitaires en continuant leur marche vers le village de Baalbeck, aux rues poussiéreuses, blanches et pittoresques ; des enfants courent après nous, une fleur à la main et tout le long du chemin jusqu'aux ruines de l'ancienne ville somptueuse, nous réclament d'une voix chevrotante l'aumône d'un « bakchish ».

En peu de temps, nous sommes aux portes de l'antique Baalbeck, fermées par les soins d'une société allemande.

On nous les ouvre moyennant cinq francs par personne avec un guide par-dessus le marché et c'est suffisant, car ce dernier finirait par poursuivre sa promenade tout seul, si des personnes de bonne volonté ne consentaient à l'escorter. En effet, rien n'est plus désagréable, quand on est en extase devant de telles merveilles de s'entendre vanter les travaux des modernes. Est-on aux Propylées ? L'explication attendue se résume en ces mots : « Ce sont les Allemands qui ont fait élever ce mur de soutènement, ce sont les Allemands qui ont consolidé ceci ou cela ; enfin à chaque monument ce sont toujours les Allemands ! »

Pour ma part, j'en ai assez et je tourne le dos pour explorer à ma fantaisie.

Je sais déjà que ma petite personne se trouve mêlée à des débris de siècles extrêmement reculés.

Il paraîtrait que Caïn fuyant devant le Seigneur serait passé par ici — la Tour de Babel aurait été construite en cet endroit — Salomon y aurait séjourné.

Puis, cette ville devint romaine sous le gouvernement d'Auguste.

Caracalla, le fou, qui dota Rome de thermes fameux dont on admire encore aujourd'hui les dimensions colossales, acheva d'embellir Baalbeck... chrétienne aux premiers siècles de l'ère, musulmane au x° siècle et enfin réduite à la dégradation par des tremblements de terre, dont le dernier eut lieu en 1759.

Tous ces blocs renversés les uns sur les autres produisent une impression extraordinaire ; on regarde... on regarde... ne pouvant croire à la hardiesse des hommes ! Et c'est encore avec respect que l'on reste debout devant « l'autel des holocaustes » et que l'on monte les treize marches de marbre conduisant au « temple de Jupiter » dont les six colonnes corinthiennes sont l'orgueil du désert !

Et que dire du temple de Baal ?

La grandeur d'un homme ne peut même pas atteindre l'épaisseur d'une de ses pierres !

La grande porte, délicatement sculptée, se soutient à peine et quand on pénètre dans l'intérieur, on n'a plus de parole pour exprimer le sentiment du Beau.

Les colonnes au nombre de cinquante-quatre autrefois, pétrifient d'étonnement dès qu'on les approche.

Il faut voir ces fûts de colonnes lancés vers le ciel, ces chapiteaux d'acanthe, cette frise fleuronnée, pour se faire une idée de la conception de l'édifice.

Une des colonnes ébranlées n'ayant pas voulu quitter son temple se penche, obliquement contre le mur, sans crainte d'être jamais enlevée par les hommes qui viennent se convaincre de son faible point d'appui.

Je m'engage dans la belle « salle des prêtres » entourée de niches en coquilles finement travaillées et je reviens à cette « cour hexagonale » qui a tant d'attraits pour moi. Je la parcours avec gravité me figurant un peu... oh ! pas longtemps, que je suis prêtresse de Baal.

Accompagne-moi ma lyre... dis, veux-tu ?
Chantons un hymne au Soleil !

Dieu que les airs sont doux, que la lumière est pure !
Tu règnes en vainqueur sur toute la nature

O Soleil ! et des cieux où ton char est porté
Tu lui verses la vie et la fécondité,
Le jour où séparant la nuit de la lumière
L'Eternel te lança dans ta vaste carrière,
L'univers tout entier te reconnut pour roi
Et l'homme en t'adorant s'inclina devant toi,
Mais ton sublime auteur défend-il de le croire ?
N'es-tu point, ô Soleil, un rayon de sa gloire
Quand tu vas mesurant l'immensité des Cieux ?
O Soleil, n'es-tu point un regard de ses yeux ?

Perdue dans mes rêveries, je perds aussi la caravane que je retrouve seulement, grâce à une heureuse rencontre, aidée par deux très bons enfants sortant d'un trou et me remettant en droit chemin.

Je m'éloigne à reculons pour contempler
encore... un beau coucher rose... mais, cette fois,
j'ai tort, car la route ne nous appartient plus et,
sentant tout à coup mon ombrelle se soulever,
j'ai l'ennuyeuse surprise en me retournant de me
trouver en face d'un chameau qui cherchait à
m'embrasser ! En tous cas, c'était une bête intel-
ligente et qui avait bien su flairer le petit pain
que je tenais en main !!

Après cette après-midi fatigante et non trop
chaude, la soif et la faim commencent à se faire
sentir.

Nous pouvons satisfaire notre premier désir car
le train n'étant pas encore en gare, nous en
profitons pour acheter des raisins blancs à un
métallique pièce.

Ils sont si gros, qu'on s'en offre mutuellement
et qu'on en distribue aux enfants demandant per-
pétuellement le « bakchich » traditionnel.

Les *Quarante* ne sont pas tous venus à Baalbeck,
car à Rayak, point de bifurcation, il y eut disloca-
tion de la caravane dont une partie s'est dirigée
vers Damas et où nous la retrouverons ce soir à
onze heures.

Très obligeamment, un garçonnet d'une douzaine d'années nous montre la fontaine, quatre
des nôtres s'y précipitent et je m'amuse à remettre
au bonhomme une feuille de papier savon. Il
l'examine d'abord, pensant bien qu'elle a son

10.

utilité, trouve qu'elle sent bon... et riant aux
éclats la met dans l'eau et s'en barbouille la
figure à cœur joie. La mousse du savon le fait
rire encore davantage, il la respire avec un
bonheur qui excite à tel point notre gaieté que
nous en oublions le train et qu'il faut courir pour
le rattraper. En ce trajet, M. Loys laisse tomber
son lorgnon noir qui se casse d'un œil, Fatimah
le ramasse, le met sur son nez et pour prix de
ses vertus veut recevoir un nouveau « bakchish »,
qu'on ne lui donne pas, bien entendu ; mais cela
ne le décourage pas et dans un rire retentissant,
nous envoie son dernier adieu.

Nous dînons à Rayak, reconnaissons nos colis
et à huit heures sommes en route pour Damas.

Dans le compartiment à claire-voie voisin du
mien, se trouvent une dizaine de bédouins se
racontant des histoires et chantant d'un ton très
lent, très nasillard, nullement agréable ; un
certain claquement des deux index règle la mesure
des danses du chef, danses qui n'exigent point
de pas particuliers, mais des mouvements du
corps, sans aucune recherche d'art.

Au dehors, nous ne pouvons rien distinguer :
c'est la nuit noire. Les uns dorment pour de bon,
les autres ferment les yeux... et se préparent aux
grands actes que le cœur attend !

A onze heures du soir, nous mettons pied à
terre à Damas.

Notre Directeur nous recueillait à la gare avec les landaus prêts à nous conduire à l'hôtel « d'Orient ».

Quel étourdissement !

Des lumières, des avenues... toute une grande ville enfin de 210.000 habitants.

Les chevaux descendent à fond de train le boulevard d'une fraîcheur exquise ; sur les bords du fleuve Barada, des cafés en plein air garnis de sophas rouges se vident de consommateurs et nous arrivons dans cet hôtel extra-modern qui me ravit tout de suite par sa cour et ses galeries fleuries, le glouglou de son jet d'eau.

Tout le monde est en possession du numéro de sa chambre, je fais exception... et comme tous les oiseaux sont envolés, je reste seule assise sur un banc, au grand étonnement de notre Directeur. Aussitôt, il se met en devoir de me procurer un gîte, mais je ne m'inquiétais pas outre mesure, faute de place, j'aurais passé facilement ma nuit à la « belle étoile » dans ce petit jardin tout parfumé de lauriers.

Un nègre m'accompagne à l'annexe de l'établissement et je ne tarde pas à m'endormir au souvenir de saint Paul sur le chemin de Damas.

Mardi, 11 septembre, 6 h. 1/2 du matin.

Quelle amusante chose dès mon réveil d'assister depuis ma fenêtre à l'animation d'un caravansérail et d'entendre toutes les sonnailles sonnant.

J'étais cloîtrée... et au travers des barreaux,
seulement, je pouvais examiner tout cela.

Presque musulmane... j'allais prendre mon
rôle au sérieux en me coiffant à la manière des
turques, lorsque Mlle Sunday vint m'avertir de
l'heure du départ. Je descendis quatre à quatre les
escaliers, traversai la rue en courant et arrivai à
l'hôtel où les derniers finissaient leur petit déjeuner. Je pris le mien : du café au lait détestable,
mais je n'avais pas le temps de réfléchir si ce lait
était de vache, de chèvre, de brebis ou de chamelle, et je quittai la table n'ayant qu'un atome
de marc de café turc dans l'estomac. Bah ! tant
pis ! quand on a le bonheur d'être à Damas, on
peut bien souffrir un peu !

Des voitures nous conduisent à la messe chez
les Pères Lazzaristes ; ensuite chez les Pères
Jésuites où se conserve le tombeau de Jean Damascène. En quelques mots, un des Pères nous
retrace la vie du Saint qui vivait au viiie siècle.
Né musulman, il se convertit et combattit l'hérésie
des Iconoclastes ou briseurs d'images. Ses écrits

le condamnèrent à avoir la main droite coupée.

Elle fut coupée... mais Jean de Damas, très confiant en la puissance de la Vierge, la pria de la lui restituer et, ramassant sa main, il la posa sur l'avant-bras où la soudure se fit d'elle-même à la grande confusion de ses ennemis.

L'Église grecque honore Jean Damascène comme un grand docteur.

L'Église latine l'a mis au nombre de ses saints et sa fête est célébrée le 30 mars.

Notre troisième visite est réservée aux Pères Franciscains chez lesquels se trouve la maison d'Ananie.

« Or, il y avait à Damas un disciple nommé
» Ananie, à qui le Seigneur dit dans une vision :
« Ananie, lève-toi et va dans la rue qu'on appelle
» Droite et cherche dans la maison de Judas un
» nommé Saul de Tarse, car voilà qu'il prie. »

» Ananie répondit : « Seigneur j'ai appris de plu-
» sieurs combien de maux cet homme a fait à vos
» saints de Jérusalem. Ici même, il a, des princes
» des prêtres le pouvoir de charger de fers tous
» ceux qui invoquent votre nom. »

» Mais le Seigneur lui dit : « Va, car cet
» homme m'est un vase d'élection pour porter mon
» nom devant les Gentils, devant les Rois et de-
» vant les enfants d'Israël.

» Aussi, je lui montrerai combien il faut qu'il
» souffre pour moi. »

» Ananie alla donc et entra dans la maison ; et,
» lui imposant les mains, il lui dit : « Saul, mon
» frère, le Seigneur Jésus qui t'a apparu dans le
» chemin par où tu venais, m'a envoyé afin
» que tu voies et que tu sois rempli de l'Esprit
» Saint. »

» Et aussitôt, il tomba de ses yeux comme des
» écailles et il recouvra la vue ; et se levant, il fut
» baptisé.

» Et dès ce moment-là, il prêchait dans les syna-
» gogues que Jésus est le Fils de Dieu.

» En conséquence, grand étonnement chez tous
» ceux qui entendaient et ils disaient : « N'est-ce
» pas celui qu'on a vu persécuter dans Jérusalem,
» ceux qui invoquaient ce nom ? et n'est-il pas
» venu exprès pour les conduire chargés de fers,
» aux princes des prêtres ? »

» Et Saul confondait les Juifs qui habitaient
» Damas, affirmant que Jésus est le Christ.

» Longtemps après, les Juifs résolurent ensem-
» ble de le tuer, ayant réussi à le rendre suspect
» aux officiers du roi arabe Arétas.

» Mais Saul fut averti de leurs trames et comme
» ceux-là gardaient jour et nuit les portes pour le
» tuer, les disciples le prirent et le descendirent
» durant la nuit le long de la muraille, dans une
» corbeille et il prit la route de Jérusalem.

Le mur existe encore.

» Quand il fut venu à Jérusalem, il cherchait à

» se joindre aux disciples, mais tous le craignaient,
» ne croyant pas qu'il fut disciple.

» Alors, Barnabé l'ayant pris avec lui, le condui-
» sit aux Apôtres et leur raconta comment dans le
» chemin il avait vu le Seigneur qui lui avait parlé
» et, comment à Damas il avait agi avec assurance
» au nom de Jésus. »

. . . .

LE CHEMIN DE DAMAS

« En ce temps-là, une grande persécution s'é-
» leva contre l'Eglise qui était à Jérusalem et
» tous, excepté les Apôtres, furent dispersés dans
» les régions de la Judée et de la Samarie.

» Saul de son côté ravageait l'Eglise, pénétrant
» dans les maisons, entraînant les hommes et les
» femmes et il les jetait en prison.

» Saul respirant encore la menace et le meurtre
» contre les disciples du Seigneur, vint auprès du
» Grand Prêtre, et lui demanda des lettres pour
» les synagogues de Damas, afin que s'il en trou-
» vait dans cette voie, hommes et femmes, il les
» amenât enchaînés à Jérusalem.

» Et comme il était en chemin et qu'il appro-
» chait de Damas, soudain une lumière du ciel
» l'environna. Et, tombant à terre, il entendit
» une voix qui lui disait : *Saul, Saul, pourquoi*
» *me persécutes-tu ?*

» Il répondit : Qui êtes-vous, Seigneur ?

» Et le Seigneur : *Je suis Jésus que tu persé-*
» *cutes.*

» Lui, tremblant et interdit ajouta : Seigneur
» que voulez-vous que je fasse ?

» Et le Seigneur reprit : Lève-toi et entre dans
» la ville ; et là, il te sera dit ce qu'il faut que tu
» fasses.

» Or, ceux qui l'accompagnaient, demeuraient
» stupéfaits, entendant à la vérité une voix, mais
» ne voyant personne.

» Saul se leva donc de terre et, les yeux ouverts,
» il ne voyait rien. C'est pourquoi le prenant par
» la main, ils le conduisirent à Damas.

» Et il y fut trois jours, sans voir, sans manger
» et sans boire. »

. . . .

... Ce que les frères ayant su, ils le conduisirent
à Césarée et l'envoyèrent à Tarse.

Barnabé partit ensuite pour Tarse, afin de chercher Saul et l'ayant trouvé, il l'amena à Antioche.

Ils demeurèrent une année entière dans cette
Eglise et ils enseignèrent une grande multitude ;
en sorte que ce fut à Antioche que les disciples
reçurent pour la première fois le nom de « Chrétiens » et Saul quitta son nom pour prendre celui
de Paul.   (Actes des Apôtres.)

En quittant le « mur de Saint Paul » nous ne
quittons pas Damas et près d'une de ses deux
portes Bab-el-Charki et Bab-el-Saghir, nous sommes invités à faire notre choix dans une impor-

tante fabrique de cuivrerie et de marquetterie.
Le magasin est miroitant de nacre ; quelques-uns
en sont étourdis et le marchand en profite pour
vanter la richesse des chaises, des fauteuils, des
tables, des bureaux en bois de noyer nacré, des
lampes, des services à café turcs, des coffrets en
cuivre.

De là, nous passons dans les ateliers où les enfants dès l'âge de cinq ans sont occupés dix heures
par jour à dessiner, marteler, ciseler le cuivre ; tout
ce petit monde ne perd pas son temps à s'amuser
ou à bavarder ; sous l'œil d'un chef, les doigts
agiles peints au henné, tournent et tournent l'ouvrage et l'on n'entend qu'un bruit : la chanson
des petits marteaux.

Les garçons sont séparés des filles. Les premiers
taillent la nacre de préférence, nous en avons vu
un de quatre ans tenant la lime et se levant pour
nous saluer.

Les fillettes excellent dans le cuivre, on nous
en présente une très pâlotte, travaillant un coffret,
qui lui coûtera six mois d'attention. Ce coffret,
naturellement, sera vendu très cher, mais l'enfant
n'aura gagné qu'un métallique, pas même la
moitié d'un sou par jour !

L'une me sourit si gentiment, qu'elle en aime
ma caresse ; une autre me regarde avec des yeux
si tendres que ma pensée se traduit tout haut par
l'hommage rendu à ses beaux yeux.

Pauvres êtres ! à peine entrés dans la vie et déjà soumis à de tels labeurs...

Adieu... chers petits damasquins, je n'oublierai pas de parler de vous à tous les enfants gâtés que je connais.

Nous nous rendons ensuite à l'église grecque patriarcale. La façade ne donne pas directement sur la rue étroite, mais dans une cour entourée de balcons en bois et au milieu de laquelle un bassin d'eau claire entretient la fraîcheur.

La porte du temple tout en cuivre porte cette inscription : « C'est ici la maison de Dieu et la porte du Ciel. »

Un jeune prêtre avec de longs cheveux bruns bouclés, aux yeux très doux et intelligents, au sourire sympathique, ne tarda pas à venir nous faire les honneurs du sanctuaire.

La nef est séparée de l'abside par le mur de *l'iconostase* dont les trois portes se ferment au moment de la Consécration. Ici, le bronze est remplacé par un rideau rouge symbolisant le « voile du Temple ».

Au-dessus de l'autel unique, se trouve le tabernacle représenté par une colombe en argent.

Dans un endroit réservé se prépare le Saint-Sacrifice. Le jeune prêtre nous montre la *lancette* rappelant la lance du Calvaire et qui sert à partager la nourriture eucharistique, la *cuillère d'or*, dans laquelle on distribue la Communion aux fidèles sous les deux espèces : un peu de pain blanc levé, humecté de vin consacré.

Les Grecs n'emploient jamais le pain azyme.

Leurs fêtes sont à peu près les mêmes que chez les Latins, ils reconnaissent les sept sacrements, les mystères de la Trinité, de l'Incarnation et de la Rédemption, — sauf que le Saint-Esprit ne procède pas du Fils — célèbrent le sacrifice de la messe à haute voix ; chez eux, jamais de messe basse et les chants privés d'orgue ou de tout autre accompagnement de musique s'élèvent seuls pour glorifier le Tout-Puissant.

L'Eglise grecque croit à la transsubstantiation et à la présence réelle, n'accepte pas la suprématie du Pape mais nomme des Evêques, des Métropolitains et des Patriarches.

En sortant du temple, nous entrons dans un salon où nos pieds s'enfoncent dans de moelleux tapis d'Orient... les murs sont peints en bleu pâle, le plafond est doré, orné de glaces, dix-huit grandes fenêtres y déversent la lumière, et des rideaux de mousseline blanche, des draperies de « damas bleu » en tamisent l'éclat.

Les sofas, les fauteuils et les chaises sont entièrement recouverts d'étoffe brochée bleu pâle.

Au milieu de cet immense salon est une table ronde sur laquelle s'étale un beau châle de l'Inde, douze petits sièges nacrés, autrement dit : douze guéridons pour poser la tasse discrète de café turc, sont placés autour d'elle. Parmi ce luxe oriental, nous sommes chaleureusement accueillis par l'Assistant du Grand Patriarche.

Il s'intéresse à notre voyage, s'inquiète de nos fatigues et forme mille vœux pour la bonne continuation de notre pèlerinage. Il termine en nous demandant de prier pour l'Église grecque, comme l'Église grecque prie chaque jour pour la latine.

Les Quarante défilent un à un devant lui, pour baiser son anneau, recevoir sa carte et lui être présenté ; aussi je n'oublierai pas l'aimable réception de Sa Grandeur Monseigneur Ignac Homsy, Archevêque grec, Catholique de Tarse, Vicaire général patriarcal de Damas (Syrie).

Comme nous désirons saluer toutes les religions, le jeune prêtre grec s'offre à nous servir de guide pour la « Mosquée des Omniades ».

Cette mosquée, ancienne église catholique, possède un minaret de quatre-vingts mètres de hauteur.

Avant d'arriver dans la vaste cour intérieure, on est obligé de descendre plusieurs marches dans un sombre couloir, là, je vis un vieux musulman les monter quatre à quatre, portant sur ses épaules un jeune homme mourant : la tête renversée, la bouche livide, les yeux éteints !

Etait-ce son fils qu'il venait de purifier à la fontaine ? Accomplissait-il le dernier vœu d'un ami ?

En tout cas, j'avais contemplé une scène du plus entier, du plus pur dévouement, plus belle encore à mes yeux dans sa réelle et touchante simplicité qu'un spectacle grandiose de l'imposante Nature.

A la porte... nous enfilons des babouches et faisons envoler une nuée de pigeons qui nous couvrent de leurs plumes blanches ; ces messieurs et ces dames sont les hôtes assidus des demeures saintes, où on ne leur refuse jamais la permission d'entrer. A Constantinople même, il y a la mosquée dite des « Pigeons » à cause de la population nombreuse des volatiles qui la fréquentent.

Aujourd'hui, on est en train de raccommoder les grands tapis de la mosquée et on les a remplacés par des nattes de Chine ; mais nous pouvons admirer les riches lampadaires et les murs merveilleux, la chaire en malachite ruisselle d'or et de nacre, cinq endroits en forme de niches et spécialement destinés à la prière scintillent sous les reflets de nacre finement travaillée.

La mosquée renferme le vrai ou le faux tombeau de saint Jean-Baptiste caché à notre vue par une toile de réparation.

Tous les vendredis, le jour sanctifié, les lustres sont allumés et le Gouverneur de la ville, suivi des soldats, vient à trois heures prendre place en face de la chaire, le visage tourné vers la Mecque pour entendre l'office et écouter l'Iman.

La promenade dans les bazars est amusante au possible, mais sale par exemple : le pavé est un cloaque où l'on manque de tomber à chaque pas, ou c'est un trou infect, ou un monticule d'épluchures, on glisse sur des pastèques, des raisins appelés communément par leur grosseur « prunes.de Damas ».

Les rues sont longues et très sombres ; les boutiques propres et rangées ce qui contraste singulièrement avec le dehors, le fait est, que ces bazars sont le passage constant de la gent commerçante, des bêtes de somme, des voitures de maîtres, des chiens et des marchandises.

Les vendeurs ont si bonne apparence, accroupis à la turque au milieu de leur boutique et fumant tranquillement le narghileh, qu'ils attirent forcément l'attention.

Les porteurs de petits pains soufflés, de galettes d'orge sont très appétissants.

L'eau ne manque pas à Damas, il y en a partout : dans la cour de chaque café, de chaque maison, de chaque mosquée, au coin des carrefours où elle chante au fond des puits.

Dans ce pays on n'attend pas ; avez-vous soif ? tout de suite, vous pouvez vous rafraîchir ; avez-vous faim ? on vous sert immédiatement une galette chaude, car les boulangers sont aussi nombreux que les fontaines.

Dans le milieu de leur boutique, à la vue de tous

les passants, se trouve un four creusé sous la dalle
et bien flambant. Le patron prend dans sa main
un peu de pâte qu'il étale d'un fort coup contre
la paroi gauche du four ; la flamme vient lécher
la pâte qu'elle dore, en deux secondes le tour
est joué et vous pouvez savourer une excellente
galette.

Les devantures des magasins de soieries laissent ignorer leurs merveilles, mais si vous en-
trez, vous êtes fascinés par des amoncellements de
couleurs chatoyantes de rose et de bleu surtout,
de ce bleu d'Orient aussi beau que le ciel !

Je suis à la recherche d'un burnous en poil de
chèvre ou de chameau, mais le marchand tout en
me faisant observer que les dames turques ne
portent jamais que de la soie, a soin de laisser glisser sur mes épaules un adorable costume bleu,
entoure ma taille d'une ceinture blanche pailletée
d'or, couvre ma tête d'un voile de soie pareil à la
ceinture, et sans avoir eu le temps de lui dire non,
il me présente une glace, s'incline, me sourit en
me déclarant « bien jolie ». Je pourrais prendre
plaisir à être coquette, si je n'entendais déjà le
prix sonner à mes oreilles. Vite... je me dégage
de ces atours pour rentrer dans ma simplicité,
mais lui, toujours courtois me dit : « Ça fait rien
que vous achetiez pas — moi connais Paris —
j'aime petites parisiennes — Gardez — Regardez la
glace. Oui, vous êtes jolie, très jolie ! »

11.

Quatre dames turques toutes noires, avec le
« *Yachmak* » sont là, assises, achetant des soieries. Elles m'examinent attentivement et je les
entends rire !! un rire délicieux, très frais, qui
me donne joliment envie de voir leur minois.

Je salue tout le monde... et sans avoir fait aucun achat, je suis reconduite jusqu'à la porte,
aussi gracieusement que si j'avais commandé
pour un millier de francs.

Devant l'hôtel, nous sommes attaqués par une
troupe de cireurs qui veulent à toutes forces s'emparer de nos pieds et nous les laisserions agir,
vu leur bonne humeur et leurs gentillesses, mais
un valet de chambre, armé d'un grand plumeau,
les prévient et les éloigne en nous époussetant
depuis les pieds jusqu'à la tête !

L'après-midi est laissée à notre choix et nous
sommes trois à reprendre le « chemin de Damas »
pour aller visiter une léproserie en deçà de la
Porte, non loin de la cuivrerie.

Comme Jésus aimait les lépreux, notre désir
était de l'imiter.

Nous entrons donc dans la maison... sans en-
combres... un homme, d'une laideur repoussante
est assis dans la cour, sur le pas d'une porte...
celui-là ne nous suffit pas, nous en voulons beaucoup et continuons à les chercher.

Une femme non voilée s'approche de nous, fait
un signe, nous suivons ses pas et arrivons dans

un terrain vague entouré de murs éboulés ; là,
nous avons beau ouvrir de grands yeux, nous
ne voyons pas de lépreux.

Nous partions déconcertés, lorsque nous fûmes
arrêtés au passage de la petite porte par le personnage hideux qui se trouvait à notre entrée
dans la cour et ne veut pas nous laisser aller plus
avant, tant que nous ne lui aurons pas donné
l'argent qu'il demande.

Il était effrayant ! bavant ainsi sa laideur, gesti-
culant de ses grands bras sans mains...

La porte est étroite, nous sommes cernés de
toutes parts, il peut faire de nous ce qu'il lui
plaît... et nous contaminer surtout ! Ses yeux
sans prunelles pleurent des larmes de pus, sa lè-
pre tuberculeuse sort de tous ses pores...

Contraints par lui, mes deux compagnons qu'il
serre de près lui remettent une pièce qu'il n'accepte pas... cette dernière est jetée, une autre
nous délivre et nous quittons la léproserie avec le
seul regret de n'avoir pu faire le bien comme
nous l'avions souhaité !

DE DAMAS A TIBÉRIADE

Ce 12 septembre à cinq heures et demie du matin, les *Quarante* s'acheminaient vers la gare du désert, située à cinq kilomètres de la ville.

Encore une fois, nous traversons les bazars où de vieux musulmans déposent déjà sous l'escabeau leurs babouches en cuir rouge, pour s'installer dessus, les jambes repliées et fumer le narghileh à petites bouffées.

Sur la grand'route blanche, nos landaus soulèvent des nuages de poussière.

A la station, se trouvait un wagon solitaire de premières classes, trop petit pour contenir toute la caravane; les privilégiés s'en emparèrent, tandis que les autres se mettaient en devoir de chercher leurs bagages jetés sur la chaussée. La reconnaissance de sa propriété n'est pas chose facile... et, bienheureux sont ceux dont les valises ne sont pas tombées en chemin ou qui, les ayant cru perdues les retrouvent !

On sait quand on entre à Damas, mais on ne sait pas quand on sort; car il n'y a pas d'horaire pour les trains du désert... ils partent suivant le nombre des voyageurs... de sorte, que nous attendons patiemment, d'abord debout, puis assis... dans la poussière, pendant que des chiens galeux, des marchands de melons, d'aubergines, de raisins, de grenades, de galettes molles viennent se ranger autour de nous. Des ânes touristes portant le maître et la malle en cuivre, des files de chameaux sous les feux du matin, nous parfument de tous les parfums de l'Arabie Pétrée. Les rayons du soleil commencent à devenir gênants ; au fur et à mesure qu'ils envahissent le terrain, on abandonne la place et nous ressemblons sans nul doute à une caravane campée dans le désert.

Après deux heures de causerie, le train se décide enfin à nous appeler et nous sommes entassés avec nos bagages dans des compartiments répugnants, à ne savoir où poser le pied : paille, débris de melons et de raisins, crachats, grenades écrasées sur les bancs.

Notre installation est vraiment piteuse, on se demande même où l'on pourra mettre ses jambes... car il n'y a point de filets et les valises encombrent le dessous et le dessus des banquettes en bois. Pas un rideau aux fenêtres pour nous garantir de l'ardeur du soleil ; il y en eut autrefois, mais, ils ont été arrachés et il ne reste que les anneaux qui nous servent quand même à quelque chose. M. Chanzy imagine de nous protéger avec sa

couverture de voyage algérienne, et avec de la
ficelle et des épingles doubles on tapisse comme
on peut ; mais, la couverture ayant déjà fait quelques voyages, menace de se déchirer et on la remplace par un grand sac en mousseline blanche que
j'avais emporté pour me mettre dedans au cas
où j'aurais eu à lutter contre de vilains petits insectes !

Notre compartiment est un vaste couloir par-
tagé d'un côté par la moitié de notre caravane, de
l'autre par des Turcs coiffés du fez simple, d'autres portent le turban jaune et blanc de soie bro-
dée : ce sont de graves patriarches à très longue
barbe blanche, drapés dans une robe syrienne de
couleurs diverses, à raies mauves et blanches,
noires et blanches, grises et jaunes. Ils sont assis
à la « turque » sur une couverture de laine piquée,
trois sont étendus par terre, la tête entre les jambes de ceux qui sont accroupis. Il y a aussi des
bédouins, reconnaissables à leur burnous de couleur sombre, brune de préférence avec broderie
d'argent dans le dos ou à raies noires et blanches ;
sur la tête, ils ont le fichu en pointe, brodé de
croissants et d'étoiles et pour le maintenir une
couronne en laine noire torse.

Ces gens sont pacifiques... ne fument point... à
peine causent-ils.

En récompense des heures d'attente, notre
directeur distribue à chacun de ses pèlerins deux

jolis petits brugnons à chair ferme et parfumée. Un quart d'heure après, nouvelle gâterie : deux pommes et une bouteille de vin pour deux. Ces prodigalités nous charment d'autant plus, que le café au lait de chamelle pris à cinq heures du matin, ne tient guère sur notre estomac et nous acceptons très volontiers cet apéritif. En vérité, nous sommes comblés, voici maintenant des cornets à surprise..... avec deux œufs durs et une tranche de veau.

L'appétit est aiguisé et notre coin ne lui résiste pas. Nous assaisonnons le tout d'un verre de gaieté et d'une goutte de liqueur d'angélique. A neuf heures et demie le lunch était terminé et nos forces paraissaient réparées.

Mais pourquoi nos chers voisins n'ont-ils pas suivi notre exemple ?

Pourquoi ?

Hélas ! infortunés pèlerins !

Eux avaient été prévoyants et réservaient pour midi... le seul, l'unique repas qui devait être servi jusqu'à sept heures du soir ! !

Notre gaieté et nos méditations prendront donc la place de la nourriture et nous avons bientôt fini de faire contre fortune bon cœur ! Après tout, nous sommes dans le Haoûran, lieu de retraite de saint Paul et pour ma part, je suis très contente de supporter cette légère pénitence qui rapportera peut-être d'excellents fruits, sans compter les raisins de la Terre Promise et alors, plus heureuse que Moïse je chanterai : *Alleluia !*

Nous traversons un désert... un vrai désert semé de pierres noires... calcinées... mais où est donc le volcan qui a rejeté tout cela ? La profusion en est terrifiante et me porte à une profonde tristesse intérieure.

Angoissée, je me demande maintenant quel sera le but suprême ?

Aurais-je peur ? oui ! de quoi ? de ma fragilité ! fermer les yeux sur ces dévastations, oh ! non pas ! je veux voir, au contraire, toute la colère de Dieu ; m'absorber dans sa violence, m'anéantir devant elle. Et pendant quatre heures, le désert ne change pas... Enfin, tout d'un coup, comme à une limite imposée, apparaissent d'immenses plantations de maïs... c'est un nouveau désert, fertile... abondant !

A quelques gares, très longuement isolées : des tentes, des montagnes de sacs de blé.

A l'une d'elles, ô bonheur enfantin, je puis contempler dans toute la grâce de son action primitive, une des scènes les plus touchantes de l'Histoire Sainte.

Nous sommes dans le « Pays de Chanaan » et je vois Joseph fils de Jacob et de Rachel, tel qu'il était au milieu de ses frères, debout, avec sa robe de mille couleurs. Une citerne est auprès d'eux, rien ne manque au décor.

« Joseph ayant donc été envoyé de la vallée
» d'Hébron et un homme l'ayant trouvé errant
» dans un champ, lui demanda ce qu'il cher-
» chait.

» Il lui répondit : « Je cherche mes frères. Je
» vous prie de me dire où ils font paître leurs
» troupeaux. »

» Cet homme lui répondit : « Ils se sont retirés
» de ce lieu et j'ai entendu dire qu'ils se disaient :
» Allons vers Dothaïn. »

» Joseph alla donc après ses frères et il les
» trouva dans la plaine de Dothaïn ou de Zabulon
» (celle-là même que nous traversons).

» Lorsqu'ils l'eurent aperçu de loin, ils se
» disaient l'un l'autre : « Voici notre songeur qui
» vient, tuons-le et le jetons dans cette vieille
» citerne. »

» Aussitôt donc que Joseph fut arrivé près de
» ses frères, ils lui ôtèrent sa robe de plusieurs
» couleurs, qui le couvrait jusqu'en bas.

» Et ils le jetèrent dans cette vieille citerne qui
» était sans eau. »

Puis, l'aridité du sol recommence ; parfois on
découvre des amoncellements de ces pierres noires qui feraient croire à des villes détruites par la
foudre, des silhouettes sombres se dessinent sous
le clair et chaud soleil et semblent habiter ces
ruines.

A une grande halte, tout le monde descend des

compartiments pour prendre un peu d'air, se brosser, puiser quelque eau rafraîchissante, s'en mouiller les tempes, s'en humecter les lèvres.

Les soldats courent à la fontaine avec leurs outres, les Bédouins avec de grandes boîtes en fer-blanc et moi au milieu d'eux tous, je m'avance modestement tenant en mains deux bouteilles.

Un turc très poli, s'efface pour me laisser sa place, mais je n'ai pas le bras assez long et il s'offre de me servir.

Une bouteille est remplie... mon bonhomme a très soif... il cède à la tentation au contact des gouttes bienfaisantes et passe l'autre moitié à son voisin.

Il me propose de prendre la seconde bouteille, mais cette fois, je préfère user de mon activité et porter bien vite à notre société, un peu de cette fraîcheur qu'elle espère !

Les stations du désert sont annoncées par deux ou trois coups de fusil et un coup de sifflet ; le train n'est pas express, de sorte que l'on peut jouir à son aise des interminables plaines. Nous apercevons un village de boue et de paille hachée où les animaux cherchent une ombre factice auprès des murs et ensuite le désert, toujours, toujours les pierres de même grosseur, noires, calcinées. Des aigles planent au-dessus des hameaux qui, maintenant sont bâtis sur le sommet des montagnes arides ; des montagnes qui grandissent... et tout d'un coup laissent jaillir de leurs flancs sous ce soleil éclatant, sur cette terre sèche et brûlée des cascades merveilleuses.

3 heures du soir.

Entre deux rives de lauriers-roses et de roseaux, une petite rivière coule mystérieuse vers Tibériade, son lit est enfoncé, ses eaux basses et grisâtres, la montagne jaune prend naissance à son bord et d'un bond s'élève jusqu'au ciel. L'ascension en est impraticable, mais il semble que si l'on pouvait en atteindre la cime en s'accrochant aux herbes rousses, on arriverait au Séjour des Anges !

Cela serait-il si difficile vraiment ?

Je la regarde, oh ! comme je la regarde bien cette montagne... et ce petit fleuve ! que j'ai tant désiré voir et que je vois enfin !! ô fleuve sacré du Jourdain.

Ce n'est pas encore le Jourdain de Jean, l'endroit du baptême de Jésus, mais nous y arriverons !

Il m'apparut comme au sortir d'un rêve !

Encore toute recueillie par l'admirable lecture sur le « Sermon de la montagne » que j'aime entre toutes les prédications de Jésus ; M. l'abbé Platet venait de fermer le livre, lorsque détournant la tête il jeta ce cri débordant : « Le Jourdain. »

Ce fut une joie incommensurable, digne du cadre et purement délicieuse pour l'âme qui s'ignore et trouve la vie en cherchant la mort !

Les rives s'élargissent, les lauriers-roses foisonnent... quelques oliviers jettent aussi leur note brillante et de belles vaches noires à l'œil doux et triste errent lentement, à l'ombre de leurs feuilles, un troupeau de chèvres y bondissent au bruit d'un coup de fusil tiré de notre train. Le pasteur se retourne magnifique et superbe et sous ce ciel d'Orient, dans cette étroite vallée de souvenirs si pleine, donne comme un patriarche non pas sa bénédiction, mais sa... malédiction.

Pourquoi faire du mal à ses chèvres, les effrayer ?

Pourquoi ne pas le laisser vivre, lui, heureux et tranquille.

Que vient donc faire cette lourde machine dans cette nature qui lui appartient ?

Le progrès ? Il ne le connaît pas ! Il n'en veut pas !

Dieu soit loué !

Nous entrons dans la vallée des palmiers.....

LAC DE TIBÉRIADE

Primitivement *Chinnereth,* en hébreu *Kinnor,* ainsi dénommé parce que sa forme est celle d'une lyre.

Plus nous approchions du but et plus mon âme s'enveloppait de tristesse... J'avais une de ces angoisses poignantes, pareille à celles qui précèdent les grands bonheurs ou les catastrophes. Je sentais que quelque chose d'inconnu jusqu'alors allait se révéler en moi et j'attendais dans une ardente tranquillité, le moment divin où à deux genoux, je baiserais de mes lèvres tremblantes la « Terre de Jésus ».

Oh ! quand j'aperçus de loin les eaux bleues du lac briller encore au soleil couchant ! quand je mis pied à terre à la station, alors je n'osais plus m'approcher du bord, m'asseoir dans une barque pour traverser ces mêmes ondes sur lesquelles Jésus avait marché.

Je me souvenais...

« Il avait ordonné à ses disciples d'aller l'atten-
» dre au-delà du lac, vers Bethsaïde (où demeu-

» raient Pierre et André) et les disciples avaient
» obéi. Mais la mer était mauvaise et les em-
» pêchait d'avancer. La nuit venue, le vent
» augmenta et, comme ils luttaient péniblement
» contre la tempête, ils entrevirent un homme
» qui marchait sur les eaux. Cette apparition
» soudaine les épouvanta : ils crurent à un
» fantôme et jetèrent des cris de frayeur.

» Mais aussitôt Jésus leur parla :

» — Rassurez-vous, c'est moi ; ne craignez point.

» — Maître, dit Pierre, si c'est vous, ordonnez-
» moi de venir à vous sur les eaux.

» — Viens, lui dit Jésus.

» Pierre sortit de la barque et marcha sur les
» eaux.

» Mais la violence du vent lui fit peur et comme
» il enfonçait : Maître, cria-t-il sauvez-moi.

» Jésus lui tendit la main en disant :

« *Homme de peu de foi, pourquoi as-tu douté?* »

» Le Sauveur monta dans la barque et le vent
» s'apaisa. »

Une nuée d'oiseaux blancs nous montrèrent le
chemin... Nous étions huit à remplir la dernière
barque se dirigeant vers Tibériade. Quatre fort
rameurs, dans lesquels je ne voulais voir que les
quatre pêcheurs : Simon-Pierre, André, Jacques
et Jean nous conduisaient. L'un d'eux, Pierre le
plus âgé, me donna la main et me fit passer toute
seule à la proue. J'étais bien.

La vague innocente, tout près de nous chantait, me couvrait de diamants et de perles rares... et moi, plongeant ma main droite dans son sein lumineux, je fis de son eau sainte, le grand signe de la croix.

Un soleil radieux se couchait à l'horizon et jetait ses reflets sur les montagnes désolées entourant le lac : pas un village, pas un arbre, pas une fleur, pas une pousse !

Où étaient donc ces villes si prospères du temps de Jésus ? aujourd'hui, plus de trace... la nature est morne... convulsée... déchirée !

Cette demi-teinte rosée demeura longtemps... longtemps... puis, nous restâmes plongés dans un crépuscule mauve idéal, qui me ravissait.

Sur ces vagues tranquilles je cherchais le Jésus de mon enfance... Jésus de toujours !

Ce lac était d'un bleu ! d'un bleu du plus pur azur inoubliable pour mes yeux, pour mon esprit, pour mon cœur !

Lui aussi, l'avait regardé !

Et maintenant, c'était ma pauvre âme qu'Il regardait... qu'il voulait tout à Lui !

Alors, dans un vif transport de reconnaissance, ma pensée s'appuya sur ceux et celles qui m'ayant appris à l'aimer avaient contribué à mon bonheur présent.

O ma Mère, sois mille fois bénie, toi qui fis ployer, dans un âge très tendre, mes genoux sur

tes genoux, joindre mes petites mains dans les
tiennes pour dire son doux Nom, toi qui m'enseignas son Amour.

Et vous aussi soyez bénis, ô Pasteurs de mon
enfance et de ma jeunesse et vous, chères et bien
aimées religieuses qui prîtes un soin si délicat
de mon âme.

Puissé-je vous rendre aujourd'hui dans une
prière sublime tout le bien que vous m'avez fait.

La première étoile paraît au ciel... je la salue
d'un sourire, mêlant ma voix au chant de l'*Ave
Maris Stella* entonné par mes compagnons restés
à la poupe. Puis, je me penche vers le lac pour
prendre au passage de la vague un peu d'eau
salutaire.

Plus haute que les rameurs et très soulevée par
les flots, j'ai peine à l'atteindre. Simon-Pierre
saisit mon intention et me passa, rempli, le verre
que je souhaitais.

Je bus par trois fois et, devant Jésus qui me
regardait toujours, je me lavai les yeux, lui demandant comme une grâce suprême de les avoir
toujours ouverts au flambeau de la Foi !

Alors, dans ce temple auguste, qui avait pour
parvis des dalles flottantes, pour colonnes des
montagnes, pour cierges des étoiles, pour maîtrise des voix de prêtres et la cadence des rames,
pour sanctuaire la barque des pêcheurs... je communiai mon Dieu !

Cette Communion toute d'esprit avec Celui que j'étais venue chercher, fut, indépendamment de ma toute Première, la plus pénétrante, la plus suave et la plus belle !

Soudain, un remous sensible s'opéra sur les eaux, le lac bleu s'assombrit... les bateliers luttèrent avec effort et de grosses gouttes de sueur se mêlaient aux vagues qui montaient jusqu'à nous.

La lune blanche, entièrement se leva et nos rameurs oubliant leur peine levèrent vers elle des regards suppliants. Pour eux, c'était l'heure de la prière... ils imploraient Allah !

Et nous, silencieusement, en heureux chrétiens, par cette nuit claire et chaude, nous regardions la Croix qui, sur le rivage, nous tendait ses deux bras...

Notre barque vint aborder sur la jetée même du petit jardin des Pères Franciscains. Quelques-uns guettaient notre arrivée et nous reçûmes de leur part, dès notre descente, l'accueil le plus cordial, si ce n'est le plus fraternel.

Aussitôt, nos paquets furent déposés sous les cloîtres du couvent et le pèlerinage se rendit à la chapelle pour assister à la bénédiction du Saint Sacrement.

A 7 heures, nous nous mîmes à table, mais tellement émus que nous regardions les plats sans les voir et sans dire un mot. Le Père Ananie qui présidait notre réunion, habitué à ces premières et vives émotions prononça un petit discours de bienvenue pour nous remettre d'aplomb et ses bonnes paroles, je dois le dire, eurent un heureux résultat.

Après le dîner, il nous invita à prendre un repos bien gagné et à paraître frais et dispos pour le lendemain quatre heures !

La chaleur était excessive et les Pères ne pouvant plus coucher dans leur cellule s'étaient installés sur la terrasse où d'autres lits de sangles avaient été dressés pour les prêtres nouveaux.

La mer de Galilée s'étendait devant eux, les étoiles innombrables leur ouvraient les cieux ; ils se croyaient déjà presque tous en Paradis !

Quant à nous, nous étions bloquées à trois dans de vastes chambres ; j'avais le numéro 38 et au moment d'en prendre possession, je constatais avec surprise son occupation par MM. Sterne et Joseph.

Interdite d'abord, j'esquissai des excuses, puis mettant d'accord le numéro de la chambre et celui que je tenais en main, je les montrai à M. Sterne qui, ne voulant rien entendre me répondit simplement ces mots : « J'y suis, j'y reste ». Encore plus interdite, je m'en fus quérir un bon Père, qui tout empressé à porter des paquets et à se rendre utile s'éloignait dans le long couloir — Mon Père ! — je lui expliquai la situation et l'embarras dans lequel pourrait se trouver mes com-

pagnes qui ne tarderaient pas à me suivre.
Pour moi, peu m'importait — trop heureuse,
d'ailleurs, — si, faute de place, on m'envoyait dormir au bord du lac.

En effet, M. Sterne avait bien aussi le numéro
38 mais dans le bâtiment 2 au lieu du bâtiment 3.

Malheureusement, il dut plier armes et bagages,
partit courroucé et... me garda rancune.

L'excellent Père m'installa, me souhaita une
bonne nuit et je choisis ma couchette. C'était un
petit lit sur tréteaux, sans moustiquaire, placé tout
contre la fenêtre, duquel, sans risque de déplaire
à mes deux compagnes, je pouvais contempler
les étoiles et de ma main, toucher la terrasse
voisine où un petit enfant pleurait dans son berceau.

Je m'endormis aux chants plaintifs de sa
mère !

Ma nuit ne fut qu'un rêve... un rêve purement
céleste, que ma Mère inspira. Elle me parlait de
Dieu, me pressait sur son cœur, me comblait de
caresses et quand j'ouvris les yeux à la lumière
terrestre, elle me disait adieu dans un dernier
baiser.

Vendredi, 13 septembre, 5 heures du matin.

C'est en vain que nous essayons de percer la couche de vapeurs qui nous dérobe les anciennes villes maritimes formant autrefois la sertissure de ce beau lac.

Le Père Ananie nous montre la position de Bethsaïda (patrie de saint Pierre) Magdala, Gadara, Capharnaüm et sur la terrasse, pendant que nous sommes dans l'attente du soleil, ainsi, je réfléchissais aux paroles de Jésus :

« Malheur à toi, Bethsaïda, parce que si les
» miracles qui ont été faits au milieu de vous,
» avaient été faits dans Tyr et Sidon, il y a long-
» temps qu'elles auraient fait pénitence.

» Et toi, Capharnaüm, qui t'es élevée jusqu'au
» ciel, tu seras précipitée jusqu'au fond des
» enfers. »   •   (St-Luc, X.)

Le globe du soleil ne perçait pas encore la montagne, mais à son approche, les ombres glissaient des pentes abruptes et la « mer de Galilée » préparait sa beauté.

« Or, Jésus, marchant le long de la « mer de
» Galilée » vit deux frères, Simon appelé Pierre
» et André son frère qui jetaient leurs filets dans
» la mer, car ils étaient pêcheurs.

» Et il leur dit : « Suivez-moi... » et ils le suivirent.

» De là, s'avançant, il vit deux autres frères,
» Jacques et Jean qui étaient dans une barque
» avec Zébédée leur père et qui raccommodaient
» leurs filets et il les appela.

» Il entra dans l'une de ces barques qui était à
» Simon et les pria de s'éloigner un peu de la
» terre et, s'étant assis, il enseignait le peuple de
» dessus la barque.

» Lorsqu'il eut cessé de parler, il dit à Simon :
« Avancez en pleine eau et jetez vos filets pour
» pêcher. »

» Simon lui répondit : « Maître, nous avons
» travaillé toute la nuit sans rien prendre, mais
» néanmoins je jetterai le filet sur votre parole. »

» L'ayant jeté, ils prirent une si grande quantité
» de poissons que le filet se rompait.

» Ce que Simon-Pierre ayant vu, il se jeta aux
» pieds de Jésus en disant: « Seigneur retirez-
» vous de moi, parce que je suis un pécheur. »

» Car il était tout épouvanté, aussi bien que
» tous ceux qui étaient avec lui, de la pêche des
» poissons qu'ils avaient faite.

» Alors Jésus dit à Simon: « Ne craignez point,
» votre emploi sera désormais de prendre des
» hommes. »

» Et ayant ramené leurs barques à bord, ils
» quittèrent tout et le suivirent. »

LE THABOR

Après que le soleil eut touché la terre de ses premiers rayons, nous prîmes congé de l'excellente hôtellerie des Pères Franciscains pour nous rendre à Nazareth.

Les *Quarante* se partagèrent en deux groupes : les uns allaient directement à « Nazareth » en voiture ; les autres devaient les rejoindre à six heures du soir en passant par la montagne du Thabor.

Sur la petite place de Tibériade des chevaux étaient sellés pour les ascensionnistes au nombre de vingt-sept et chacun fit son choix ; seules les deux demoiselles Chapelier restèrent au milieu de la place... faute de montures... et dans la suite ne regrettèrent point cette mésaventure.

J'avais un cheval blanc, maigre, de taille petite en apparence, mais lorsque je fus sur son dos, il me parut être un géant... d'autant plus que la selle d'amazone est complètement inconnue dans ces parages.

La promenade n'eut pas l'air de lui sourire et

monsieur commença à piaffer ce qui ne me réjouit qu'à moitié.

Enfin nous partons au petit bonheur.

Chaque cheval peut passer en tête de ligne, le mien n'en a cure, fait bande à part, reste même très éloigné de la caravane et me livre ainsi à tous les dangers de la route. Heureusement pour moi une jument vient lui tenir compagnie, elle est montée par le Père Adjute et ce bon Père est désolé de prêcher dans le désert... il a beau sermonner sa bête pour l'engager à prendre d'une allure plus vive le chemin des hautes régions.. elle ne veut rien entendre. Je prends la mienne par la douceur, sans obtenir davantage... mais eux, les démons, complotaient en dessous et, ne bougeant plus, se refusent obstinément à marcher.

Père Adjute et moi, nous nous regardions stupéfaits ! !

Qu'allions-nous devenir ?

L'impatience commençait à gagner le bon Père ; moi, je riais de tout mon cœur voyant l'instant où il me faudrait sauter à terre, prendre la bride de mon cheval et le conduire ainsi jusqu'au sommet.

Le drogman ne se souciait pas plus des retardataires que de « Colin Tampon », par conséquent nous devions nous débrouiller tout seuls et le mieux possible avec nos simples forces !

Pierre, enfant de Nazareth, a la bonne idée de se retourner et, voyant notre embarras accourt vers nous bride abattue, stimule nos montures, qui, à cette voix connue de Galilée, ne font plus aucune difficulté !

A travers les sentiers raboteux du plateau, le cheval du Père Adjute va d'ici de là, craintif et nous constatons finalement et avec peine que sa pauvre cavale est aveugle !

Le plateau est très dur à gravir, des pierres toujours et toujours, des pierres semées à l'infini au lieu de fleurs !

Le soleil derrière nous, nous envoie dans le dos les feux de sa fournaise et nous promet une journée cruellement chaude.

Mes étriers placés très haut et tenus à l'aide de ficelles commencent à me scier le cou-de-pied, ma selle glisse, mes genoux me font souffrir et pour augmenter mon supplice les bédouins excitent ma pauvre bête de leurs cris sauvages.

Elle se cabre, baisse violemment la tête au risque de m'entraîner avec elle et cela ne serait pas long si, ne la soupçonnant de quelque maladresse, je ne me tenais sur mes gardes, lui abandonnant presque les rênes trop courtes et faites de deux cordes.

Le drogman que cette bête amuse, l'attire au galop de son cheval, je lui ordonne de se taire ; mais l'animal qui a tout entendu m'emporte dans une course effrénée et achève de m'affoler en allant se jeter dans la colonne montante, donner des coups de pied, des coups de tête aux uns et aux autres et bousculer la mule tranquille de Monseigneur, ce qui me valut une amère remontrance !

Dans cette chevauchée, ma Bible, que je tenais intimement serrée contre mon ombrelle tomba et mon ombrelle avec...

Un bédouin qui marchait à côté de son âne les ramassa toutes deux, mit la Bible dans sa poitrine et donna mon ombrelle à Pierre. De plus, un de mes étriers gisait sur la route.

Je n'étais pas encore remise de ma secousse, que j'entendis derrière moi, la gentille petite voix de Pierre : Mamoiselle ? — Conservez tout, lui dis-je, sans savoir d'abord de quoi il s'agissait.

Il insista.

Et j'appris qu'un de nos compagnons ayant très soif, me faisait demander si ma gourde contenait un peu d'eau.

Elle contenait du vin. Mais quel vin ! Emporté précipitamment la veille de Damas, il avait subi le long trajet en chemin de fer, traversé le lac de Tibériade, passé une nuit dans l'étuve de ma chambre, ballotté et de quelle façon ! sur la route du Thabor.

Voilà le vin que je pouvais offrir !

Oui, mais le tout était d'attraper ma gourde, que j'avais soigneusement attachée avec des ficelles à l'extrémité de la selle ayant déjà sur moi ma lorgnette en bandoulière et ma sacoche.

L'important était de pouvoir la détacher.

Mon cheval ne voulait plus s'arrêter...

Partagée entre la crainte de tomber et la pensée de soulager mon prochain, je n'eus aucune hésitation, et, cherchant à l'aveuglette, je finis par dénouer les liens.

Au galop, Pierre emporta la gourde.

A neuf heures nous sommes au pied de la montagne du Thabor, un seul arbre sur le plateau désert... nous en profitons pour sauter à terre et chercher un peu d'ombre.

« Pas même deux minutes » murmure notre Directeur.

Ai-je jamais eu des jambes ? Si oui, je ne les retrouve plus ! et je m'interroge anxieusement, à savoir, si j'aurai la force d'arriver jusqu'à Nazareth.

Il le faut !

Eh bien je marcherai... et, laissant poursuivre la caravane, je donne mon cheval au drogman.

M. Michal s'apercevant de mon extrême fatigue et connaissant ma résolution, m'offre avec bonté de changer de cheval et comme je le remercie en refusant, il m'offre alors de m'accompagner.

Lui, non plus n'est pas très dispos.

Par extraordinaire, je n'ai aucune provision, aucun reconstituant et ne puis lui venir en aide.

13

Mlle de la Butte, qui est la dernière à remonter en selle pour avoir dégusté un peu d'essence de café, donne fraternellement et en s'excusant les dernières gouttes à M. Michal, lequel sent ses forces renaître après cet acte de charité.

Mais au bout d'une heure de marche parmi les pierres et les hauts chardons, il m'avoue qu'il meurt de faim, près de se trouver mal.

Hélas ! j'étais plus pauvre que le « petit enfant de Galilée », je n'avais pas cinq pains, ni deux poissons et mes paroles encourageantes n'étaient franchement pas suffisantes.

« O mon Dieu ! dis-je tout haut, je vous en prie, faites que ces pierres deviennent des pains ! »

Et en ce même temps, nous nous rappelions le miracle « de la multiplication des pains ».

« Jésus ayant donc levé les yeux, et voyant
» qu'une grande foule de peuple venait à lui,
» dit à Philippe : « D'où achèterons-nous des
» pains, pour donner à manger à tout ce monde ! »

» Mais il disait cela pour le tenter, car il savait
» bien ce qu'il devait faire.

» Philippe lui répondit : « Quand on aurait
» pour deux cents deniers de pain, cela ne suffi-
» rait pas, pour en donner à chacun tant soit
» peu. »

» Un de ses disciples, qui était André, frère de
» Simon-Pierre, lui dit : « Il y a ici un petit gar-
» çon qui a cinq pains d'orge et deux poissons ;

» mais qu'est-ce que cela pour tant de gens ? »

» Jésus leur dit : « Faites-les asseoir. »

» Or, il y avait environ cinq mille hommes.

» Jésus prit donc les pains et, ayant rendu
» grâces, il les distribua à tous ceux qui étaient
» assis et il leur donna de même des deux pois-
» sons autant qu'ils en voulaient.

» Après qu'ils furent rassasiés, il dit à ses
» disciples : « Ramassez les morceaux qui sont
» restés, afin que rien ne se perde. »

» Ils les ramassèrent donc et emplirent douze
» paniers des morceaux qui étaient restés des cinq
» pains d'orge, après que tous en eurent mangé. »

(St-Jean, VI.)

Alors, je me rendis compte que « l'homme ne
vit pas seulement de pain, mais de toute parole
qui sort de la bouche de Dieu », car à partir de
ce moment mon compagnon ne se plaignit plus.

Dans un sentier creux de la montagne sans
ombre, le drogman nous attendait avec un cheval,
un âne et un bédouin, m'offrant obligeamment de
me servir de la seconde monture.

J'acceptai.

M. Michal remonta sur son cheval et, assise
commodément sur ma bête, j'en remerciai le Ciel.

La pauvre bourrique avait un bât énorme, plus
lourd que moi, certes, pas de selle naturellement,
pas d'étriers, et comme guides : un sale et unique
bout de corde.

Mais je n'aurais pas donné tout cela pour les plus beaux harnais du monde !

Son allure sûre et modérée m'avait tout à fait remise, mon front assombri un moment reprenait sa sérénité.

La caravane était certainement arrivée au sommet ; mon compagnon avait disparu précédé du drogman et je demeurais dans l'étroit chemin, rocailleux, dur, sec, presque à pic, avec mon bédouin qui me tirait la langue pour me montrer qu'il avait soif.

Pour le consoler je lui montrais mon estomac qui criait famine, tout en essayant de lui faire comprendre que nous n'étions pas « *aux noces de Cana* ».

Tout à coup, voilà ma bourrique qui s'arrête en poussant des « hi han » formidables. Les appels réitérés de son maître, les menaces, ma tendresse intéressée, rien ne peut la décider à faire un pas.

Aurait-elle faim et soif !

Elle tourne la tête à droite et à force de braire, me force à regarder ce qu'elle regarde.

O bonheur des bonheurs, je possédais un âne savant ! qui se rendait compte du personnage étranger qu'il portait et voulait lui faire admirer les beautés de son pays.

Nous étions en face de l'immense plaine fertile *d'Esdrelon* ou de *Jezraël*.

Là, le général Holopherne avait campé avec

son armée forte de *six-vingt mille* hommes de
pied et vingt-deux mille à cheval.

Là, étaient la maison de campagne d'Achab et
la vigne de Naboth.

> Faut-il vous rappeler le cours...
> Des tyrans d'Israël les célèbres disgrâces
> Et Dieu trouvé fidèle en toutes ses menaces :
> L'impie Achab détruit et de son sang trempé
> Le champ que par le meurtre il avait usurpé :
> Près de ce champ fatal Jézabel immolée
> Sous les pieds des chevaux cette reine foulée
> Dans son sang inhumain les chiens désaltérés
> Et de son corps hideux les membres déchirés ;
> Reconnaissez.....

Cocotte... ne me laisse pas le temps d'achever
ma tirade ; elle est satisfaite de mes souvenirs
bibliques et reprend son pas allègre. En moins de
dix minutes nous sommes au sommet de la montagne où la caravane nous reçoit avec des bravos
et des marques de démonstration quelque peu
moqueurs et me proclame même dans son enthousiasme : *Reine de Saba.*

Un bon Père capucin s'avance pour prendre de
mes nouvelles et m'invite à passer dans la salle
à manger où un grand déjeuner bien réconfortant
nous est servi par les bons Pères eux-mêmes.

C'est à croire qu'ils ont commandé le menu au
Ciel et que le bon Dieu a fait descendre spécialement pour nous toutes ces douceurs ; car, pour
aller s'approvisionner à Tibériade, il y a sept

heures de cheval — à Nazareth, trois heures et
autant pour le retour, et le mont Thabor ne pro-
duit rien moins que des pierres noires !

A cet accueil si charmant, dans ce couvent,
austère seulement pour ceux qui l'habitent jour-
nellement, dans cette région de paix, ma fatigue
s'envole...

Au dessert, le Père Ananie se lève et, d'une
voix très sympathique propose de faire un peu la
sieste sur les larges sofas entourant le réfectoire
et engage les bavards à se retirer sur le perron.

Une demi-douzaine s'esquivent... inutile de
dire que je suis de ce nombre, non pour bavarder, mais penser saintement.

Mon esprit troublé depuis le matin par un cheval et une bourrique reprenait enfin sa normale
et m'approchant de nos bédouins couchés par
terre je leur tins ce langage : « Mes frères,
quel est celui d'entre vous, qui ayant ramassé une
Bible sur le chemin, la garde contre sa poitrine ?
celui-là veut-il me la remettre puisqu'elle m'appartient ? »

Aussitôt le possesseur me rend l'objet possédé
et je le donne à M. l'abbé Platet afin qu'il fasse
lecture tout haut du « Sermon sur la Montagne »
prononcé par Jésus au « mont des Béatitudes »
petite éminence non loin du Thabor.

« Jésus voyant tout ce peuple, monta sur une
» montagne où, s'étant assis, ses disciples s'ap-

» prochèrent de lui et il les enseignait en di-
» sant :

1. Bienheureux les pauvres d'esprit, parce que
le royaume des cieux est à eux.

2. Bienheureux ceux qui sont doux, parce qu'ils
posséderont la terre.

3. Bienheureux ceux qui pleurent, parce qu'ils
seront consolés.

4. Bienheureux ceux qui sont affamés et altérés
de la justice, parce qu'ils seront rassasiés.

5. Bienheureux ceux qui sont miséricordieux,
parce qu'ils obtiendront eux-mêmes miséricorde.

6. Bienheureux ceux qui ont le cœur pur, parce
qu'ils verront Dieu.

7. Bienheureux les pacifiques, parce qu'ils seront
appelés enfants de Dieu.

8. Bienheureux ceux qui souffrent persécution
pour la justice, parce que le royaume des cieux
est à eux. »

(St-Mathieu, V.)

Mes pensées sont tellement profondes que
j'aime à les puiser pour les savourer. O mon
âme, comprends-tu ton bonheur ?

Cette vallée que tu vois, les grands yeux bleus
de Jésus l'ont contemplée aussi ; cette terre sur
laquelle tes pieds se posent, Jésus l'a foulée et elle
a entendu le son de sa voix. Ici, Jésus a respiré,
prié son Père, béni ses disciples.

O Seigneur, quel mystère m'entoure ! puisse cette paix dont vous me comblez descendre sur tous ceux que j'aime !

A l'heure fixée, un des Pères nous conduisit à l'endroit de la Transfiguration.

« Jésus ayant pris avec lui Pierre, Jacques et
» Jean son frère, les mena à l'écart sur une haute
» montagne ; et il fut transfiguré devant eux. Son
» visage devint brillant comme le soleil et ses
» vêtements blancs comme la neige.

» En même temps ils virent paraître Moïse et
» Elie qui s'entretenaient avec lui.

» Alors, Pierre, prenant la parole, dit à Jésus :
» Seigneur nous sommes bien ici ; faisons-y s'il
» vous plaît, trois tentes : une pour vous, une
» pour Moïse et une pour Elie.

» Lorsqu'il parlait encore, une nuée lumineuse
» les couvrit et il sortit de cette nuée une voix
» qui fit entendre ces paroles : *Celui-ci est mon*
» *Fils bien-aimé, dans lequel j'ai mis toute mon*
» *affection ; écoutez-le...*

» Les disciples les ayant entendues, tombèrent
» le visage contre terre et furent saisis d'une
» grande crainte.

» Mais Jésus, s'approchant, les toucha et leur dit :
» Levez-vous et ne craignez point.

» Alors, levant les yeux, ils ne virent plus que
» Jésus seul. »

(St-Mathieu, XVII.)

En quittant ce lieu très saint, je cueillis des fleurs, de pauvres fleurettes brûlées par le soleil, mais qui possédaient un double parfum : celui du Souvenir et de l'Inoubliable.

Pour sanctifier notre passage et protéger notre voyage, nous recevons la bénédiction du Saint Sacrement et après avoir dit « adieu » aux bons Pères, descendons à pied et à pic la montagne pierreuse.

En bas, sur le plateau, sous l'arbre, nous retrouvons nos montures et je reprends mon « âne savant » qui m'emporte lestement à travers les sentiers crayeux, les tertres glissants, les roches éboulées, les pierres roulantes, les ravins et les ravines. Brave petite bête ! elle veut être la première et mener de front la caravane ; elle passe devant les chevaux, rien ne peut l'arrêter, elle court, trottine et on dirait qu'elle a mis dans sa tête de me faire voir Nazareth la première et de m'y conduire toute seule, envers et contre tous.

Elle connaît le chemin et j'ai confiance en elle !

Ainsi, je jouis du présent et me réjouis de l'avenir, percevant d'avance l'éclaircie qui dans un détour brusque me découvrira la petite ville.

Heureuse, je m'en vais à Marie et pour mieux la servir, je la salue déjà des paroles de l'Archange !

O Fleur de la montagne... Nazareth ! que tu es jolie dans cette oasis toute rose des feux très doux du couchant !

13.

Marie, ma Mère, me voici près de vous, pour chanter vos louanges, vous appeler des noms les plus tendres et vous dire surtout que je vous aime.

Tous et toutes nous sommes vos enfants, mais il y en a sur lesquels votre cœur se penche davantage et c'est l'une de ces privilégiées qui, n'ayant pas oublié, s'incline maintenant devant Vous. Bénissez-la, bénissez-la encore et, la sauvant pour une seconde fois, faites-lui la grâce dernière de ne pas mourir sans Vous.

La côte qui descend vers Nazareth est raide et bouleversée ; mon âne s'y engage comme s'il marchait sur une route plane, tandis que le drogman courant après lui de toute la vitesse de son cheval venait me conseiller de l'arrêter, afin que notre Directeur, le Père Adjute et le Père Ananie eussent l'honneur d'entrer les premiers à Nazareth.

Je le désire pour eux, mais ma bonne petite bourrique ne le veut pas. En vain, je tire sur sa corde, lui intime l'ordre de ralentir — peine perdue — elle trottine de plus belle et s'arrête juste à la petite source qu'on appelle aujourd'hui la « *Fontaine de la Vierge* ».

Je suis loin de la gronder, au contraire, je lui dis merci avec une caresse qui vaut bien son pesant d'or.

Je n'étais plus du tout fatiguée, mais il n'en

était pas de même pour mes compagnes, hélas !

Assistant à leur descente périlleuse, elles m'impressionnèrent par leur visage pâle et défait, l'une surtout, Mlle R..., personnifiait la « Souffrance ».

Sans même nous débarrasser de la poussière du chemin nous allons immédiatement à l'église de l'Annonciation.

La cloche des chrétiens sonne la prière et à cette heure, l'heure de l'*Angelus*, nous entrons au sanctuaire où fut annoncé à Marie qu'elle serait la Mère du Sauveur.

Comment définir les tressaillements, les élans de l'âme, lorsqu'elle se sent accueillie dans la *Demeure de Marie*,... le cœur s'humilie, s'ouvre... s'émeut et ne peut retenir les larmes qui coulent lentement et brûlent les paupières !

Le Père Adjute, lui-même, debout sur la première marche conduisant à l'autel, est tout tremblant d'émotion, dans la petite allocution qu'il adresse à ses chers pèlerins.

NAZARETH

Samedi, 14 septembre.

Se réveiller à Nazareth est un rêve très doux !
Ma chambre située au numéro 20, au premier
étage à droite au fond du couloir, a ses fenêtres
donnant sur un côté de l'église, bâtie au-dessus de
la grotte même où Marie reçut la visite de l'ange.
On descend à la grotte par une dizaine de marches depuis l'intérieur de l'église. Là, deux autels
au pied desquels six personnes peuvent trouver
place. Je m'efface dans un petit coin, tout près
d'un bloc de pierre qui me sert d'appui pour
joindre les mains ; j'assiste à la messe et quand
je me relève pour la communion, ma tête va frap-
per contre un second rocher de la voûte ; mais
quelle n'est pas ma surprise, à vrai dire ma joie,
d'apprendre par les explications du Père Ananie,
que ce rocher ou plutôt cette colonne coupée en
deux et détachée par son milieu, aurait été la
place de l'Annonciation.

La messe solennelle, dans l'église vaste et sim-

ple, eut lieu à huit heures et demie, et tout de suite
après le petit déjeuner, guidés par le Père Ananie,
les *Quarante* se mettent en marche pour visiter
Nazareth.

A Nazareth, y suis-je bien vraiment ? et nous
allons par un tas de petites ruelles jusqu'à la
« Fontaine de la Vierge ».

Ici, c'est un brouhaha indescriptible, toutes les
fillettes semblent s'y être donné rendez-vous, pour
y puiser de l'eau... et comme la petite source
débite lentement, alimente seule la ville et que
chacune veut passer avant l'autre, il s'ensuit des
disputes, des criailleries, des cruches cassées et
des pleurs.

J'attends que tout ce petit monde ait fini son
ménage pour commencer le mien...

Quelques gentilles frimousses, déposant leur
cruche par terre, me regardent d'un air curieux,
se demandant sans doute, pourquoi je reste là
toute seule en plein soleil ; d'autres m'éclabous-
sent de l'eau qu'elles renversent maladroitement,
un grand garçon m'offre à boire dans un verre et
si je n'avais feint un départ, mon tour à la « Fontaine » je le craignais, ne serait jamais venu.

Afin de rejoindre la caravane, je m'engage dans
la grand'rue de Nazareth, longue, toute étroite,
montante, bordée de petits trottoirs pavés, et je
m'arrête devant l'atelier d'un charpentier, quoique
le tableau ne me représente pas celui de la Sainte

Famille, mais j'ai du plaisir à regarder ici, dans
cette petite ville : un établi, un rabot, des planches, des copeaux. Eloignant de mon esprit les
deux hommes qui travaillent, je me figure un
instant, le Petit Jésus vêtu d'une robe blanche de
lin, apprenant à manier les outils de menuisier
et suivant avec attention les instructions de son
père adoptif. Le rabot glisse et chante... et mon
Petit Jésus est toujours là, puisqu'il sourit à mon
cœur.

Le Père Ananie ouvre la porte d'un jardinet
plein de fleurs, cultivé par des mains pieuses et
qui donne entrée dans une salle bien éclairée,
blanchie à la chaux, ayant un petit autel. Cet
emplacement est celui de l'atelier de Saint Joseph.

Non loin, une table de pierre sur laquelle Jésus
aurait pris son dernier repas à Nazareth avec ses
disciples.

Toujours montant, je m'égare dans une rue
commerçante et j'en profite pour y faire l'acqui-
sition d'un burnous. Une religieuse mulâtre, qui
avait suivi la caravane depuis sa sortie de la « Casanova », s'offre très obligeamment à me servir
d'interprète, ce que j'accepte avec empressement
et de chaleureux remerciements.

Me voici donc habillée à peu près comme une
Nazaréenne, pour la somme modique de huit
francs, et je suis ravie de mon achat, d'autant plus
qu'il me tiendra frais quand il fera chaud, et me

réchauffera à l'abaissement brusque de la température des soirs d'automne.

Au déjeuner, notre directeur nous propose : soit d'aller à Cana à cheval, coût deux francs, soit de passer l'après-midi à Nazareth en toute liberté.

J'ai tracé mon petit plan et je laisse de côté la promenade à Cana, sans oublier le souvenir des « Noces » pour rester à Nazareth : vivre de la vie cachée de *Jésus, Marie* et *Joseph;* m'enivrer de cet air, de ce ciel bleu, de ces montagnes blanches, m'abandonner totalement aux charmes que recèle Nazareth.

Le soleil est ardent et je passe mon temps ou dans ma chambre en face de l'église ou dans la galerie, ou bien encore sur le balcon qui domine la place... l'unique place de Nazareth, plus longue que large et qui forme l'entrée de la ville. J'y suis attirée par une musique singulière : une douzaine de femmes, le visage découvert, et vêtues d'une jupe noire, frappent dans leurs mains, accompagnant des chants d'enfants, quelques-unes portent sur leur tête des plats de fruits ou des corbeilles de fleurs. En procession, elles font ainsi plusieurs fois le tour de la ville.

Qu'est-ce ? les cloches sonnent à toute volée ! les maisons s'enguirlandent de feuilles arrachées aux arbres rares, des bannières les pavoisent, la foule est massée sur la place où des arabes exécutent une fantasia.

Toutes les pompes se déploient... on aperçoit des cavas, le suisse, une file de voitures.

On attend le Patriarche de Jérusalem !

Il arrive... dans un nuage de poussière... ayant à sa droite le Gouverneur.

La voiture s'arrête... on leur baise les mains...

La foule compacte s'empresse et va se ranger aux abords du parvis de l'église de l'Annonciation.

Je me précipite à la fenêtre de ma chambre et suis aux premières loges pour voir le Patriarche revêtir ses ornements pontificaux près du portail, au-dessus duquel le drapeau turc orné du croissant s'élève à côté de la Croix.

Les cavas chamarrés d'or précèdent la croix du cortège, viennent ensuite les enfants de chœur.

Le Patriarche, sous le dais, est conduit jusqu'au seuil de l'église.

La population se compose d'hommes en longues robes blanches, maintenues à la taille par une ceinture rouge, et coiffés du fez rouge à gland noir.

Les femmes en costume de toile bleue foncée ou blanche, au teint brunâtre, presque toutes tatouées au menton, portent dans leurs bras leurs petits enfants. Leur démarche est très déplaisante et c'est grand dommage, surtout quand elles vont puiser de l'eau, car la pose de l'urne noire sur le côté de la tête est d'un effet fort gracieux. Il y en

a cependant de très majestueuses, vues de dos :
celles qui revêtent le burnous foncé, cachant sous
son ampleur la robe à traîne de couleur, rose
préférablement, et laissent pendre deux longues
tresses noires de cheveux bouclés. Sur la tête, elles
ont un petit fichu à fleurs, noué sous le cou et
dont la pointe se trouve par derrière.

La figure n'est pas jolie, mais en général les
yeux sont très beaux avec de longs cils noirs. J'ai
vu des petites filles dont les yeux bleus étaient
pleins d'ombre... pleins de mystère. Quant aux
petits garçons, ils sont tout simplement adorables
et les mères le disent bien, que cette beauté est
un présent de la Vierge aux fils de Nazareth ! Ils
ont le visage ovale, le teint mat, le nez très droit,
la bouche fine, un sourire d'ange, et le regard si
profond et si doux, si doux, qu'il vous arrête, vous
pénètre... et vous suit...

Nazareth ! ce nom s'élève de mon cœur en
transports joyeux et ne quitte pas mes lèvres.

Penchée sur le bord du balcon, je domine la
petite place ; la lune brille au-dessus de ma tête
et je respire cet air, cet air de Nazareth, que je
bois comme une rosée céleste.

Nazareth est un lieu de délices où la paix sura-
bonde, une coupe bénie de nectar et de miel, le
Sourire de la Vierge Marie !

La chaîne du Djebel-es-Sikh lui forme sa couronne... lumineuse le matin, transparente le

soir. Sur l'une de ces montagnes, deux ombres s'y projettent — de la porte du ciel, elles semblent s'envoler... et par ce clair-obscur de la nuit qui s'endort... la vision est étrange !

Subitement, le temps a changé, il souffle un peu de bise et ces deux ombres ne sont à vrai dire que deux robes flottantes de pauvres capucins s'éloignant de la crête.

Les maisons blanches, carrées, à toit plat servant de terrasse s'étendent mi-partie dans la plaine, mi-partie en amphithéâtre sur le flanc des coteaux ; des jardins semés de-ci de-là nourrissent de leur sol aride le térébinthe et le figuier, le nopal et l'amandier. Au pied du mont, fermant d'un côté la petite place est une vigne rampante, où je me plais à suivre la marche lente et grave du propriétaire : un beau vieillard robuste et à cheveux blancs.

J'aime à m'envelopper de ce calme, à recueillir de cette vie silencieuse les moindres détails.

Ici, à gauche, près de cette porte ouverte, assis par terre, trois hommes s'entretiennent vaguement, on dirait trois bergers dénombrant leurs troupeaux au retour de leurs champs.

Cinq femmes habillées de soie noire, *les fantômes d'Orient*... regagnent mollement leur domaine, tandis que deux bons Pères Franciscains appuyés sur leur ombrelle, rentrent péniblement au couvent. Que d'éloges à faire sur ces vrais fils de

Saint-François ! que dire de leurs efforts en Terre Sainte pour y faire régner le nom du Christ?

Ma plume est trop faible pour chanter leurs mérites, mais l'esprit les retient... et de retour en France saura les propager !

Voici quatre petites filles qui s'amusent à courir en se donnant la main ; la pointe de leur fichu vole au vent et leurs petits pieds nus se marquent dans la poussière. Elles sont gentilles à croquer !

Et mon Petit Jésus au milieu de tout cela où est-il ? Sans nul doute, il a pris part, ici, aux jeux de ses compagnons et je le vois aussi, tout tranquillement se distraire sur la place ; car, on le devine, Nazareth n'a guère changé depuis son départ — le paysage toujours charmeur et pittoresque : au loin le dôme solitaire du Thabor, la ligne sombre du Carmel, la plaine haute de la Pérée, les montagnes de Safed et de Sichem, l'horizon toujours bleu !

Que de subtilités dans tout ce qui m'entoure... et sur ma foi, voilà, si je ne m'abuse, le portrait vivant de Saint Joseph, s'appuyant sur un bâton, marchant à côté de son âne.

Oh ! que le spectacle de la rue serait charmant par cette nuit dorée, si les sons discordants d'un piano, l'orchestre d'un phonographe ne venaient scandaliser mes oreilles et si mes yeux ne ren-

contraient point la bicyclette d'un enfant européen,
dépassée par les tuniques blanches des petits
nazaréens !

Demain, dès l'aube nous quitterons Nazareth
pour Khaïfa — le Carmel ! mais une question se
pose : celle de savoir le nombre des émigrants se
rendant par terre à Jérusalem en traversant la
Samarie.

Pour moi, aucune hésitation ; mais il est regret-
table de constater que sur dix consentants au
départ de Beyrouth, il n'en reste plus maintenant
que quatre ! Pourquoi ? Parce qu'on nous a fait
entrevoir l'extrême fatigue de la route, surtout par
cette chaleur, qu'il pourrait y avoir des malades,
etc., etc...

Le drogman qui se soucie fort peu de s'embar-
rasser d'une femme s'ingénie à déclarer mes
talents d'écuyère très peu satisfaisants, j'en
conviens, surtout sur une Rossinante, mais je lui
fais observer qu'étant arrivée en tête de la caravane à Nazareth, sur le dos d'une bourrique, je
pourrai également atteindre le but de cette
illustre façon.

Devant l'entêtement du drogman et mon pieux
désir, notre Directeur ne sait quel parti prendre.
Finalement, je l'emporte, le marché est conclu et
M. l'abbé Platet me renouvelle sa promesse de
m'enterrer au tombeau de Rachel, si je m'avise
de succomber en route.

Me voilà donc tranquille sur mon sort.

Ce sera à Khaïfa, au pied du mont Carmel, que les quatre se sépareront du groupe.

Trente-six s'embarqueront à Khaïfa à destination de Jaffa et dans ce dernier port prendront le chemin de fer jusqu'à Jérusalem.

Arriver à Jérusalem en chemin de fer ? Ça, jamais ! Je serais capable, et je m'en sens parfaitement le courage, d'achever mon voyage à pied ! Déjà de la vieille terre de Sichem et de la Judée m'arrivent de longs parfums ! Que je suis heureuse !

Bonsoir Nazareth..... non, pas encore.

Quelles sont ces voix ? d'où viennent ces lumières ?

Pourquoi toutes ces robes aux mille couleurs, ces fez qui circulent à la lueur des torches ? Pour qui cette fête ? Ce tumulte... le soir... dans cette petite ville bénie ?

C'est une noce turque... sans époux ! car les fiancés ont la coutume de se retirer chez eux et de vivre séparés pendant le temps des réjouissances de la famille. La maison de fête est à côté de la Casanova et malgré l'imprudence qu'il y a à sortir le soir en ces pays d'Orient, MM. Langevin et Jolibois ne reculent pas à m'accompagner.

Les hommes debout forment un cercle au milieu de la rue, les femmes se tiennent par derrière, assises par terre sur le seuil des maisons avec leurs

petits enfants dans les bras. Celles-ci, de religion
latine, ont le visage découvert. Elles me saluent
en passant de ces deux mots français, aussi doux
à entendre à Nazareth qu'un arpège de harpe :
« *bonsoir Madame* », et près d'elles, je prends
place, parmi leurs chérubins, à regarder le feu de
joie flambant... crépitant... dans le cercle des
hommes. Ceux-ci chantent en cadence, toujours sur le même ton, complétant la symphonie
en frappant dans leurs mains aussi fort qu'ils
le peuvent. Certains, dont le jeu n'amuse guère,
se laissent aller à l'indolence, mais ils sont bien
vite redressés par la baguette du père et du beau-
père qui dirigent le chœur et parcourent les rangs
en stimulant les assistants. Ce spectacle n'était
pas sans me causer quelque surprise dans cet
asile de paix, choisi pour la prière et j'allais me
retirer, triste peut-être, si je n'avais souri à deux
enfants qui me regardaient.

— Comment t'appelles-tu, dis-je à la petite fille,
aux grands yeux caressants, aux longs cheveux
bouclés ?

— Je m'appelle Marie et je suis une latine,
répondit-elle très clairement en français.

— Et toi, mon mignon, répétai-je au petit
garçon qui se tenait auprès.

— Je m'appelle Elia.

Ils étaient tous deux jolis comme des anges, le
nom du Ciel était écrit dans leurs yeux, sur leur

front pur, et, sans savoir leurs liens de pauvreté ou de richesse, je leur donnai avec plaisir.

Ils me montrèrent leur mère, une ravissante jeune femme, qui me souriait aussi en me disant : merci.

Oh! quels doux instants! je venais de les passer en Paradis...

LE CARMEL

L'heure est matinale, mais le temps presse...
et je m'en vais dans la nuit, escortée par un
domestique jusqu'à la porte de l'église.

Le ciel est plein d'étoiles et vers elles déjà monte
ma prière : la prière pour Tous !

Deux messes commencent.

Les femmes de Nazareth y assistent, en rangs
pressés sur les marches de la grotte ; mes accents
se mêlent aux leurs et l'action de grâces si vive
en ce saint lieu n'est qu'une hymne d'amour et
de reconnaissance.

Quand je sors tendrement bénie, le jour se
lève, mais je ne rentre pas tout de suite à la
Casanova ; mon intérêt s'attache à une nazaréenne en train de faire son petit ménage. Immédiatement, je lui prête d'autres traits et de « mes
yeux de rêve » je vois la Vierge Mère dans son
pauvre logis !

5 heures et demie du matin.

La petite place est envahie par nos voitures et ces dernières s'ébranlent que je suis encore sur la chaussée avec ma valise, mon sac et mon ombrelle.

Tout le monde est casé et il ne me reste rien.

Notre Directeur s'inquiète de mon abandon, cherche à me tirer d'embarras et m'installe à une place ordinaire mais choisie, priant Mˡˡᵉ R... qui l'occupait de bien vouloir passer dans la voiture de gala que ses droits lui confèrent et nous voilà partis dans un tourbillon de poussière.....

Ma chère petite ville blanche *la fleur de Marie* disparaît derrière la montagne du Précipice.

Mon cœur s'arrête à ce souvenir et j'embrasse d'un seul coup la Nature qui vit, sur ces pentes abruptes, s'éloigner le triste regard de Jésus..... Or, Il était venu dire « toutes choses », lorsque les Juifs l'ayant poussé hors de la synagogue, le chassèrent de la ville et le menacèrent jusqu'au sommet de cette montagne d'où ils voulaient le précipiter. Mais Lui, le « Très Doux », passa au milieu d'eux, quitta Nazareth qu'il ne devait plus revoir et descendit vers Capharnaüm où il accomplit des miracles.

Nous traversons des villages, si villages il y a,
ce sont plutôt de pauvres masures dont la terrasse
de feuilles sèches émerge d'entre les meules de
blé ; des forêts d'oliviers au tronc noueux, à la
cime brillante ; des forêts de cactus aux branches
épineuses.

La route, parfois, est bordée de champs gris dont
les graminées ont été remplacées par des têtes de
chardons et nous avalons de la poussière... en
veux-tu, en voilà ! Après avoir bien couru, droit
à la chaîne du Carmel, nos chevaux se reposent
au pied du versant, non loin d'un puits où viennent s'abreuver les chameaux et les ânes qui
passent, les troupeaux de moutons noirs et les
chèvres de même couleur, aux oreilles pendantes,
qui peuplent la plaine. Les cochers profitent de
cette halte pour déjeuner, tandis que les *Quarante*
se dégourdissent un peu les jambes en cherchant
la fraîcheur sous le soleil brûlant. Tous les artistes
s'apprêtent à photographier le puits dont l'aspect
est des plus pittoresques, le vieil Esaü y est même
représenté, mais comme ils veulent tous le même
point, ils finissent par se photographier l'un
l'autre.

A 11 h. 20, nous longeons un bois de dattiers au bord de la mer et sommes en vue de la
baie de Saint-Jean d'Acre.

A peine ai-je le temps de songer à Philippe
Auguste au siège de cette ville (1199) que déjà

nous entrons à Khaïfa au milieu d'un encombrement de sacs de blé et qu'un jeune syrien me
prenant pour une anglaise me souhaite la bienvenue par ces mots : « How do you do ?

— Very well and you ? » lui répondis-je.

Très content de cette politesse, il m'envoya un
baiser.

Ici, nous revoyons les fumeurs de narghileh,
les joueurs de cartes, les mangeurs de melons, de
raisins ; puis, nous fermons les yeux à toutes les
poussières qui nous entrent par tous les pores,
jusqu'au sommet du Carmel où nous attendent
les bons Pères, avec l'accueil bienfaisant qui ranime le courage !

Nous sommes dans un état lamentable de mal-
propreté, les prêtres ont leur soutane et leur
barbe complètement blanches, aussi, le premier
soin est-il de se brosser ; ensuite, on se lave
comme on peut en se pressant autour d'un petit
lavabo et après avoir pris un breuvage sirupeux
et rafraîchissant fabriqué par les Pères, nous
allons entendre la messe de midi, dans la chapelle
du couvent, érigée au-dessus de la grotte habitée
par le prophète Elie.

Nous déjeunons dans une salle annexe au couvent, spécialement réservée aux pèlerins. Le menu
très substantiel consiste en bouillon, riz, mouton,
volaille, pommes de terre, raisins, gâteaux secs.

Au dessert, le Père supérieur nous adresse le

petit discours d'usage et nous donne le conseil fortifiant de goûter la sieste.

J'allais suivre son avis avec bonheur, lorsque j'apprends, non sans chagrin, que notre traversée par la Samarie n'aura pas lieu !

Le sujet en est très simple : M. Breton s'étant désisté, notre Directeur ne permet à aucun prix ce voyage à trois. Bon gré, mal gré, il faut donc se résigner et cela, je l'avoue, ne m'est pas chose aisée ; aussi, j'arpente le terrain, promène mon rhume de chaleur à travers les couloirs que je balaie de mon grand burnous blanc.

C'est ainsi que je fais la rencontre et la connaissance d'un quasi-compatriote, bon Père du Carmel d'origine alsacienne ; je le mets au courant de mes désenchantements et quand j'eus terminé, le calme et la sérénité du Carmel étaient entrés dans mon âme.

— Où sont les pèlerins, me demanda-t-il ?

— Il y en a qui sont couchés, d'autres partis à l'Ecole des Prophètes, quelques-uns au Champ des Melons, sans doute !

— Eh bien, venez avec moi, je vais d'abord porter vos paquets dans votre chambre et ensuite, je vous parlerai du Carmel.

Il n'en fallut pas davantage pour me réjouir et je le suivis dans la salle de réception.

— Comme vous le voyez, le Carmel est borné au nord par Saint-Jean d'Acre (ou Ptolémaïs).

Au sud par Césarée de Palestine ou de Philippe.

A l'est par Nazareth.

A l'ouest par la mer Méditerranée.

Jadis, le Carmel était d'une fertilité extraordinaire, la vigne y florissait et c'est pourquoi dans l'Ecriture, on le nomme : vigne du Seigneur. Peu d'arbres y croissent indépendamment du figuier, de l'abricotier, de l'amandier, du grenadier, de l'olivier, du térébinthe et du laurier ; mais, par exemple, les plaines d'Esdrelon et de Saron produisent et reproduisent plusieurs fois par an ! la lentille y pousse sans culture, de même le coton, l'orge, le froment. Ah ! si les Druzes le voulaient, si leur paresse n'était pas indomptable on pourrait faire ici quatre récoltes annuelles. Les herbacées s'élèvent jusqu'à 1 m. 50 du sol, on les voit pousser... et un grain de blé peut fournir jusqu'à quinze tiges.

Cependant, le mode de battage du blé est tellement primitif, comme vous avez dû en juger, que pour remplir 800 sacs, il faut trois mois de travail avec deux bœufs.

Si vous étiez ici au mois de février, au commencement du printemps, que de plaisir vous éprouveriez à cueillir de jolies fleurs : marguerites, lis, anémones, cyclamens, églantines, narcisses, roses-trémières y abondent et, avec quelques autres, nos Frères fabriquent cette liqueur ou « eau de mélisse » que vous avez achetée tout à l'heure.

Si vos compagnons sont allés dans la montagne, ils pourront visiter les grottes..... savez-vous combien il y en a ?

— Sur toute la chaîne ou sur la partie du cap ?

— La chaîne du Carmel mesure 20 kilomètres et son altitude est de 530 mètres ; je parle simplement du versant qui regarde la mer.

— Dix, douze ?

— Ah ! vous êtes loin de compte me dit le bon Père en riant, il y en a plus de mille !

— Le fait est, ajoutai-je que pour loger les faux prophètes de Baal invités au sacrifice par Elie, plus les serviteurs de Dieu fuyant devant la rage de Jézabel, quatre cent cinquante d'une part, quatre cents de l'autre, c'était juste !

— Y a-t-il des animaux sauvages ?

— Le chacal y vient souvent, la panthère quelquefois, le renard y tient tanière et la gazelle y sautille.

Le promontoire sur lequel le couvent est bâti, ne s'élève qu'à une hauteur de 180 mètres et contient comme vous le savez : la grotte d'Elie. L'église qui la surmonte a la forme d'une croix grecque dont les deux bras soutiennent deux autels, l'un, dédié à saint Jean-Baptiste, l'autre à saint Simon Stock.

La coupole est au centre.

Le sanctuaire auquel on accède par dix marches est situé au-dessus de la grotte ; on entre dans cette dernière de plain-pied avec l'église.

La statue de la Vierge Miraculeuse tenant dans ses bras le Divin Enfant surmonte le maître-autel, Le Carmel fut d'abord la retraite d'anachorètes, puis en 1156, un chevalier du nom de Berthold revenant de la Croisade, ayant fait un vœu au cours d'une bataille, se fixa sur la montagne et fonda : l'ordre du Carmel.

La règle consistait au réveil de nuit, le jeûne, l'abstinence, le silence et la pauvreté.

Ainsi était-elle, sous le généralat de saint Simon Stock, en 1245.

— Mon Père, je ne sais qu'imparfaitement la vie de saint Simon Stock et, si je n'abuse ni de vos bontés, ni de votre temps, je vous serais très reconnaissante de bien vouloir m'instruire à son sujet.

— Eh bien ! Saint Simon Stock était natif du comté de Kent en Angleterre. Après quelques années de solitude, il entra dans un couvent de Carmes établi dans son pays ; puis, vint au mont Carmel où il resta dix ans.

Là, le 16 juillet 1251, au matin, il vit le Ciel s'entr'ouvrir et Marie lui apparut avec l'Enfant Jésus.

Elle tenait entre ses mains le scapulaire de l'ordre.

« Reçois, lui dit-elle, mon cher fils, ce scapulaire
» de ton ordre, comme le signe distinctif de ma
» confrérie et la marque du privilège que j'ai

» obtenu pour toi et pour les enfants du Carmel.
» Celui qui mourra revêtu de cet habit ne souffrira
» jamais des feux éternels. C'est un signe de salut,
» une sauvegarde dans les périls et le gage d'une
» paix et d'une protection spéciales jusqu'à la fin
» des siècles. »

A dater de ce moment, sa vénération pour la
Vierge fut encore plus ardente, il propagea la
dévotion au scapulaire et mourut à Bordeaux à
l'âge de 100 ans.

A la suite du schisme d'Occident, le pape
Eugène IV apporta quelques modifications à la
règle, relatives au silence et à l'abstinence.

Les religieux qui voulurent garder la première
forme s'appelèrent : Carmes *observantins ;* les
autres : Carmes *mitigés.*

Saint Jean de la Croix aidé par sainte Thérèse
d'Avila suscita une réforme et ces nouveaux
Carmes qui ne portaient pas de chaussures prirent
le nom de Carmes *déchaussés.*

Lorsque le roi de France Saint Louis fut jeté
par la tempête sur la côte de Ptolémaïs, il fit
vœu de monter au mont Carmel si la Vierge le
secourait.

Il en gravit la côte et ramena en France six
religieux du monastère. Ceux-ci se fixèrent à
Paris où il y eut trois communautés.

L'une place Maubert.

L'autre rue des Archives et qui a laissé son nom

au quartier des Billettes, autrement dit Carmes mitigés.

La troisième rue de Vaugirard.

Les deux premiers couvents n'existent plus à Paris ; mais la dernière bâtisse est encore debout.

— A qui le dites-vous, mon Père ! Ce couvent est la seule vue que je possède à Paris, son jardin est le mien et dans ce petit coin silencieux et recueilli, c'est là que je vis heureuse.

— Vivez ainsi longtemps ! c'est la grâce que je vous souhaite.

Il est six heures : l'heure de la bénédiction du Saint Sacrement.

Ici... partout... dans l'air, on respire la paix... et quelle admiration devant cette mer, devant ce jardin fleuri, au coucher du soleil où la croix du monument, élevée en souvenir des soldats français morts en 1799 à la défaite de Saint-Jean d'Acre, se détache si glorieuse sur le ciel rosé. Je passe ma soirée au clair de la lune et c'est avec un bien long regret, que je regarde une dernière fois les montagnes de Samarie.

Le réveil a lieu à quatre heures, et à cinq heures et demie nous roulons dans la poussière sur la route de Khaïfa. Arrivés au port, les caïques nous transbordent sur un bateau anglais : le Khédive ! mais quel bateau auprès de notre Niger ! Il est petit, tout petit, petit... et nous voguons sur la mer de Jaffa, moins mauvaise que je ne le pensais, selon sa réputation. Cependant, chacun est plus ou moins angoissé, on se passe des tasses de thé, de café ; les uns prennent l'air sur l'unique banc du pont ou marchent faute de siège, quelques-uns sont au fumoir-salon avec des figures hâves ou vertes.

L'air est empesté par les huiles de la machine, les marchandises, les animaux, les émigrants que le bateau transporte... et moi, j'ai choisi une place au frais, une place que tout le monde ne voudrait pas, mais qui me plaît beaucoup. Au-dessus de l'escalier se trouve une cage, dans laquelle sont entassés les paquets, les sacs, les valises de la caravane ; dans cette cage, je construis mon nid... je ne dirai pas très moelleux, mais enfin, je suis seule, en dehors des causeries et des mauvaises odeurs ; une valise me sert de traversin, mon coussin d'oreiller et je ferme les yeux pour ne plus voir personne.

Mme Chanteclair vint à passer...

— Vous, me dit-elle, très gentiment, vous savez toujours bien vous arranger et prendre la bonne place.

— Et cependant, je suis toujours la dernière... semblable à la Chananéenne qui ramasse les miettes et s'en contente, seulement, je vous l'accorde, je sais choisir les miettes que les autres laissent tomber dans leur empressement. Voulez-vous partager ?

— Non, merci, j'aime mieux mon mari.

— Et vous avez raison.

Allez... au revoir ! Je pars !!

— Où ??

— En Samarie !

Elle éclate de rire, de son joli rire enfantin et d'une envolée, je suis à Sichem, au pied du Garizim, au puits de Jacob, à la source d'eau vive ! Je cause avec Lia, je regarde Photine, je baise la margelle où Jésus s'est assis et à genoux auprès, j'écoute aussi sa voix : *Quiconque boit de cette eau, aura encore soif, mais celui qui boira de l'eau que je lui donnerai n'aura jamais soif. L'eau que je lui donnerai, deviendra en lui une fontaine d'eau jaillissante jusqu'à la vie éternelle !*

. . . .

Quand je me relevai... je n'étais plus en Samarie, mais en face de Joppé ruisselante de lumière. La mer tourmentée de Jaffa, les récifs barrant le port ne m'inquiétaient plus, mes craintes d'abordage s'étaient évanouies et je n'avais qu'un regard, qu'une pensée... pour la terre du Dieu que nous allions toucher.

IIe PARTIE

VERS LA CITÉ SAINTE

Lundi, 16 septembre.

A une heure quinze minutes, nous débarquons à Jaffa, au milieu d'une agitation pire que toutes les précédentes. Les représentants de maisons d'objets de piété à Jérusalem, sont déjà là pour nous faire des offres de service et forcent notre attention par leurs paroles obséquieuses ; on les éloigne, mais ils ne s'en offensent pas, au contraire, ils sont encore plus aimables, veulent porter vos bagages et vous demandent presque votre signature afin d'être sûrs que vous n'irez pas acheter chez le voisin. Suivis par eux, ils s'installent même dans votre wagon et tâchent de vous distraire en vous montrant des vues de Jérusalem.

Le signal est donné... le train s'ébranle... et nous emporte vers la Cité Sainte...

A ce moment, la crainte, l'espérance, la joie

15

pénètrent et resserrent mon âme. Je m'interroge, je regarde dans mon cœur !

Jésus m'attend... Je cours à Lui... bientôt je suivrai ses pas...

Le chemin est d'abord ombragé de grenadiers, de caroubiers, de mûriers, d'aloès, puis il s'incline et se perd dans la plaine stérile du Saron, semée de villages pétris de terre.

Alors, commence le désert, ce désert de pierres roulées, passées au même feu, dans le même moule ; ce désert qui m'étreint, m'épouvante, me terrifie !

Ainsi, la prophétie d'Isaïe éclate et se justifie, quand il dit : Ceux de la campagne voyant la désolation du pays seront dans les cris, les chemins sont abandonnés, il ne passe plus personne dans les sentiers. Il a rompu l'alliance. Il a rejeté les villes. Il ne considère plus les hommes.

La terre est dans les pleurs et dans la langueur. Saron a été changé en désert. Basan et le Carmel ont été dépouillés de leurs fruits.

(Isaïe, XXXIII.)

Nous longeons le torrent desséché de la vallée du Térébinthe, où David enfant, ramassa cinq pierres pour tuer le géant Goliath.

On nous montre la grotte de Samson, son lieu de retraite après avoir tué mille Philistins avec une mâchoire d'âne.

Le désert est coupé par les montagnes qui s'élèvent graduellement, montagnes que l'on croirait faites de mains d'homme avec toutes ces pierres grises tombées en pluie dans la plaine.

Plus nous avançons, plus mon âme se déchire accablée de tristesse.

Voici le dernier village : c'est Bethri.

Le train ralentit sa marche... et je suis navrée, navrée... d'entrer dans la Ville Sainte en chemin de fer.

Toutes les têtes se penchent aux portières, un point noir paraît... seraient-ce les murs de Jérusalem ? Non... c'est un moulin à vent ! mais nous approchons... les quarante pèlerins entonnent d'une voix vibrante le *Lauda Jerusalem*, et à six heures dix minutes du soir, je m'arrête toute tremblante... sur la Terre du Christ !

Impossible de s'agenouiller, d'appuyer ses lèvres sur le sol du Sauveur ; tout de suite, on est entouré par les porte-faix et la réclame et à ma très grande stupéfaction, on nous fait monter en voiture !

La caravane s'éloigne dans un flot de poussière, au milieu de collines blanches, de figuiers blancs, de maisons blanches.

Le ciel est d'or à son couchant et colore les murs en rose ; au-dessus de ma tête, il est bleu... d'un bleu adorable, la lune paraît et je vois la première étoile.

Je sais que je traverse des rues pleines de monde, qu'il y a des balcons, des terrasses, remplis d'hommes à tuniques blanches, coiffés du fez rouge ou du turban vert et qui fument le narghileh ; mais, je regarde le ciel jusqu'au fond, pour y retrouver mon Dieu !

En haut d'une côte, le cocher nous fait descendre de landau. Serions-nous arrivés à la Casanova ? Pas encore. Nous sommes à l'une des portes de Jérusalem : la porte de Jaffa ; car, dans la citadelle, l'enceinte sacrée, les voitures n'entrent pas. Quel bonheur !

De nouveau, les commissionnaires se précipitent sur nous, veulent s'emparer de nos bagages ; nous les remercions avec force et pour ma part, j'aurais honte, vraiment, de me dessaisir de ma charge, là où Jésus porta sa croix.

Des enfants nous indiquent la Casanova : toujours tout droit, puis à gauche, en heurtant les petites marches pierreuses de la rue ; au bout de dix minutes nous sommes à l'hôtellerie des excellents Pères franciscains, dont la porte est défendue par les renouvellements incessants des offres de service.

Nous déposons simplement nos valises et immédiatement la bannière de saint Louis en tête, nous nous rendons au Saint-Sépulcre, en longeant de petites rues noires, de grands murs effrayants.

Nous chantons le *Magnificat*, l'*Ave Maris Stella*, tournons à droite, puis à gauche et à la fin des gradins, nous nous trouvons sur la place de l'église du Saint-Sépulcre.

O mon Dieu ! oserai-je franchir cette place ? oserai-je m'approcher du Divin Tombeau ?

Ici, mon âme est saisie, brisée d'émotion... et si toutes mes fautes me font courber la tête, si je me sens une pauvre pécheresse, je me sens aussi ineffablement aimée !

Nous pénétrons dans l'église où des prêtres de tous les rites font entendre leurs chants plaintifs à différents autels.

Une lumière incertaine guide mal nos pas jusqu'à la chapelle du Sépulcre.

L'orgue et les chants latins couvrent la mêlée des musiques bizarres et discordantes entre elles ; la voix d'un moine, semblable à celle d'un enfant débile s'efforçant à louer Dieu, fait mal à entendre. Le discours d'un Père franciscain devant cette porte même « la porte de l'Ange », précédant le caveau, me trouble et me fatigue.

Mon âme est lasse ! lasse ! !

Je voudrais être seule avec Lui.

J'ai hâte de me traîner jusqu'à sa Tombe Immortelle.

L'entrée est petite et basse, on y passe trois par trois. Je me présente la dernière.

Oh ! que c'est bon de s'agenouiller là... de se

sentir mourir lentement... lentement... en baisant de pleurs le marbre sacré, mort de délices à soi-même, mort d'abandon, à la Seule, à l'Unique Volonté !

On lui sacrifie... on lui donne tout sans regrets, avec un bonheur indicible !

SUR LES PAS DE JÉSUS

Quelle heure est-il ? Trois heures ! Et c'est le coq qui m'éveille... à Jérusalem ! !

Tout naturellement, mon esprit se reporte à saint Pierre et à cette nuit funeste qui le fit tant pleurer !

« Pierre, je vous dis en vérité que vous-même, aujourd'hui dès cette nuit, avant que le coq ait chanté deux fois, vous me renoncerez trois fois. »

Les regrets amers du disciple, son repentir sincère, me conduisent infailliblement vers les princes des prêtres, les sénateurs, les scribes, le conseil... et dans ce matin tiède, toutes les scènes douloureuses se présentent à ma vue !

Ainsi, je passe les heures qui me séparent des pèlerins dans la solitude de ma chambre et la méditation.

C'est donc aujourd'hui, que je marcherai sur Ses Pas... dans Ses Pas !

O mon âme ! prépare-toi, pour l'adorer à chaque pierre du chemin.....

. . . .

Après avoir assisté à la messe de cinq heures et demie, dite au Saint-Sépulcre, le Père Ananie nous fait visiter l'église vaste et complexe. Six musulmans assis sur un sofa en gardent la porte, ouverte dès quatre heures du matin, fermée à sept heures du soir et près de laquelle se trouve la *Pierre de l'Onction,* où le Corps de Jésus fut oint de myrrhe et d'aloès, avant d'être déposé dans le sépulcre par les soins de Joseph d'Arimathie, car dit l'Evangile : « Cet homme de considération, » et sénateur, s'en vint hardiment trouver Pilate » et lui demanda le corps de Jésus.

» Pilate commanda qu'on le lui donnât.

» Et Joseph ayant acheté un linceul, descendit » Jésus de la croix, l'enveloppa dans le linceul, » le mit dans son sépulcre qu'il avait taillé dans » le roc et après avoir roulé une grande pierre à » l'entrée du sépulcre, il se retira. »

Huit lampes sont suspendues au-dessus de la *Pierre de l'Onction,* quarante au Saint-Sépulcre, quatre-vingt-deux au Calvaire et le nombre en est incalculable pour les autres sanctuaires, les galeries et le tour de l'église. Ces lampadaires, recouverts d'andrinopole ne sont allumés qu'aux jours de grandes solennités, de sorte que le saint Lieu est ordinairement plongé dans une demi-obscurité. Son entretien est réservé aux divers représentants des religions acceptées : tels les

Latins, les Grecs, les Maronites, les Cophtes ; mais, comme la sympathie, l'union n'existe pas entre eux, il s'ensuit que les poussières s'accumulent, que l'air n'y est jamais renouvelé et que certains parasites s'y promènent à l'aise. Les Pères Latins y subissent parfois de graves vexations et nous ignorons trop, hélas, en Occident les rixes engagées pour sauvegarder nos droits et les nobles têtes qui les paient de leur vie !

A dix pas de la *Pierre de l'Onction,* on rencontre l'emplacement des « Saintes Femmes ».

Le rocher du Calvaire, en hébreu *Golgotha* ou lieu du crâne, appelé ainsi à cause de sa forme arrondie ressemblant à un crâne, n'est pas très élevé, de sorte que Salomé, mère de Jean et de Jacques le Majeur et Marie, mère de Jacques le Mineur et les autres femmes de Galilée, pouvaient apercevoir, de là, la croix du Divin Supplicié.

On monte au *Golgotha* par un escalier de vingt degrés glissants et sombres. Trois autels s'y élèvent l'un à côté de l'autre ; l'un appartient aux Latins : c'est l'endroit où Jésus fut attaché sur la croix. L'autre, enrichi d'ors et d'icônes, est aux Grecs et marque la mort du Sauveur.

Dans le rocher, sous une fermeture d'argent, contre la première marche de l'autel, se voit le trou que l'on creusa pour y planter la croix.

Entre ces deux autels, un autre plus petit est consacré à la Mère de Douleur, en mémoire de sa

15.

présence au pied de la croix, lorsque entourée de
Marie femme de Cléophas, de Marie-Magdeleine
et de Jean, elle entendit Jésus lui donner Jean
pour *fils* et la recommander comme *mère* à son
disciple bien-aimé.

La vraie croix, les clous, la couronne d'épines,
furent retrouvés au-dessous de ce rocher dans
une caverne haute et vaste où l'on descend par
une trentaine de marches occupées par de pauvres aveugles qui vous tendent des seaux pour
recevoir l'aumône.

Cette chapelle a reçu le nom de Sainte-Hélène
pour honorer la mère de Constantin qui découvrit ces précieuses reliques.

Dans un vieil écrin, ouvert exprès pour nous
Français, et déposé sur un autel, nous pouvons
toucher l'épée et les étriers de Godefroy de
Bouillon, prendre en nos mains et baiser ces glorieux vestiges des Croisades qui nous rappellent
la foi et la bravoure de nos pères !

Treize sanctuaires figurant tous un acte de la
Passion sont contenus dans l'édifice et je les visite
le cœur oppressé et complètement rempli de
l'Image du Sauveur.

*
* *

L'après-midi, nous parcourons les rues étroites
où Jésus porta sa croix et dénommées pour cette
raison : la *Voie Douloureuse*.

Toutes ces stations empreintes d'un « Sang Divin » sont enclavées maintenant dans des chapelles de couvents grecs, latins, abyssins, cophtes, arméniens.

Le *prétoire* est aujourd'hui marqué par la caserne turque.

Non loin, la chapelle de la Flagellation — la prison de Jésus étroite et de difficile accès — le Palais de Pilate où se conserve dans la chapelle du couvent des dames de Sion l'arc de l'*Ecce Homo*. En lisant cette inscription placée au-dessus de l'autel : « *Mon Père, pardonnez-leur car ils ne savent ce qu'ils font* », on est porté à prononcer le nom d'Alphonse Ratisbonne, israélite converti d'une manière si miraculeuse dans l'église Saint-André à Rome et qui, de concert avec son frère Théodore, poursuivit l'œuvre de la « conversion des Juifs » en Orient. Ce dernier fonda la « Société des prêtres de Sion » par reconnaissance envers la Vierge de la conversion de son frère et Alphonse établit cette congrégation à Jérusalem après avoir acheté des Musulmans les restes du Palais où Pilate abandonnant Jésus, le montra aux Juifs, disant : « Voilà l'homme » et où retentirent ces effroyables paroles : « Que son sang retombe sur nous et sur nos enfants. »

Les dames de Sion en gardent maintenant l'emplacement.

A quelques pas de là, Marie rencontra son Fils

tout ensanglanté, le visage meurtri, et pliant sous sa croix.

On voudrait rester à cette place longtemps... longtemps... y rechercher les deux regards douloureux de la Mère et du Fils, pleurer de leurs larmes pour se relever plus fort !

Toujours en suivant... on s'arrête ou on ne s'arrête pas devant la *maison du mauvais riche*... Je m'y arrête et je relis avec plaisir cette parabole tirée de l'évangile de saint Luc (chap. XVI-19).

« Il y avait un homme riche vêtu de pourpre et
» de lin et qui faisait tous les jours des festins
» splendides, et un mendiant nommé Lazare était
» couché à sa porte couvert d'ulcères, souhaitant
» de se rassasier des miettes qui tombaient de la
» table du riche et personne ne lui en donnait;
» mais les chiens venaient et léchaient ses
» ulcères.

» Cependant, il arriva que le mendiant mourut
» et qu'il fut porté par les anges dans le sein
» d'Abraham (les limbes). Le riche mourut et
» fut enseveli dans l'enfer.

» Or, levant les yeux, lorsqu'il était dans les
» supplices, il vit de loin, Abraham et Lazare, et
» s'écriant, il dit : « Père, ayez pitié de moi et en-
» voyez-moi Lazare afin qu'il trempe l'extrémité
» de son doigt dans l'eau et qu'il me rafraîchisse,
» car je suis torturé dans ces flammes. »

» Mais Abraham lui répondit : « Mon fils, sou-

» viens-toi que tu as reçu les biens de la vie et
» Lazare pareillement les maux ; maintenant
» donc, celui-ci est consolé, toi au contraire tour-
» menté. »

Mon livre, mon cher petit livre d'évangiles ne
me quitte pas, je bois à sa source et tous les souvenirs qu'il renferme sont pour moi d'inépuisables
trésors de foi, d'espérance et de charité !

Juste en face, se trouve la *maison de Simon le
Cyrénéen*. Par un sentiment inexplicable, je ne
puis me détacher de ce petit coin de rue, et
cependant, il n'y a rien d'attirant pour le regard :
une simple porte voûtée, près de laquelle j'aspire
un mélange de joie et d'affectueuse tendresse.

Tout à côté : la *maison de Bérénice,* plus connue
sous le nom de *Véronique* ou Vera-Icon, signifiant *vraie image*, nom qui lui fut donné en
gage de sa pensée généreuse envers le saint
Visage, plein de sang, de blessures et de coups.

La rue est montante et nous continuons à lon-
ger les hautes murailles pour aboutir au Calvaire,
qui était au temps de Jésus, situé en dehors de la
ville.

Notre journée s'achève par deux visites offi-
cielles ; les uns vont à la Custodie ou résidence
du supérieur des Pères franciscains, les autres au
Consulat.

Le consul M. O..., sa femme et sa fille, tous
trois d'une amabilité exquise, savent encore

ajouter aux charmes de l'affabilité française, les douceurs orientales et dans ce grand salon, où l'on se trouve presque chez soi, on déguste avec un certain plaisir une petite tasse de café turc, tout en se laissant édifier sur le rapport des pèlerinages russes. Ces derniers sont pour la plupart composés de pauvres moujiks qui ne veulent pas mourir, sans avoir vu la Terre Sainte ; ils y arrivent enfin à l'extrême vieillesse et au prix de mille sacrifices et de mille fatigues.

Leurs troupes sont nombreuses. Ils s'embarquent à Odessa, traversent la mer Noire, aidés par la « Société orthodoxe de Palestine » qui, au moment de Pâques frète spécialement pour eux, des bateaux à destination de Jaffa.

Quelques-uns font le long détour par les montagnes du Caucase et arrivent à pied à Jérusalem. Ces derniers (et j'en ai vu à Moscou) ont un habillement complet de pèlerin qui doit résister à toutes les intempéries et pour de longs mois ! Ils portent la jupe brune demi-longue, froncée à la taille, ou le gros manteau de drap bleu foncé ; sur le dos, une besace qui se remplit le long du chemin ; pendue à la ceinture : la bouillotte à thé ; dans les mains un bâton.

Les jambes sont enveloppées de vieilles étoffes retenues par des ficelles et les pieds emprisonnés dans des lapty ou chaussures faites en écorce de tilleul.

Beaucoup ne rentrent pas au foyer, décimés par

la maladie, mais le but de toute leur vie est atteint et ils meurent heureux !

Durant notre visite, la température avait baissé et en sortant du Consulat, un petit vent sec nous poussa vers la Casanova en nous glaçant les os.

Mercredi, 18 septembre.

A l'extrémité de la *Voie Douloureuse*, et près du Temple nous assistons à la messe dans une toute petite chapelle souterraine où repose dans un berceau doré et sous des rideaux roses, un joli bébé emmailloté. Ce petit enfant représente la Vierge lors de sa naissance et nous sommes par conséquent dans la *maison de sainte Anne*, occupée aujourd'hui par les Pères Blancs. Ces excellents religieux nous reçoivent, comme toujours, fraternellement et pour réparer nos forces, nous offrent un copieux déjeuner.

Ensuite, traversant la cour du couvent, nous descendons par un escalier tournant à la « *piscine* » *probatique* où gisait autrefois une grande mul- » titude de malades, d'aveugles, de boiteux, » d'étiques.

» Jésus étant monté à Jérusalem vit un homme » couché là, comptant 38 ans d'infirmités et, sa- » chant qu'il était malade depuis longtemps lui

» dit : « Veux-tu guérir ? Lève-toi, prends ton
» grabat et marche. »

(St-JEAN, V, VIII.)

Nous visitons le petit musée des Pères qui possède des choses fort intéressantes.

Tout est sous vitrine et l'on n'a qu'un regret : celui de partir si vite !

*
* *

La mosquée d'Omar fut bâtie sur l'emplacement du Temple de Jérusalem.

On la visite par faveur et je suis tellement éblouie par toutes ses richesses : les portes d'or, les vitraux merveilleux, que j'en perds ma babouche, un gardien la ramasse et se baisse pour me la remettre avec des gestes très lents et très respectueux.

La mosquée contient le *rocher sacré*, conservé déjà par Salomon au Temple et dont la tête formait autrefois la crête du mont *Moriah* où Abraham reçut l'ordre d'immoler son fils Isaac. Sur ce rocher, l'ange exterminateur apparut à David et fit cesser la peste. Les Musulmans le regardent comme une précieuse relique, d'autant plus que Mahomet le prit comme point de départ pour s'élever au ciel. Le rocher le suivit, mais l'ange Gabriel l'arrêta dans sa course. Un descendant du Prophète me montra le rocher détaché et comme

soulevé — les pas de l'Ange — et la colonne d'or
et de bois précieux renfermant des poils de la
barbe de Mahomet.

L'Iman vêtu d'une robe blanche, d'une tunique
en soie rouge et portant le turban vert, signe
distinctif de son pèlerinage à la Mecque, me salua
en me tendant cérémonieusement sa belle main
transparente.

Extérieurement, la mosquée dite d'Omar à
cause du calife qui la consacra à la religion de
Mahomet est de forme octogone et mesure cent
soixante-seize mètres de tour. Elle n'a pas de minaret et sa coupole de diverses couleurs, où le bleu
domine, brille au soleil comme un beau lazuli.

Au temps de l'empire latin, cette mosquée fut
transformée en église ; mais après les Croisades,
reconquise par les Turcs, elle fut purifiée, dit-on,
avec de l'eau de rose, dont on avait chargé 500
chameaux.

Restée en arrière du groupe, je me trouve seule
quelques instants sur le parvis, en plein soleil et
par une forte chaleur, l'âme aussi abandonnée que
si j'étais la dernière femme oubliée sur la terre à
la fin du monde, effrayée par les dimensions que
pouvait avoir le Temple de Salomon. La place,
qui s'étend jusqu'à la « Porte Dorée » en donne
une idée suffisante, si l'on sait déjà qu'un côté me-
surait 225 mètres de longueur. J'essaie de m'o-
rienter.

Je place d'abord les huit portes dans lesquelles j'enferme le Portique de Salomon composé de trois rangs de colonnes en marbre blanc.

Je suis alors sur le parvis, ayant à ma gauche (en supposant être entrée par la porte de Suse ou porte Dorée) la « Cour des païens » d'où Jésus chassa les marchands en disant : « *Ne faites pas de la maison de mon Père, une maison de trafic.* »

J'accède à la « Cour des Femmes » par un escalier de quatorze marches et monte ensuite quinze degrés pour arriver à la « Cour des Hommes ».

Je vois : l'autel des Holocaustes.

Le Lieu Saint : divisé en deux parties par le voile du Temple, contenant le chandelier à sept branches, l'autel des parfums, la table des pains de proposition. Le « Saint des Saints », réservé à l'arche d'alliance.

Et, après avoir admiré tout cela, je m'avance jusqu'à la « Porte Dorée » où m'attend une grande joie : c'est là, que j'obtiens la permission de partir ce soir à Bethléem, pour assister à la messe de minuit dans la Grotte.

La « Porte Dorée » sous laquelle Jésus passa le jour des Rameaux est murée aujourd'hui, car selon la tradition, c'est par cette porte que le vainqueur entrera pour reprendre le Tombeau du Christ. Dans la « Vallée du Cédron » d'innombrables tombes musulmanes sont auprès, afin d'empêcher les chrétiens d'arriver jusque-là.

Entre la mosquée d'Omar et la mosquée El-Aska se trouvent deux fontaines où sont réunis plusieurs turcs. Ils viennent ainsi emplir leurs outres, faites d'une simple peau noire de chevreau ou de bouc, ayant conservé membres et poils. Les hommes la portent sur le dos, les pattes en l'air, et comme la bête est excessivement gonflée, son aspect est véritablement repoussant, d'autant plus que le liquide se répand à grosses gouttes tout le long du chemin.

Dans la mosquée El-Aska où s'établit au temps des Croisades : l'ordre des Templiers, je suis édifiée par une leçon de Coran donnée par un prêtre à deux jeunes gens dont l'un est aveugle. A genoux, sur un tapis, les trois musulmans sont tellement pénétrés de leur lecture qu'ils ne se préoccupent pas un instant de nous. Des gardiens nous suivent et veulent engager notre salut, selon que nous mettrons plus ou moins d'argent dans le « trou du Paradis » ou sur la « plaque du diable ».

Je leur dis ne plus avoir de monnaie, ni pour l'un ni pour l'autre, alors où irai-je ?

— Alors, qu'un ami te donne pour te tirer !

Mais les amis s'en vont et je songe plutôt à doubler le pas afin de les rattraper.

Nous descendons ensuite dans des galeries immenses. Ce sont, paraît-il, les « écuries de Salomon » dont les Croisés surent tirer tout avantage pour se loger.

Dans cette ville, moins que partout ailleurs, je ne voudrais voir de pauvres prisonniers. Ces malheureux entassés pêle-mêle pour être livrés à la mort, sont trop loin de nous pour recevoir une parole consolante, mais assez près, pour comprendre un regard... regard fraternel qui rebondit au cœur comme une très douce joie.

Par privilège spécial, nous entrons au Cénacle.

Le « Cénacle » est une chambre toute blanche, assez grande, surélevée, à la hauteur d'un premier étage.

Je m'appuie contre l'une des colonnes et mon esprit se perd dans « l'Infini des Choses ».

« En vérité, en vérité, je vous le dis, le servi-
» teur n'est pas plus grand que le maître, ni
» l'apôtre plus grand que celui qui l'a envoyé. »

Et Jésus voulant nous donner l'exemple du dévouement et de l'humilité, s'abaissa jusqu'à laver lui-même les pieds de ses disciples.

Puis, par un merveilleux don d'amour et partageant la dernière pâque, institua l'Eucharistie.

« Je vous donne ce commandement nouveau,
» ajouta-t-il, c'est que vous vous aimiez mutuelle-
» ment ; comme je vous ai aimés, vous vous ai-
» miez les uns les autres. »

(St-Jean, XXIII-XXIV.)

Après sa résurrection, Jésus parut au Cénacle,

au milieu de ses apôtres assemblés et les remplit du Saint-Esprit.

Là, Jacques le Mineur fut proclamé premier évêque de Jérusalem, et Mathias choisi comme le douzième apôtre devant remplacer Judas.

(Actes, I, XXVI.)

Dans une pièce contiguë au Cénacle et par une petite lucarne, on aperçoit un immense cercueil en bois recouvert de loques : c'est le tombeau de David pour lequel les musulmans professent le plus grand respect.

Nous longeons de nouveau les murailles — entrons dans la « Maison de Caïphe », habitée par des moines Abyssins — passons devant la « Tour de David », les Jardins d'Uri la Porte de Sion !...

On s'arrête à ce mot. On le prononce tout haut, on le redit encore et l'on s'en va en chantant tout bas dans son cœur ce cantique de David :

« Seigneur, c'est vous qui êtes ma lampe ; c'est » vous qui éclairez mes ténèbres.

» Vous avez élargi le chemin sous mes pas et » mes pieds n'ont point chancelé.

» C'est Lui qui m'a revêtu de force, qui a aplani » la voie parfaite où je marche ».

(Les Rois, L. II, XXII.)

Aussitôt après le déjeuner, M. l'abbé Mahou me fait part de son intention d'aller rendre visite à la

supérieure de l'hôpital Saint-Louis et, animée d'un
vif désir de voir les malades, je lui demande la
permission de l'accompagner. M. l'abbé Platet
passe et se joint à nous.

Les religieuses très affables nous font connaître presque toutes les salles. Pas de vilaines ma-
ladies à soigner pour l'instant, mais surtout des
bronchites.

Il est bon de constater dans ces pays étrangers
combien les religieuses sont aimées. Chassées de
leur propre pays, du noble pays de France, elles
sauront malgré tout et n'importe où, exercer la
charité qui, elle, n'a pas de patrie, mais leur assure
dès maintenant les voies de la Jérusalem céleste.

L'heure de la sieste était manquée, sans aucun
regret, et les plus vaillants repartent sous la conduite du Père Ananie pour faire le tour des murs
de Jérusalem.

Nous sortons par la Porte de Damas, l'une des
sept portes entourant la Cité Sainte, et nous
découvrons ainsi toute la « *Vallée de Josaphat* » ou
du Roi, séparée de la Montagne des Oliviers par
le torrent à sec du Cédron.

On ne peut se défendre d'un certain frisson en
parcourant cette longue terre, blanchie par la
poussière des morts et où selon la prédiction du
prophète Joël aura lieu le « Jugement dernier ».

Car il est écrit :

« Que les peuples viennent se rendre à la Vallée

» de Josaphat, j'y paraîtrai assis sur mon trône,
» pour y juger tous les peuples qui viendront de
» toutes parts.

» Vous saurez en ce jour-là, que j'habite sur
» ma Montagne Sainte de Sion, Moi, qui suis le
» Seigneur votre Dieu. »

De même dans son Apocalypse, saint Jean nous
déclare avoir eu cette vision, car nous lisons ceci :

« Et je vis un grand trône blanc et quelqu'un
» assis dessus, devant la face duquel la terre et
» le ciel s'enfuirent et leur place ne se trouva
» plus.

» Et je vis les morts grands et petits, debout
» devant le trône et les livres furent ouverts, et
» un autre livre qui est le livre de vie, et les morts
» furent jugés sur ce qui était écrit dans les livres
» selon leurs œuvres.

» Et quiconque ne se trouva pas écrit dans le
» livre de vie, fut jeté dans l'étang de feu.

» Et je vis un ciel nouveau et une terre nou-
» velle et moi, Jean, je vis la Sainte Cité, la
» nouvelle Jérusalem.

» Et celui qui était sur le trône me dit : « Ecris,
» car ces paroles sont très fidèles et vraies. »

» Et l'un des sept anges me transporta en esprit
» sur une montagne et il me montra la Cité
» Sainte, ayant la clarté de Dieu ; sa lumière était
» semblable à une pierre précieuse, telle qu'une
» pierre de jaspe.

» Et elle avait une grande et haute muraille
» avec douze portes et douze anges aux portes
» et des noms écrits, qui sont les noms des douze
» tribus d'Israël.

» Et la muraille de la ville avait douze fonde-
» ments et sur eux les douze noms des apôtres de
» l'Agneau.

» Et la structure de la muraille était de pierre
» de jaspe ; mais, la ville elle-même était d'or pur
» et les fondements de la muraille de la ville
» étaient ornés de pierres précieuses.

» Le premier fondement de jaspe.

» Le second de saphir.

» Le troisième de calcédoine.

» Le quatrième d'émeraude.

» Le cinquième de sardonyx.

» Le sixième de sardoine.

» Le septième de chrysolithe.

» Le huitième de béryl.

» Le neuvième de topaze.

» Le dixième de chrysoprase.

» Le onzième d'hyacinthe.

» Le douzième d'améthyste.

» Et les douze portes sont douze perles.

» Bienheureux celui qui garde les paroles de la
» prophétie de ce livre.

» Et c'est moi, Jean, qui ai entendu et qui ai vu
» ces choses. »

*
* *

Près de la porte Saint-Etienne, le Père Ananie nous rappelle ce premier martyr de l'Eglise et ouvrant mon livre, je m'arrête pour lire ce passage :

« Eux alors, se jetèrent sur lui tous ensemble,
» et l'entraînant hors de la ville, ils le lapidaient,
» et les témoins déposèrent leurs vêtements aux
» pieds d'un jeune homme appelé Saul (plus tard
» saint Paul).

» Ils lapidaient donc Etienne qui priait et
» disait : « Seigneur Jésus, recevez mon esprit. »

» Et s'étant mis à genoux, il cria d'une voix
» forte : « Seigneur ne leur imputez point ce
» péché. »

» Après cette parole, il s'endormit dans le
» Seigneur.

» Or, Saul était consentant de la mort
» d'Etienne. »

Nous arrivons ensuite devant le « figuier maudit » qui croît, meurt et se renouvelle solitaire dans cette terre désolée. Silencieusement, nous nous reposons autour de la « fontaine de Siloé » témoin du miracle de l'aveugle né.

Cette fontaine, paraît-il, aurait jailli à la place du martyre du prophète Isaïe, coupé en deux avec une scie de bois, par ordre de Manassé auquel il avait reproché ses désordres.

Parmi les stèles des musulmans et les pierres juives, les tombeaux de Josaphat, de Zacharie et d'Absalon s'élèvent indestructibles dans l'immense vallée...

La tombe d'Absalon fut construite de son vivant : « Je n'ai point de fils, disait-il, ce sera le monument qui fera vivre mon nom. »

La vallée de l'Hinnom appelée aussi *Gehenne* ou Enfer achève la ceinture de Jérusalem.

Au temps de l'idolâtrie, les Juifs y sacrifiaient leurs enfants au dieu Moloch.

Le soleil est ardent et nous rentrons dans la ville, juste pour assister à un acte de barbarie qu me fit monter les larmes aux yeux, croyant voir se dérouler une scène de la Passion.

On construisait un établissement allemand : là, pas d'échafaudages, pas de treuils : un simple plan incliné sur lequel hurlaient une vingtaine de jeunes gens.

En avançant plus près, on voyait alors un homme supportant, courbé jusqu'à terre, une pierre de 250 kilogs (poids précisé par l'entrepreneur) et qui, péniblement la montait au deuxième étage. Au bout de quelques mètres, il fut repris par un autre : tel Jésus et Simon de Cyrène ! et la même sarabande de danses, de chants, de cris, d'applaudissements recommença devant et derrière lui pour l'exciter à porter son pesant fardeau.

A six heures, notre promenade est terminée mais non point la journée.

Le couvent des Dames Réparatrices nous

ouvre ses portes et je puis admirer dans toute son élégance le costume de ces dames : longue robe blanche, manteau de cour et voile bleus, d'un joli bleu du ciel. Quatre religieuses d'une parfaite distinction font les honneurs du parloir, on nous passe aussi très aimablement quelques rafraîchissements en attendant l'heure de la bénédiction.

A sept heures quatre voitures stationnaient à la sortie, pour le départ des prêtres à Bethléem ; malheureusement, celle destinée à ma joie manquait ! Par oubli, elle n'avait pas été commandée. On envoya bien vite au relais... un quart d'heure se passe... rien... un enfant y court... il y reste... le frère du drogman se met de la partie et ramène un landau et deux cochers !!

Nous partîmes enfin... à quatre... MM. Coissac et Lebon, Mlle Jaonnès et moi.

BETHLÉEM

C'était à l'heure du crépuscule.

Le ciel embrasé n'était plus qu'un vaste incendie ; « la porte du Bien-Aimé » une flamme d'or ! Bientôt, la lune se leva et nous montra la route si belle et si blanche, que nous aimions à nous figurer ainsi à travers les siècles, le voyage de Marie et de Joseph.

Des millions d'étoiles scintillaient au firmament et sous cette pluie de lumières, nous chantions les joyeux *cantiques de Noël,* en face de la nature grandiose semée de précipices, de montagnes nues, de déserts.....

Nos conducteurs ne s'étaient jamais trouvés sans doute à pareille fête, car ils nous regardaient extasiés, ne se lassant pas de nous écouter.

Bethléem est à huit kilomètres de Jérusalem.

Nous y entrons en exultant notre joie par les accents du *Gloria* et les bons Pères Franciscains nous reçoivent dans leur petite hôtellerie située tout près de la Grotte.

Aussitôt après le dîner, chacun prit un cierge

16.

pour descendre à la Grotte de la Nativité. En y entrant, le sentiment qui me saisit fut celui de l'adoration, le mystère me pénétrait si profondément que je ne savais même plus si mon corps existait.

La messe de minuit fut dite à l'autel de la Crèche par M. l'abbé Mahou et, à cette heure divine, ma voix solitaire résonna dans le sanctuaire béni.

Aux premières notes, mon sang se figea dans mes veines et dominée par cette impression je ne pus chanter qu'un couplet du *cantique des Anges* et de *Minuit Chrétien*, tout mon être en tremblait et je tombai à genoux dans un acte d'adoration suprême ; des flots de bonheur inondaient mon âme, j'aurais voulu rester là éternellement !

Je me retirai à trois heures du matin, laissant ainsi le moine arménien accomplir son devoir quotidien de pieux nettoyage. Il arriva avec deux petits balais, enleva consciencieusement la poussière de l'endroit de la Nativité et comme il n'avait pas de pelle pour la ramasser, l'envoya généreusement de l'autre côté, c'est-à-dire du côté des Latins ; puis, un autre prêtre arménien préposé à l'entretien des lampes vint les ranimer avec de l'huile, changer les mèches, sans prendre garde naturellement à ceux qui priaient.

Quant à la sentinelle turque qui veille debout, je la laissai aussi bâiller tout haut, démesurément, à se décrocher la mâchoire, et à cinq heures je revins pour entendre la dernière messe latine. Ensuite, étant allée prendre un peu de repos, je fus réveillée au bout d'une demi-heure par deux formidables coups frappés à ma porte, qui venaient m'annoncer à ma très grande joie l'heure du soleil levant.

Voir le lever du soleil sur Bethléem ! cette seule pensée m'électrisait et je montai vivement sur la terrasse.

Bethléem était encore à son aurore.

Il faisait froid, presque glacial.

Alors je vis le Roi des Astres sortir des montagnes bleues de Moab, s'élever graduellement, me fixer de son disque, abaisser ses rayons sur Beit-Saour, le plateau des « Bergers », les répandre au champ de Booz, envelopper de tons chauds et roses les gradins de la montagne où la petite ville toute blanche s'étage parmi les jardins, les vignes et les oliviers. Une tendre harmonie s'exhale de tous les sentiers, la poésie vivante y passe... ce sont de belles femmes aux pieds nus

Qui savent en avançant d'un pas jamais trop prompt
Soutenir noblement l'amphore sur leur front.
Elles vont, avec un sourire taciturne,
Et leur forme s'ajoute à la forme de l'urne,
Et tout leur corps n'est plus qu'un vase svelte, auquel
Le bras levé dessine une anse sur le ciel.

Les hommes à la démarche grave suivent de

longs ravins ; mais à peine les premiers feux du jour ont-ils paru qu'une caravane de chameaux, deux cents environ, se détentent de leur couche fraîche pour reprendre à pas lents le chemin du désert.

Une nuée vaporeuse (le bienfait du matin, pour ces terres si fertiles) monte dans l'air qu'elle parfume ; au loin, on entend un bruit joyeux de grelots, je distingue nos pèlerins et pour les rejoindre il faut me détacher de cette vue délicieuse, de cet horizon nouveau, de cette lumière, de ce ciel bleu, de Bethléem enfin ! qui m'arrache de doux pleurs.

Après la messe de huit heures, dite pour les pèlerins, nous visitons la Grotte.

De la basilique élevée par Constantin en 330 et partagée entre les Latins, les Arméniens et les Grecs, on descend par deux escaliers : l'un latin, l'autre grec, les marches en sont glissantes et longuement usées.

Entre ces deux escaliers, se trouve la place de la Nativité, marquée par une plaque de marbre incrustée d'argent avec cette inscription : *Et verbum caro factum est.*

La grotte est plus longue que large. Sur le côté gauche près de l'autel de la Nativité on aperçoit alors la seconde partie où l'Enfant Jésus fut déposé dans la Crèche.

Les débris divins de cette crèche sont en bois

et furent transportés à Rome dans l'église Sainte-Marie-Majeur.

Cette châsse précieuse est placée au-dessus de l'autel d'une chapelle particulière, où les fidèles ne sont autorisés à la voir que le jour de Noël.

Ici, la pierre n'est recouverte ni d'or, ni de marbre, mais de draperies en soie rouge et or, ou bleu et or, sur un des côtés une tapisserie en linoléum, aux murs quelques peintures encadrées et des lampes.

Ces décors sont l'œuvre des Grecs.

Quant à la Grotte de la Nativité, exclusivement réservée aux Latins, rien ne vient altérer la simplicité du rocher.

Plusieurs couloirs et grottes y font suite, tels la retraite de saint Joseph.

Celle de saint Jérôme qui voulut mourir et reposer près de la Crèche.

(A l'église Saint-Pierre à Rome, il existe une touchante peinture du Dominiquin représentant la « dernière communion de saint Jérôme ».)

Le caveau de sainte Paule et d'une de ses filles.

Celui de saint Eusèbe.

La Grotte du massacre des saints Innocents.

Alors fut accomplie à cette époque la parole du prophète Jérémie :

« On entendit dans Rama une voix et des pleurs » et de grands gémissements : Rachel pleurant ses

» enfants et elle ne voulut pas être consolée parce
» qu'ils ne sont plus. »

La Grotte du Lait est à l'extrémité de Bethléem,
on l'appelle ainsi, parce que la Vierge, en apprenant le massacre des enfants ordonné par Hérode,
aurait trouvé refuge ici et, par le fait de son empressement, une goutte de lait serait tombée de
son sein virginal.

Les femmes musulmanes très confiantes en la
Mère de Jésus qu'elles nomment *Madame Marie*,
viennent pieusement chercher de la poussière
du rocher pour devenir bonnes nourrices, quand
elles ne le sont pas suffisamment.

Nous revenons par les rues de Bethléem et
sommes assaillis de nouveau par les marchands
qui nous entraînent de force dans leurs magasins
succursales de Jérusalem. Les mêmes vendeurs
nous ont suivis jusqu'ici.

Sur la place, il y a marché aux grains, d'où
encombrement de sacs, d'ânes, de mulets, de chameaux et de gens.

Je m'amuse à regarder cette animation inac-
coutumée, j'erre dans les rues adjacentes pour
voir les tailleurs de nacre et je prends plaisir à
suivre les jolies Bethléémites ayant la cruche sur
l'épaule. Leur long voile blanc brodé, les grandes
manches bleues de leur robe foncée, flottent au
moindre mouvement en montant ou descendant
la côte et devant ces tableaux vivants, empreints

de réalité biblique, je me crois une ombre de vingt siècles passés !

On déjeune chez les bons Pères et après une dernière visite à la Crèche, nous quittons la *Cité de David* en prononçant les paroles du Prophète.

« Et toi, Bethléem, terre de Juda, tu n'es pas la
» moindre parmi les principales villes de Juda,
» car de toi sortira le chef qui doit conduire mon
» peuple Israël. »

(MICHÉE.)

Et sur la route blanche ensoleillée luit la coupole bleue du « Tombeau de Rachel ».

Je lui souris, en songeant à mon voyage de Samarie manqué, et je constate que la place n'eut pas été désagréable, si j'avais dû y être enterrée ! Toujours de la lumière ! toujours un beau ciel.

« Lorsque je revenais de Mésopotamie, disait
» Jacob à son fils Joseph (après l'avoir retrouvé en
» Egypte), je perdis Rachel qui mourut en chemin
» au pays de Chanaan. C'était au printemps et je
» l'enterrai sur le chemin d'Ephrata qui s'appelle
» aussi Bethléem. »

(GENÈSE, XLVIII-VII.)

A chaque pas je cueille un souvenir, même dans l'enclos du Jardin Fermé — de la Fontaine Scellée.

Dans ce petit coin tout fleuri d'asphodèles, très

resserré par les montagnes de Judée, coule dans un bassin de marbre, du temps de Salomon, une eau limpide et douce.

Au fond de puits obscurs est la « *fontaine scellée* » aux eaux si transparentes, si transparentes, que la tentation en vient tout de suite de pouvoir s'y mirer.

On remonte en lumière et par ce jour brûlant de soleil éclatant, nous continuons la promenade vers saint Jean de la Montagne.

A son approche nous entonnons le *Magnificat* et M. l'abbé Platet donne lecture de l'évangile selon saint Luc (1-39) pour nous rappeler la visite de Marie à sainte Elisabeth.

A ce point de rencontre et dans une petite chapelle, on nous montre un fragment de rocher qui conserve la forme d'un enfant couché. Sainte Elisabeth, poursuivie par des soldats, y aurait paraît-il, caché son petit Jean.

La ville est parsemée sur les flancs de la montagne. De gais petits enfants courent après nous, en nous chantant sur tous les tons *bakchich, madame, bakchich*. On leur donne pour leurs beaux yeux et les rendre contents ! Ils sont tous si mignons avec leur chemise syrienne ou la simple robe bleue ! Ils nous accompagnent ainsi en procession jusqu'à l'église de la Nativité de Saint-Jean-Baptiste où nous recevons la bénédiction du Saint Sacrement.

D'un jardin, nous passons dans un réfectoire et les Pères Franciscains nous servent un goûter choisi de : raisins, figues, pommes, gâteaux, et vin doux de Palestine ! C'est à se demander d'où tombent tous ces fruits, je n'ai pas encore vu un seul arbre fruitier.

Nous disons adieu aux excellents Pères avec force remerciements et reprenons au coucher du soleil le chemin de Jérusalem.

Le ciel est un gouffre de feu ! des flammes bleues, violettes, rouges, vertes s'en échappent... montent, montent encore, montent toujours !

Et je n'ai pas le temps de dire : Mon Dieu, que déjà les ténèbres s'abaissaient sur la terre.

Mais la lune se montra... jeta son reflet pâle.

Sous le ciel « bleu pastel » les montagnes blanches étaient effrayantes !

Dans la plaine, des blocs calcaires, pêle-mêle, ressemblaient à des milliers de fantômes semblant attendre leur jugement particulier.

A haute voix, mes trois compagnons récitaient leur chapelet auquel je ne pouvais me joindre, tant la pensée de la mort m'obsédait ! En les écoutant, leur psalmodie me faisait l'effet de prières d'agonie et ces pierres cadavéreuses, je puis le dire, obtinrent de moi, la plus forte méditation que j'eus jamais faite de ma vie !

GETHSÉMANI

La promenade de ce matin devant être fatigante, la plupart des pèlerins, dès hier soir, avaient retenu des ânes.

Prête de bonne heure, je m'en vais à pied, rencontrant M. Michal ayant la même intention.

Au delà de la Porte de Damas, impossible de trouver notre chemin ; un brouillard épais nous cache et le Cédron et la Vallée du Roi, même le couvent russe aux clochetons dorés qui domine les tombeaux.

Les sonnettes des chameaux nous indiquent leur venue et nous nous garrons des pauvres ânes chargés de pierres, qui marchent sans voir clair.

Serions-nous égarés ? Non pas. Un prêtre nous croise et nous montre le pont.

Aussitôt après, nous sommes à la Grotte où les autres pèlerins ne tardent pas à arriver et la messe de communion commence.

J'étais agenouillée près d'une colonne supportant la voûte, lorsque M. Lebon vint me dire que notre directeur me demandait au dehors.

J'y allai.

— Voulez-vous chanter ce cantique, me dit-il, en me présentant un livre ?

Malheureusement, je ne le connaissais pas du tout.

Sur le moment, mon regret fut très vif... mais, je me souvins de Bethléem et si, la puissance de l'adoration m'avait courbée à la Crèche, que serais-je devenue ici devant l'Agonie de Jésus ?

Alors, je revins à ma place et je lis ce qui suit :

« Jésus alla au delà du torrent du Cédron et, » étant arrivé à une campagne nommée Gethsé- » mani, il dit à ses disciples : « Demeurez ici, » pendant que je prierai. »

» Et il emmena avec lui Pierre, Jacques et Jean » et il commença à être saisi de frayeur et d'an- » goisse et il leur dit : « Mon âme est triste jus- » qu'à la mort. »

» Et s'étant éloigné d'eux à la distance « d'un » jet de pierre » il se mit à genoux et il priait, » demandant que s'il était possible cette heure » s'éloignât de lui et il disait :

« *Père, toutes choses vous sont possibles ; éloi-* » *gnez ce calice de moi ; néanmoins que ce ne soit* » *pas ma volonté, mais la vôtre qui se fasse.* »

» Alors, lui apparut un ange venant du ciel et

» le fortifiant et Lui, étant tombé en agonie prolon-
» geait sa prière et Il lui vint une sueur comme
» des gouttes de sang qui découlait jusqu'à terre. »

*
* *

De la Grotte de l'Agonie nous entrons au Jardin des Oliviers où depuis si longtemps, la même sève circule dans d'autres branches.

Une tente est dressée près d'un vieil arbre au tronc noueux et desséché et là, notre premier déjeuner est servi.

Oh! que nous sommes peu et misérables!

N'est-ce pas ici que nous devrions tomber le front dans la poussière, nous humilier, méditer sur les souffrances de son cœur et pleurer, oh! oui pleurer abondamment?

Un Père gardien nous fait passer ensuite dans un jardinet entouré d'une grille et composé de huit beaux grands oliviers, au pied desquels croissent de jolies fleurs.

Ces arbres, assure-t-on, seraient les véritables de l'époque de Jésus.

Et cependant, ceux-là ne me disent presque rien. L'olivier que j'ai baisé parmi tous les autres, l'olivier sous lequel mes larmes ont coulé tout à l'heure, celui-là, j'en suis sûre, Jésus l'a regardé!

Tout le monde est parti, que je suis encore dans

le parterre aux couleurs vives, avec mon livre d'évangiles ouvert entre les mains... portant mon regard, tantôt vers lui, tantôt vers la Grotte.

De cette Grotte, Jésus était déjà revenu deux fois, avait trouvé ses disciples endormis et cependant, Il leur avait dit : « Veillez et priez ! »

La troisième fois, comme leurs yeux s'étaient encore appesantis, malgré l'affectueux reproche adressé à Simon-Pierre : « Pierre ne peux-tu donc veiller une heure avec moi ? » il leur dit : « Dormez maintenant et reposez-vous. Voici l'heure qui s'approche et le Fils de l'homme va être livré entre les mains des pécheurs... »

. . . .

Je me croyais seule en songeant à ces choses... mais je ne l'étais pas !

Un bon Père franciscain se tenait devant moi, m'offrant deux fleurs rouges du jardin, un rameau d'olivier et une olive, qu'il venait de ramasser, m'exprimant tous ses regrets de ne pouvoir me donner davantage, selon la défense expresse de cueillir des fruits de ces arbres.

Mais, cette attention délicate m'avait touchée profondément et riche de ces dons, je continuai à gravir la roche dure, tout en me répétant cette parole du Christ : « *Où est ton trésor, là est aussi ton cœur !* »

Je m'arrêtai à *Dominus Flevit,* lieu qui regarde le Temple et où Jésus pleura la ruine de Jérusalem.

Les disciples lui ayant demandé pourquoi il pleurait sur une si belle ville, Il leur répondit ces simples mots : « *Parce qu'il n'en restera pas une
pierre qui ne soit détruite !* »

Et l'on regarde devant soi, autour de soi, on
remonte le cours des siècles, la terreur dans l'âme
devant la prophétie accomplie.

Alors, la foi vous donne des ailes et l'on monte
plus haut... toujours plus haut, jusqu'à la crypte
du Credo, d'où je sors avec un tel sentiment de
force, que rien désormais par le monde ne saurait
venir l'altérer !

Nous traversons le jardin des Carmélites, une
petite salle, une cour, et nous entrons sous un
cloître ; mais, j'avais pris le temps auparavant
d'admirer au jardin une fleur violette que je n'avais
jamais vue. Le Père Adjute, en me disant son
nom, excita davantage mon envie de la posséder,
mais, par respect du bien d'autrui je résistai au
fervent désir de la mettre en mon herbier. On
appelle cette fleur : *la fleur de la Passion* et, en
effet, on y voit fort bien : la couronne d'épines
violette, trois clous noirs, quelques petites taches
rouges, et en nombre minuscule et de couleur
jaune, les instruments de la Passion.

Sous ce cloître, on y lit sur trente-deux plaques
de marbre la belle prière du Pater écrite dans
toutes les langues. C'est ici, que Jésus enseigna
l'Oraison dominicale à ses apôtres, et pour consa-

crer cette place, la princesse de La Tour d'Auvergne fit bâtir une chapelle.

On remarque sous les cloîtres le tombeau et la statue de la bienfaitrice.

Naturellement (et maintenant l'habitude en est prise), je suis encore la dernière, mais heureuse ! heureuse !! car je respire ici et avec toute mon âme, la douceur d'inaltérable bonté que Jésus y a laissée. Je m'éloigne... et je prie... et c'est très bon... de lui dire : *Notre Père*.

Ensuite, nous allons à Bethphagé d'où Jésus partit après avoir reçu l'ânesse et l'ânon, et suivi de la foule, fit son entrée triomphale à Jérusalem en passant sous la « Porte Dorée ».

Mon cœur est aussi plein d'allégresse et, comme le peuple au Jour des Rameaux, je répète en ce sanctuaire : « Hosanna au Fils de David, béni Celui qui vient au nom du Seigneur. Hosanna sur les plus hauts lieux ! »

Sur le sommet de la Montagne des Oliviers est une pierre vénérée sur laquelle on voit fortement empreinte, la forme de deux pieds dont l'un est plus appuyé que l'autre.

« Ici, Jésus bénit sa mère et ses disciples pour » la dernière fois sur la terre, étendit les mains » et s'éleva au ciel en leur présence.

» Et eux l'ayant adoré, retournèrent à Jérusa- » lem avec une grande joie. »

(St-Luc.)

Et la mienne fut très grande aussi, car, restée seule, toute seule, près de la pierre, je la baisai une dernière fois pour mes proches et mes amis, en demandant pour eux toutes sortes de grâces et de bénédictions !

La descente de la montagne est encore plus fatigante que la montée, quelques-uns des pèlerins qui avaient pris des ânes s'en dessaisirent tant le chemin est mauvais et rapide.

Mais quel merveilleux panorama sur Jérusalem et les environs ! L'air est tellement transparent que l'on peut apercevoir d'ici la « Mer Morte » semblable à un lac d'étain fondu. On nous montre même la cime du Mont Nébo d'où Moïse avant de mourir découvrit la Terre Promise.

Et nous sur notre passage, nous découvrons des familles de lépreux, de boiteux et d'aveugles qui se traînent dans la poussière pour demander l'aumône dans de grandes boîtes en fer-blanc.

« Prêtez l'oreille au pauvre, et répondez-lui
» favorablement et avec douceur.
» N'attristez pas le cœur du pauvre et ne diffé-
» rez pas de donner à celui qui souffre. »

(Proverbes de SALOMON.)

Et l'on donne... et c'est très bon de donner, mais alors, ces pauvres malheureux ne vous lâchent plus, ils courent après vous et les femmes courbées vous tirent par la jupe ; les lépreuses sans

mains, vous frôlent de leurs moignons le bras ou
l'épaule faisant résonner à votre oreille l'éternel
« *bakchisch* » sur le ton des pleurs.

Les aveugles dont l'orbite n'est qu'un trou
béant, sanguinolent, les tout petits enfants encore
à la mamelle dont la bouche baveuse et les yeux
malades sont mangés par les mouches ; tout cela
fait pitié et pour eux, Seigneur, on demande encore des miracles !

LE MUR DES LAMENTATIONS

Non loin de Gethsémani et par un escalier de cinquante marches on descend dans une grotte appartenant aux Grecs. Suivant les uns, ce serait ici le Tombeau de la Sainte Vierge, suivant d'autres, Marie serait morte à Ephèse près de saint Jean. A droite de l'escalier sont les sépultures de sainte Anne, de saint Joachim et de saint Joseph.

Les rues de Jérusalem demandent le silence ; on les suit tristement, les yeux baissés, rencontrant toujours, à chaque pas, le cher Visage meurtri, ensanglanté.

Que dire du chemin de la Croix fait ce vendredi 20 septembre à 3 heures de l'après-midi ?

Des sœurs de Saint-Vincent de Paul, de petites orphelines, des Dominicains et différentes personnes s'étaient joints à notre groupe.

Par souvenir reconnaissant, je m'étais rangée du côté des Fils de Saint Dominique, voulant ainsi prouver en même temps qu'eux, et d'une commune voix, le nom « chrétien » que nous portons, par le chant répété, de station en station.

Tout le long de la « Voie Douloureuse » prêtres et laïques soutenaient sur leurs épaules la grande croix de bois et le Père Adjute nous exhortait à la Passion !

Sur la place du Saint-Sépulcre, nous dûmes attendre pour entrer, que les Grecs eussent fini leur office.

Une bonne heure ainsi s'écoula... puis, on monta au Calvaire.

Dieu sait avec quelle ardeur j'avais désiré ce moment et maintenant qu'il était arrivé, la faiblesse de mon corps enlevait à mon âme son élan. Une sueur froide inondait mon visage, mes membres étaient glacés par une souffrance physique que j'ai peine à nommer !

L'air et la marche dissipèrent ce trouble et je suivis mes compagnons dans le quartier juif jusqu'au Mur des Lamentations.

On appelle ainsi les premières assises et les derniers restes du Temple de Salomon.

Les Juifs y viennent pleurer et prier chaque vendredi soir et à ce propos, il est bon de jeter un coup d'œil rétrospectif sur l'histoire de ce peuple, et pour cela j'emprunte le récit suivant aux nombreuses notes et recherches, faites par M. de Chateaubriand.

« Jérusalem fut fondée l'an du monde 2023 par » le grand prêtre Melchisédech.

» Il la nomma Salem, c'est-à-dire Paix.

» Elle fut prise par les Jébuséens, descendants
» de Jébus, fils de Chanaan et lui donnèrent le
» nom de *Jebus* leur père.

» La ville prit alors le nom de Jérusalem, ce
» qui signifie *Vision de Paix*.

» Josué s'empara de la ville et fit mourir les
» rois. Les Jébuséens n'en furent chassés que par
» David, 884 ans après leur entrée dans la cité
» de Melchisédech.

» David fit bâtir sur la montagne de Sion son
» palais et un tabernacle afin d'y disposer l'Arche
» d'Alliance.

» Salomon éleva le premier temple au Sei-
» gneur : Le Temple de Jérusalem !

» Sous son successeur et fils Roboam, Sésac,
» roi d'Egypte, prit et pilla Jérusalem.

» Nabuchodonosor, roi d'Assyrie, brûla le tem-
» ple et transporta les Juifs à Babylone.

» Ce premier temple fut détruit 470 ans, 6 mois,
» 10 jours après sa fondation, 600 ans avant Jésus-
» Christ.

» Zorobabel, après les 70 ans de captivité, com-
» mença à rebâtir le Temple.

» La Judée étant devenue province romaine et
» les Juifs s'étant révoltés, l'empereur Titus assié-
» gea et prit Jérusalem (l'an 71 de notre ère). Il
» eut 99.200 prisonniers de guerre, les uns furent
» condamnés aux travaux publics, les autres fu-
» rent réservés au triomphe de Titus.

» Ceux qui n'avaient pas atteint l'âge de dix-
» sept ans furent mis à l'encan, on en donnait
» 30 pour un denier. (A Rome, sur la place du
» Forum, on éleva un arc de triomphe à Titus,
» sous lequel les Juifs ne voulurent passer et ne
» passent jamais.)

» L'empereur Antonin donna le nom d'Aelia
» Capitolina à Jérusalem et en défendit l'entrée
» aux Juifs sous peine de mort.

» Saint Grégoire de Nazianze assure que les
» Juifs avaient permission de venir une fois par
» an pour y pleurer. Jérusalem fut païenne sous
» Antonin, Septime-Sévère, Caracalla.

» Constantin et sa mère renversèrent les idoles
» et consacrèrent les saints Lieux.

» Trente-sept ans après, sous Julien l'Apostat,
» les Juifs essayèrent de rebâtir leur temple, mais
» des globes de feu sortant des fondements dis-
» persèrent les ouvriers.

» Jérusalem fut prise par les Croisés le ven-
» dredi 12 juillet 1099 à 3 heures de l'après-midi.

» Guy de Lusignan en fut le dernier roi chré-
» tien, 1188. »

Donc, de génération en génération, les Juifs
parlent à ces vieilles pierres qui ont recueilli déjà
tant de larmes et de gémissements.

Ils arrivent les uns après les autres dans ce
couloir étroit, tous en grande tenue, c'est-à-dire
habillés du manteau de peluche orange, bleu ou

grenat, ils portent sur la tête une toque garnie de
fourrure d'où pendent de chaque côté des oreilles,
de longues papillotes blanches, noires ou rousses.
Ils tiennent dans leurs mains très maigres de vieux
bouquins crasseux et prient à haute voix de leurs
lèvres minces en se dandinant sans cesse d'avant
en arrière et se frappant le front contre la muraille.

Ils récitent les « Lamentations de Jérémie »
disant : « O vous tous qui passez par le chemin,
» considérez et voyez s'il y a une douleur pareille
» à la mienne, car le Seigneur m'a traité selon
» sa parole au jour de sa fureur, comme une vigne
» qu'on a vendangée.

» Les vieillards de la ville de Sion se sont assis
» sur la terre et demeurent dans le silence, ils ont
» couvert leur tête de cendres, ils se sont revêtus
» du cilice ; les vierges de Jérusalem tiennent
» leur tête baissée vers la terre. »

Oh ! pourquoi, ceux-là ne veulent-ils pas voir,
ne veulent-ils pas comprendre ?

Et je m'en vais le cœur serré, entendant encore
dans les rues sombres, le faible écho de ce chant
plaintif.

Pour notre Temple détruit, nous venons ici et pleurons.
Pour notre gloire tombée, nous venons ici et pleurons.
Pour notre peuple exterminé, nous venons ici et pleurons.

LES TROMPETTES DE JÉRICHO

Samedi, 21 septembre.

Qui donc respectera le paisible sommeil des autres ? Personne, hélas !

Dès quatre heures, des pas sonores arpentent le couloir, une toux forte et répétée appelant : Joseph, Joseph ! me font sursauter.

Malgré tout, je riais à la pensée de Joseph et vers six heures, comme j'allais me rendormir, des coups secs se heurtèrent à ma porte.

Pourrai-je goûter un bienheureux repos ?

Non... A sept heures, nouvel appel... c'était la « polarde » qui stimulait le corps expéditionnaire pour la visite au « Tombeau des Rois ».

Mais j'avais mon petit plan, conçu dès la veille ; je l'exécutai avec joie et me mis en marche pour le Saint-Sépulcre.

Je montai au Calvaire... J'avais désiré le Golgotha pour moi seule... je l'avais ! !

Personne... le silence absolu !

Contre la fente du rocher qui avait porté la

Croix, je restai là, longtemps... bien longtemps... et ne la quittai que pour descendre au
Sépulcre. Là, non plus, personne... que le prêtre
grec qui veille et répand l'eau de rose sur le marbre du Tombeau et les mains des pèlerins.

Je ne saurais dire l'état d'âme dans lequel je me
trouvais. Tour à tour, je me sentais bénie, je me
sentais mourir, je me sentais renaître !

Renaître ? oui ! non pas à la vie de ce monde,
mais à une autre, jusqu'alors inconnue, qui me
donnait des ailes pour voler jusqu'à Lui.

Et les heures passaient... et j'étais toujours là...
le front penché sur la Tombe sacrée, buvant l'eau
de rose qui filtrait goutte à goutte avec les larmes
des autres !

*
* *

Parmi les rues sombres, je m'étais égarée, m'arrêtant chez Simon de Cyrène, tout près de Véronique.

Ainsi, savourant mes joies, je rentrai à la
Casanova.

A midi et demi, les voitures nous emportaient
vers Jéricho, le Jourdain, la mer Morte !!!

Je répétais ces noms les uns après les autres
pour bien me prouver que je ne rêvais pas et nous
partîmes en suivant cette interminable vallée de
Josaphat, longue de quatre kilomètres, pour arriver au village de Béthanie.

De la maison de Marthe et de Marie, il ne reste plus que les ruines d'un ancien couvent ; mais on vit avec de tels grands souvenirs... et l'on voit Jésus chez Simon le lépreux — Myriam de Magdala répandant les parfums subtils aux pieds du Divin Maître — Marthe au milieu de la cour fraîche et des buissons de roses, allant et venant, préparant le repas.

Et plus loin, c'est le tombeau de Lazare : grotte souterraine divisée en deux parties dans laquelle nous descendons avec un cierge en main, pour guider nos pas dans l'escalier sombre. Une dizaine des nôtres peuvent entrer dans le sépulcre même ; pour moi, je demeure — et cela m'est plus doux — dans la chambre antérieure où se tenait Jésus, vis-à-vis la porte basse, qui entendit les paroles de résurrection : « *Lazare, lève-toi, viens dehors* », et Lazare en sortit vivant enveloppé de bandelettes et du linceul des morts.

A la lumière, un tout petit enfant, dans les bras de sa mère, sourit à ma caresse ; il me tendait ses menottes que je baisais, et tout en sautillant pleura un peu pour s'être frappé le front contre mon ombrelle ; heureusement, le précieux bakchich était là, qui le consola vivement... la mère et le père m'envoyèrent le baiser d'adieu et je partis... suivie d'un tourbillon d'enfants ! tous voulaient avoir aussi leur bakchich...

Et sur la route blanche et poudreuse, il me semblait l'entendre, Lui, le Très Doux, disant à ses apôtres : « *Laissez venir à moi les petits enfants, car à de tels appartient le royaume des cieux.* »

Et par cette après-midi chaude, le long des montagnes blanches dont la réverbération est insoutenable, nous roulions dans un char de poussière à l'exemple d'Elie, enlevé au ciel dans un char de feu à la « Fontaine d'Elisée ».

Cette nappe pure nous rappelle le miracle du prophète : l'amertume de l'eau, changée en une douceur de miel, et c'est étrange vraiment, de voir subitement la fertilité succéder au désert et la source claire murmurer entre les bananiers.

Dans un site extrêmement sauvage, au bord d'un précipice et gardé par un couvent de moines, le Père Ananie nous indique l'endroit de la Tentation du Sauveur.

A partir de la « Fontaine d'Elisée », le paysage devient verdoyant : des palmiers gigantesques, des lauriers-roses, des bois odorants, un riant cours d'eau sous une arche de pont vous enchantent !

Nous approchons de la ville royale de Jéricho... à vingt-huit kilomètres de Jérusalem !!

Les murailles ont disparu et l'on se contenterait facilement des quelques huttes avoisinantes, composant la bourgade pour se croire encore dans un temps très lointain... mais le xx° siècle est là... et l'on aperçoit pour la commodité des voyageurs deux hôtels, deux vrais hôtels à ne pas s'y tromper, car le nom est écrit en gros caractères français : Hôtel du Parc, Hôtel Bellevue.

Nous envahissons la cour de ce dernier, respirant par bouffées, l'air embaumé de jasmin. Sous l'arbre odoriférant et neigeux de ses fleurs, nous chantons des hymnes, nous glorifions la Vierge, et je m'en vais... rêveuse, cherchant la toute première étoile !

Comme une enfant, je voudrais l'emporter et je lui tends les mains pour l'aider à descendre.

Et la lune dans son plein éclaire la campagne, et les petits grillons cachés sous l'herbe verte, éperdûment, s'égosillent à chanter !

Tout bon pèlerin, nous dit le Père Ananie, devra se tenir prêt demain pour partir à quatre heures sur les bords du Jourdain ! et dans une envolée nous voilà tous dans nos chambres respectives...

La mienne est la dernière de l'extrémité gauche du couloir, je la partage avec Mlle Joannès qui s'endort tout de suite sans me donner le pouvoir de l'imiter.

Il règne dans mon lit une odeur insupportable, d'âcre, de je ne sais quoi de bête de somme, que je suppose mon oreiller fait de poils de chameaux et puis, ces draps, sur lesquels je me suis simplement étendue tout habillée, ne sont-ils pas eux aussi, le réceptacle microbien des transpirations passées des pèlerins précédents ?

Cette pensée me précipite dehors et j'ouvre la fenêtre, fermée forcément à cause des moustiques... ce qui ne nous empêche pas d'être piqués à outrance par d'autres imposteurs !

Il fait clair comme en plein jour ; le jardinet au ras de ma fenêtre grillagée, me montre ses plantes et ses bosquets, et les grillons en orchestre établi, continuent leur concert.

Il est onze heures et demie du soir... j'étouffe... cette chambre m'est odieuse et je la quitte pour aller où ? Je l'ignore !

Accompagnée d'une bougie, je me rends d'abord dans le couloir spacieux, il n'y a personne sur le sofa, et je n'ose l'occuper par crainte des petites bêtes qui peuvent y courir...

Je prends le parti de m'asseoir sur une chaise de paille, mais je manque encore d'air et je vais en chercher dans le couloir suivant, qui s'ouvre sur le jardin.

La lune et ma bougie se rencontrent... et mes yeux agrandis me font apercevoir très pâle, sur le canapé, un homme qui dormait. Revenue de ma frayeur, je reconnais M. Jolibois, décomposé seulement par le reflet sinistre de la déesse des Nuits et, soufflant ma bougie, je m'enfuis au jardin.

Aussitôt, une ombre se lève... me salue d'un geste solennel et m'offre ses services. Je remercie l'âme turque de sa bonne veille et je continue à

chercher ce que je ne trouve pas, de l'air, de l'air !
de l'air !

Oh ! ces parfums, ces senteurs qui le couvrent,
ces arbres jasmins, cette chaleur atroce, empoi-
gnante, qui resserre tous les pores, me deviennent
un supplice.

La lune de sa grosse face paraît s'en moquer
et j'ai hâte maintenant de la voir se coucher.

Au loin, on entend des aboiements de chiens,
des chants lugubres de bédouins ; des coups de feu
partent de tous les côtés, des cris d'animaux sauvages, de chacals ou de hyènes y répondent et
se mêlent à la voix grêle, assourdissante des
grillons.

Ne pouvant trouver ni répit, ni sommeil, pas
même un pauvre coin pour reposer ma tête qui
éclate, je relis encore, ce passage de la Bible :

« Jéricho était environné de fortes murailles et
» défendu par de bonnes troupes. Josué fit faire
» six fois le tour de la ville par tout le peuple, en
» six jours différents.

» L'armée marchait la première, ensuite l'arche
» d'alliance autour de laquelle étaient les sacrifi-
» cateurs qui sonnaient de la trompette ; tout le
» reste du peuple marchait à la suite de l'arche.
» Le septième jour on fit le tour de la ville dans
» le même ordre. Après quoi, tout le peuple averti
» par Josué poussa un grand cri. Dans le même
» moment, les murs de Jéricho tombèrent, l'armée

» entra dans la ville et passa tous les habitants au
» fil de l'épée. La ville fut réduite en cendres. »

Les trompettes de Jéricho, Josué, les fortes murailles qui tombent, toute cette histoire ne parvient pas à me calmer.

Alors, je retourne parmi les lauriers-roses et je découvre un second jardin où les serviteurs enveloppés de couvertures, dorment les uns près des autres, étendus sur une mince couchette.

A une heure du matin, le maître de la maison, grand et gros turc vêtu de sa chemise blanche à pans coupés, circule dans son logis, puis, à deux heures, dans la cour toujours éclairée par les étoiles, prépare avec son fils le premier déjeuner.

J'assiste aux apprêts culinaires et apprends ainsi à faire le café turc.

L'eau, le café pulvérisé, le sucre mêlés ensemble sont mis dans la petite cafetière en cuivre, à bec allongé ; le liquide bout tout doucement, tout doucement, et forme une espèce de crème que l'on verse ensuite dans les tasses minuscules.

Mes deux hôtes parlent français et anglais, et dans ces deux idiomes m'offrent à partager l'apéritif matinal.

Je m'excuse et décline poliment l'invitation devant partir à jeûn pour les rives du Jourdain.

A trois heures, la lune et les étoiles se retirent, et je reste dans le long couloir à compter les minutes qui me séparent du jour.

Au bout de peu de temps, j'entends des pas... un corps s'approche de la table, cherche des allumettes, tâtonne... les trouve... allume et, à la première étincelle reste interdit de voir des yeux rieurs qui le regardaient !

— Déjà levée, me dit le père Ananie ? Qui vous a éveillée, seraient-ce les trompettes de Jéricho ??

Je lui racontai mes heures errantes autour des lauriers-roses et pour me remettre de cette nuit vagabonde, le bon Père me proposa de suivre les messes qui se diraient à l'oratoire jusqu'à quatre heures du matin.

J'y fus... mais en retenant mon souffle à travers les jardins, pour ne pas respirer ces parfums capiteux !

LE JOURDAIN. LA MER MORTE

En Orient, les nuits sont longues et l'aurore n'était pas encore venue que nous partions pour les rives du Jourdain.

Il faut avoir parcouru ce chemin, pour savoir à quelle désarticulation la charpente osseuse peut être réduite. On descend des côtes fantastiques, on court dans le sable, on traverse le désert de pierres noires, on tombe dans des effondrements de terrain, on se relève par un choc, on se raidit, on se cramponne à la voiture qui file au galop des chevaux. Les essieux crient, craquent, mais ne se brisent pas... et l'on est étonné de se retrouver entiers, recueillis et charmés dès l'aube devant l'autel portatif sur les bords du Jourdain.

A cet endroit du baptême de Jésus, on découvre le fleuve dans un bois de lauriers-roses. Sa couleur est de gris mêlé, ses eaux boueuses et sans ondes.

La messe est dite par M. l'abbé Lebon, que la Providence avait désigné et que le sort toucha ; nous communions tous, et, debout sur le sol humide, écoutons au lever du soleil la lecture de l'évangile faite par M. l'abbé B.

. . . .

« La quinzième année de l'empire Tibère César,
» Ponce-Pilate étant gouverneur de la Judée,
» Anne et Caïphe étant grands prêtres, le Seigneur
» fit entendre sa parole à Jean dans le désert, selon
» qu'il est écrit dans le prophète Isaïe : J'envoie
» mon ange devant votre face, pour vous préparer
» la voie.

» Jean vint dans le pays qui est aux environs
» du Jourdain et dans le désert de Judée prêchant
» un baptême de pénitence pour la rémission des
» péchés.

» Et toute la Judée et tous les habitants de Jé-
» rusalem allaient vers lui et étaient baptisés dans
» le Jourdain.

» Or, Jean était vêtu de poil de chameau et une
» ceinture de peau ceignait ses reins, et il se
» nourrissait de sauterelles et de miel sauvage.

» Cependant, comme on se demandait si Jean
» ne serait point le Christ, Jean éleva la voix et
» s'écria devant tout le monde :

» Moi, je vous baptise dans l'eau pour vous por-
» ter à la pénitence ; mais celui qui doit venir
» après moi me surpasse en puissance ; je ne suis
» pas digne de porter ses souliers, ni même d'en
» dénouer les cordons ; pour lui, il baptisera
» dans le Saint-Esprit et dans le feu de la charité.

» Or, Jésus avait alors environ trente ans, il
» vint de Nazareth en Galilée, et mêlé dans la foule
» des pêcheurs il se présenta sur les rives du
» Jourdain pour y recevoir le baptême, Jean ne
» put le méconnaître.

» Quoi ! Seigneur, lui dit-il, vous venez à moi,
» c'est moi qui dois être baptisé par vous.

» Or Jésus lui répondit : Laisse pour le mo-
» ment, car il convient que nous accomplissions
» ainsi toute justice.

» Cependant, Jésus ayant été baptisé, sortit
» aussitôt de l'eau et voilà que les cieux lui furent
» ouverts et il vit l'Esprit de Dieu descendant
» comme une colombe et venant sur lui : Et voilà
» une voix du ciel qui disait : « *Celui-ci est mon*
» *Fils bien-aimé, en qui j'ai mis mes complai-*
» *sances.* »

Une seule hutte est postée dans le voisinage
et les habitants nous ont préparé par terre,
dans l'herbe sèche et sous la feuillée, un déjeuner complet de café, d'œufs durs, de sel et de
pain.

Ayant voulu me purifier dans les eaux du Jourdain, peu s'en fallut que mon jeûne se prolon-
geât... faute de manne. Mais par contre, je remplissais des bouteilles dont le contenu servirait
à baptiser de nouveaux petits enfants.

— N'allez pas trop loin, me disait le Père Ananie.

Et je n'y songeais guère, attendu que près du bord j'enfonçais déjà dans la vase.

De là, nous partîmes pour la mer Morte.

Quelle chevauchée! quelle descente vertigineuse! et quel éblouissement de voir en ce désert, ce grand lac bleu si tranquille entouré de montagnes blanches, blanches, de montagnes de sel sur lesquelles le soleil franc envoie ses blonds rayons.

Le cadre est d'une majesté redoutable, le silence terrible, et il me semble que si je parlais, je me craindrais moi-même. C'est en vain que je scrute les eaux pour apercevoir, émergeant, les ruines de Sodome et de Gomorrhe.

De petites vagues très lourdes et très lentes viennent mouiller la plagette formée de coquillages et de cailloux tranchants, qui vous piquent douloureusement, si vous prenez un bain de pied, — ce que je fis — mais d'où je me retirai en éprouvant une brûlure violente.

MM. Munich et van Berck se jetèrent résolument dans la mer, essayèrent de nager, mais sans succès, et sortirent de là extrêmement colorés!

Certains auteurs ont écrit qu'aucun poisson ne peut vivre dans le lac Asphaltite et cependant, j'ai vu de mes yeux, un petit poisson « bleu » de la grosseur d'une truite, être rejeté et mourir sur la grève.

Une famille solitaire demeure dans ce désert

brûlant situé à 400 mètres au-dessous du niveau des autres mers. Deux barques sont amarrées au rivage, preuve évidente que la mer Morte fournit encore quelque nourriture pour les pauvres pêcheurs.

Je goûte à ses eaux d'une amertume excessive et j'emporte de ses petits cailloux, anciennes pierres de la maison de Loth, peut-être ! ou du palais d'Hérode qui vit trancher la tête de saint Jean-Baptiste !

Si la descente vers la mer fut rapide, prodigieuse, la montée vers Jéricho et Jérusalem n'en est que plus pénible.

Les chevaux allégés de nos personnes, bondissent et se cabrent sur les rocs qu'ils ne peuvent escalader qu'à force de cris et de sifflets de la part des cochers ; les voitures se tordent et se renversent, et nous montons à pic les côtes convulsées sous un soleil de feu !

La chaleur est tellement abrutissante, qu'après le déjeuner, je me jette sur mon lit comme une masse ; n'épongeant même pas la sueur qui coulait en ruisselet. Mes deux bains du matin avaient sans doute provoqué cette réaction, en tous cas, j'étais dans un nouveau bain qui m'aurait conduite au sommeil si les chants et les causeries bruyantes du couloir n'étaient venus me l'enlever.

« Fermer les yeux pour éviter la lumière.

» Fermer la bouche pour ne pas respirer l'air
» chaud.

» Se boucher le nez pour ne pas sentir les
» parfums du jardin et l'odeur nauséabonde de la
» literie.

» Se tenir en raideur de mort pour ne pas
» déranger un atome.

» Se laisser piquer par d'invisibles ennemis,
» sans pouvoir se défendre. »

Telle fut ma situation à Jéricho, situation dont
les minutes me parurent éternelles !

Deux heures se passèrent ainsi et je songeai à
Zachée du haut de son sycomore... à son bonheur
soudain de voir Jésus lui parler, le priant de
descendre et s'invitant à demeurer chez lui.

Les chevaux reposés repartirent au galop ; de
temps en temps nous les déchargions de notre poids,
et sur cette route où mes yeux se fondaient, l'image
de l'aveugle guéri ne quittait pas mon esprit.

Ici même, Jésus était passé...

« Or, il arriva, lorsqu'il sortait de Jéricho, qu'un
» aveugle nommé Bartimée était assis au bord du
» chemin, demandant l'aumône.

» Lequel, entendant marcher là une multitude,
» s'enquit de ce que c'était.

» On lui répondit : Qui passe, c'est Jésus de
» Nazareth.

» Aussitôt, il cria, disant : Fils de David, ayez
» pitié de moi.

» Ceux qui allaient devant le reprenaient pour
» le faire taire, mais lui, criait beaucoup plus :
» Fils de David ayez pitié de moi.

» De sorte que Jésus s'arrêtant, commanda
» qu'on l'appelât.

» On appelle donc l'aveugle en lui disant : Aie
» confiance, lève-toi, il t'appelle.

» Celui-ci, jetant son manteau et se levant pré-
» cipitamment, vint à Jésus.

» Alors Jésus prenant la parole lui dit : *Que
» veux-tu que je fasse pour toi ?*

» L'aveugle lui répondit : Maître que je voie.

» Or, Jésus lui dit : *Va, ta foi t'a sauvé.* »

» Et aussitôt il vit, et il suivait Jésus dans le
» chemin. »

(St-Marc, X-XIII.)

Nous nous arrêtons au Khan du « bon Samari-
tain » où l'on peut se rafraîchir, acheter des cartes
postales, des roses de Jéricho, des pommes de
Sodome et des poignards de bédouins teints encore
du sang de quelque homme ou de quelque animal.

Je prends de la limonade anglaise sentant la
peinture et je mange des citrons crus pour me
désaltérer.

La « pomme de Sodome » d'apparence mûre,
ne contient, paraît-il, qu'un peu de poussière
noire ; par curiosité nous en ouvrons une, qui ne
nous présente que de jolies parts d'orange.

Je dis à l'arabe qu'il nous a trompés sur la valeur véritable de la pomme et j'en profite pour lui marchander un poignard. Mais lui me lançant des yeux terribles me dit ceci : « Et pourquoi, je te le donnerais à ce prix ?

— Parce que je suis gentille !

— Alors, si tu es gentille, reste toujours avec moi, ajoute-t-il impérieusement ! »

Je lui laisse son poignard et je m'en vais riant, pour savourer enfin la fraîcheur qui tombe des voiles roses du couchant.....

Puis, nous entrons dans le domaine de la Mort : la vallée de Josaphat étend devant nous son large suaire. Des grottes de Béthanie et de Bethphagée sortent les veilleuses sépulcrales... et de Jérusalem, qui paraît la Grande Morte, des lumières y scintillent comme de grands cierges d'or.

LES ADIEUX

Levée à quatre heures et demie, je montai, ce matin, pour la dernière fois à Gethsémani.

M. Levaillant m'accompagnait et, passant par la Porte de Damas, la seule qui n'est point fermée à cette heure matinale, traversant le Cédron, nous arrivâmes sur la hauteur, pour contempler sur Jérusalem, un beau lever de soleil.

Nous lisions l'évangile, le récit de la Passion douloureuse, lorsqu'un arabe sortant de sa demeure nous offrit d'y entrer. Mais, une à une déjà, les fenêtres s'éclairaient, de petites flammes couraient sur tous les toits, les vapeurs de la nuit fuyaient à l'horizon, la sublime Beauté descendait sur la terre, Jérusalem se plongeait dans l'azur et la Nature entière chantait au Tout-Puissant....

Bien des olives étaient tombées depuis notre dernière visite à la « Dormition » et le bon Père toujours veillant, nous permit d'en chercher. Oh !

comme j'aurais voulu cueillir toutes les fleurs fraîches de ce jardin, les emporter et les donner, mais, hélas, je ne leur laissai qu'un regard triste auprès de la colonne dite de « trahison ».

Plus loin, le Père nous montra le « *champ du Potier* » acheté des trente deniers maudits.

Puis, nous descendîmes vers la Grotte de l'Agonie où j'eus la joie très douce d'assister à la messe.

Nous revînmes à Jérusalem par la porte Saint-Etienne, nous arrêtant encore à l'Ecce Homo — au point de rencontre de Jésus et de sa Mère — à la maison de Simon — entrant dans celle de Véronique, et je puis dire que cette matinée fut la meilleure préparation au grand acte du soir.

Lundi soir, 23 septembre, 7 heures.

Le Sépulcre s'est refermé sur moi et bien seule, toute seule, je vais passer ma nuit à veiller Jésus. Je suis allée près de Lui, sur la dalle froide, lui dire d'un cœur contrit, qu'il ne voit point seulement ici, mon pauvre être s'humiliant et s'abîmant à ses pieds, mais tous les chers miens, toutes mes amies, tous ceux qui m'affectionnent et m'ont fait quelque bien, qu'Il regarde enfin et prenne en pitié notre chère France qui l'aime encore et ne veut pas le persécuter.

Ma prière très ardente, fut interrompue par un signe du Grec qui m'aspergea d'eau de rose en me prévenant de laisser la place aux Officiants.

Et maintenant du Golgotha sortent des plaintes aiguës. Je reconnais les chants russes.

Quelques femmes étrangères sont entrées dans la chapelle antérieure du Sépulcre et moi, je me retire près de la Porte de l'Ange pour relire toute la Vie de Jésus.

Le sacristain vient alors m'offrir une des chambres situées au fond de l'église en attendant la première messe latine de trois heures, et sur mon refus, m'assure que je serai très mal sur la pierre toute la nuit.

De cela, je ne m'en préoccupe pas, n'étant pas venue sur la Terre du Sauveur pour trouver ma commodité, et un bon Père, en passant, ne voyant en moi aucune disposition pour le sommeil, m'apporte des cierges qu'il me charge d'entretenir et de renouveler. J'accepte cette fonction avec une joie reconnaissante, mais, dissipée tout à coup par une voix pleureuse. Je me retourne... Un chat galeux était dans mon dos. De ma frayeur, il s'enfuit derrière une colonne, en miaulant encore plus fort. Un Arménien, qui arrivait dire des prières, me le renvoie d'un coup de pied, et tranquillement continue ses salutations. La pauvre bête trouve un refuge dans le sanctuaire grec et je souhaite qu'elle en débarrasse toutes les petites bêtes qu'elle rencontrera.....

Je suis en compagnie de huit femmes russes, assises sur les trois bancs en bois que l'église possède ; l'une, propriétaire d'un seul, cause à haute voix, sans personne à ses côtés — une autre est couchée sur le second ; cinq femmes bavardent entre elles sur le troisième, et la huitième est passée comme une furie devant moi, emportant une loque et une espèce d'oreiller pour aller s'étendre et dormir sur une table de pierre près de l'endroit, où se tenaient les saintes femmes à la mort de Jésus.

Huit lampes et les cierges que je remplace brûlent à l'entrée du Saint-Sépulcre, mais une de ces femmes russes vient de s'emparer d'un cierge pour lire plus loin dans un grand livre à grosses lettres.

Que faut-il faire ?

Faut-il la prier poliment de le remettre à sa place car enfin, ces cierges confiés à ma garde sont peut-être remplis d'intercessions, de demandes ?

Je suis donc en présence de deux bonnes intentions, toutes deux pour la gloire de Dieu, je laisse donc le bon Dieu arranger les choses, et je m'en vais à l'écart, sur le côté droit du Sépulcre.

La tête appuyée contre le rebord du sanctuaire, inclinée sur Ses pieds sanglants, je me sens heureuse, très heureuse !

Cette nuit, mon chant ne sera qu'un hymne d'amour, d'adoration, de tendresse mystérieuse, qu'un abandon total de moi-même, un attachement profond au Corps mort que je veille, un adoucissement pour mon âme qui veut étancher goutte à goutte le sang vermeil de Ses plaies divines.

Mes yeux seront les deux petites flammes pleines de vie qui luiront près de Son cœur et ma voix veut lui dire bien fermement : « Seigneur, il me faudrait mourir pour vous que je ne vous renierais point. »

O faiblesse humaine ! là, à cette même place où je priais, je m'étais endormie.

A onze heures et demie, le coq me réveilla !

Alors, me rappelant subitement les paroles de Jésus à Simon-Pierre : « *Ne peux-tu donc veiller une heure avec moi ?* » je me retirai au Calvaire.

Les Grecs psalmodiaient toujours de leurs voix douces et plaintives, le gardien me fit signe de partir, n'ayant aucun droit, comme latine, d'assister à l'office des Grecs.

J'obéis, mais en me relevant, je retombai à genoux, saisie d'épouvante !

Dans un endroit aussi sacré, où il ne faudrait même pas un chant pour troubler la prière, on entendait sortir des souterrains des bruits épouvantables.

Tout l'édifice résonnait et en tremblait.

Des grelots... puis, comme une course de chevaux au galop suivirent cet horrible tintamarre de cymbales, de tambours et de cuivres sonores.

Je descendis les marches sombres du Calvaire et j'arrivai au Saint-Sépulcre au moment où les prêtres grecs l'encensaient de tous côtés.

Devant la porte de l'Ange, un gros cierge brûlait, chacun s'y purifiait la main droite avant d'entrer et chercher le pain de communion.

A minuit, s'ouvrit la chapelle de la *colonne Impropre* où Jésus fut dépouillé de ses vêtements.

Cette chapelle est affectée aux Franciscains, qui viennent à cette heure y réciter Matines.

L'orgue latin mêle ses accords aux autres instruments de musique et avec la meilleure volonté du monde, je ne puis dire aucune prière.

Le prêtre Copte en longue robe rouge et d'or, la toque très haute en velours rouge et or sur la tête, vient avec un encensoir à clochettes, encenser trois fois la colonne d'Impropre, mi-partie cachée par un autel.

En se retournant, comme j'étais à genoux auprès, il m'encense aussi, agit de même autour de la chapelle et continue dans les autres sanctuaires en agitant toujours les petites clochettes et suivi de prêtres répandant l'eau de rose.

Le chant des Matines terminé, les Franciscains

se rendent en robe de bure devant la porte du Sépulcre qui est de nouveau encensée par un Père, puis, gravement, s'en retournent dans leur chapelle, le regard tellement baissé vers la terre, qu'en les voyant si humbles, si résignés, si détachés du monde, qu'on aspire aussi et de tout cœur, à posséder comme eux « l'esprit de saint François ! »

A l'appel d'une cloche, immédiatement, tous les chants cessent et les Grecs quittent le Saint-Sépulcre.

Un homme robuste, en longue robe violette et blanche, apporte des tapis d'Orient qu'il étend par terre avec un coussin.

Puis, six grands fantômes noirs, la figure entièrement cachée par un capuchon, arrivent lentement, se placent debout devant la porte de l'Ange et chantent avec des voix d'outre-tombe.

Un suisse arménien tient à la main une longue mascotte d'argent, dont la pointe appuie par terre et qu'il remue d'un mouvement fébrile pour en tirer un son ininterrompu de clochettes.

A partir de cet instant, je revisite tous les autels placés autour de la Basilique, je médite sous les voûtes sombres, les couloirs étroits jusqu'à l'heure de notre première messe dite par M. l'abbé S.

A la communion, l'enfant de chœur me fait pénétrer dans le Sépulcre même, où je baise pour la dernière fois et dans un saint adieu, la pierre sacrée et divine.

Mais le Pain de Vie ne devait pas m'être donné là...

Un Père franciscain m'ayant avertie par un signe, me place à l'entrée du Sépulcre où lui-même reçoit la communion.

J'écoute la seconde messe en actions de grâces et, comme il y a de nombreuses communions, je quitte le Saint-Sépulcre pour me rendre au Golgotha où je m'abîme, seule encore, dans l'acte de suprême oubli et de l'amour immense que le Christ répand en mon âme.

. . . .

C'est fini... je m'en vais pour toujours !... et je sors... très doucement recueillie, le cœur heureux et fort !

Quelques ombres se glissent le long des bazars fermés, dans les rues noires et montantes.

Voudrait-on m'attaquer ? On le pourrait facilement.

Mais de quoi aurais-je peur ?

Je me heurte à quelque chose... qu'est-ce ?

J'ouvre les yeux bien grands et je distingue une masse qui ne remue pas. Je m'avance d'un pas, nouveau choc... c'est dit... je suis cernée par une caravane de chameaux endormis ; je me glisse non sans peine jusqu'à la Casanova où règnent dans la cour un brouhaha et un remue-ménage indescriptibles.

Les chameliers sont là, hurlant, se démenant, déchargeant des hottes de raisins.

Comme je demande les causes de cette agitation, un bon Père me répond que ce raisin blanc est destiné à faire le vin de messe.

Il est cinq heures.

Le temps de plier nerveusement ma valise, de m'approprier et de déjeuner, à six heures sonne le départ.

L'adieu aux bons Pères est une promesse de fidèle reconnaissance et, après avoir dit « au revoir » aux quatre pèlerins qui restent pour un plus long séjour, nous reprenons nos bagages et descendons à pied les rues sombres de la ville.

Jusqu'à la fin, mon regard resta fixé sur Jérusalem…et quand le train disparut derrière les montagnes blanches, mon âme endeuillée pensait : après Jérusalem, après ces vrais bonheurs, que pourrai-je encore désirer, si ce n'est la mort douce, la mort tranquille, qui me rapprochera du Roi des Rois et de tous mes aimés disparus, jouissant maintenant, j'en suis sûre, de leur bonheur éternel.

Le parcours s'effectue comme à l'aller : vallée de Térébinthe, vallée de Jérémie, vallée de Saron, désert, plantations, Jaffa, la mer !

Aussitôt à Jaffa, nous nous rendons directement chez les Pères franciscains pour déjeuner.

La chaleur est très grande, mais supportable, surtout sur le balcon et, pendant que mes compagnons sont allés se promener en ville à la recherche de la « maison de Simon le Corroyeur » qui reçut saint Pierre, je songe aussi à l'apôtre, à son passage à Joppé, ressuscitant la veuve bonne et charitable et pleurée par tous.

Et devant mes yeux, près de ces cruels récifs montrant la passe terrible, se dresse le grand souvenir de Jonas malheureux, jeté dans la tourmente à la mer de Joppé, aujourd'hui si bleue et qui ne me donne aucune crainte.

A deux heures, nous quittons définitivement la Terre Sainte.

. . . .

Les bousculades sont relativement calmes ; quelques personnes crient bien encore après leurs paquets perdus et retrouvés, et nos petits caïques courent au large rejoindre le *khédive* devant nous conduire à Port-Saïd.

Toutes les mains se lèvent dans un dernier et long adieu... et le bon Père Ananie resté sur le rivage emporte pour lui et ses frères, notre plus grand merci !

Et la mer et le ciel se confondent, et mon âme se pâlit d'une infinie tristesse.

Là-bas... là-bas... oui, c'est encore la Terre Sainte, la Terre du Christ, la Terre du Sauveur !

O mon Dieu, disais-je en m'éloignant, tournez encore vos regards vers nous, donnez-nous une nouvelle vie et votre peuple se réjouira en Vous !

. . . .

. . . .

SOLEIL D'AFRIQUE

Notre bateau est modeste, très chargé, sans aucun confort, et comme les cabines sont en nombre insuffisant, les trois quarts des passagers devront donc se contenter pour cette nuit de coucher à la belle étoile !

Les admirateurs de beaux ciels en sont ravis et se constituent en dortoir.

Etendue sur mon cher fauteuil, la tête enfouie dans un oreiller, un coussin dans le dos, une couverture sur les genoux, les pieds appuyés sur mon sac de voyage, je m'endors sans avoir dîné, n'ayant pu supporter ni la chaleur, ni les odeurs infectes de la salle à manger.

Habituée à me réveiller de bonne heure ; dès quatre heures, je suis debout, m'amusant de compagnie à regarder les autres dormir et à faire quelques petites farces ; mais, je constate avec stupéfaction, que la plus grosse s'est jouée dans mon sac au détriment de toutes mes affaires ayant déteint les unes sur les autres.

Voulant enfin m'assurer de l'exacte vérité,

j'agite ma gourde... ô surprise ! des cailloux y dansent !

Qu'est-ce ? l'eau du Jourdain se serait-elle pétrifiée ?

J'enlève le bouchon.

Cette fois, il n'y a plus de doute... ma gourde s'était cassée intérieurement et l'eau du Jourdain en se répandant avait purifié tout mon bagage !

La mer n'est pas gentille et comme le bateau est peu stable, nous serons contents de le quitter et d'aborder à Port-Saïd.

L'arrivée sur cette terre d'Afrique est fort belle.

A l'entrée du port et dans la mêlée des eaux de la mer Rouge à celles de la Méditerranée, nous saluons la statue de M. Ferdinand de Lesseps debout, devant les flots, montrant d'une main la terre.

Aidés par nos lorgnettes et avec bien de la peine, nous sommes trois à déchiffrer cette inscription portée sur le piédestal :

Aperui terram gentibus
(J'ai ouvert la terre aux nations.)

Ce qui n'est pas drôle à Port-Saïd, comme partout ailleurs, c'est la visite de la douane, agrémentée ici par des femmes espions.

De là, nous partons en voiture, traversons de longues et larges rues, pour aller déjeuner dans un hôtel européen !

Une heure après, nous étions à la gare, prenant nos billets pour le Caire.

Entassés dans un wagon-couloir avec tous nos colis, nous respirons du feu et sommes accablés par la chaleur.

A chaque station, des égyptiens vêtus de chemises blanches ou bleu pâle, d'une propreté irréprochable, viennent nous offrir avec un joli sourire, quelques fruits rafraîchissants présentés dans des cornets blancs.

A partir d'Ismaïla où campèrent les Hébreux, une branche du Nil apparaît toute verte au milieu de la campagne et de villages peuplés.

Les routes couvertes de dattiers et de beaux cocotiers donnent l'ombrage désiré aux voyageurs montés sur de petits ânes blancs.

Dans le lointain, on aperçoit des pyramides, des obélisques, on sent déjà le souffle brûlant des déserts de sable.

A six heures du soir, nous entrons au Caire et sans tarder, nous subissons l'attrait de ses charmes.

C'est une ville pleine de merveilles où la gaieté se rit dans tous les yeux.

Transportés à la citadelle, à la mosquée d'albâtre du tombeau de Méhémet-Ali, admirant dans cette sphère, le crépuscule rose s'étendre sur les quatre cents mosquées d'or, le Sphinx et les Pyramides, où se croirait-on ? si ce n'est dans un palais enchanté d'un conte des Mille et Une nuits.

Plus vite que le vent, les voitures nous emportent vers les vieux quartiers, les rues étroites, les rues commerçantes, les larges avenues, les jardins et nous descendons à l'hôtel Bristol, tellement vaste, qu'il faut venir au Caire pour avoir une idée de semblables proportions ; ma chambre est une salle de bal !

Avant de dîner, nous sommes priés de bien vouloir reconnaître nos bagages rangés en ordre dans le couloir.

Chacun s'empresse, mais on entend déjà protestations, récriminations, demandes, exclamations !

Une bande de nègres grimpent et dégringolent les escaliers pour nous servir.

Il ne reste plus rien, que M. Gay cherche encore sa couverture de voyage doublée de son manteau, de sa canne et de son ombrelle !

Personne ne l'a vue, le conducteur déclare n'avoir pas compté les paquets à la gare ; on parlemente... et finalement on en déplorerait tout à fait la perte sans quelques tenaces qui conservent l'espoir de la retrouver.

Là-dessus on va dîner.

De beaux nègres, aux attentions délicates, nous servent comme des femmes.

Au dessert, je me régale de dattes fraîches à

chair violette, et nous nous préparions à aller prendre un bon repos, lorsque notre directeur nous annonce en souriant que la promenade aux Pyramides aura lieu à six heures du matin.

Par conséquent lever à cinq heures !

Cette perspective a le pouvoir de m'enlever toute fatigue et de me tenir éveillée la nuit entière.

Donc le jeudi 26 septembre à l'heure prescrite, des voitures viennent nous prendre à l'hôtel et par un temps idéal de fraîcheur, nous parcourons la superbe avenue de caroubiers conduisant aux Pyramides.

De chaque côté, ce ne sont que fleurs blanches de cotonniers attendant la récolte ; ânes et chameaux trottinent sur la route et, devant nous, s'étend la belle nappe bleue du Nil inondant les campagnes.

Le désert... le désert de sable ! ! et nous voici au pied de la « Pyramide de Chéops ! »

Auprès d'elle, nous paraissons des pygmées, mais loin d'avoir peur de sa hauteur et de la difficulté qu'offrent ses pierres démesurées, je m'avance pour l'escalader.

Trois bédouins se précipitent pour m'aider, et malgré ma légèreté et ma force d'alpiniste, il faut me résigner à user de leur secours.

L'un prend ma main droite, l'autre la gauche et le troisième pousse par derrière.

Mon exemple n'est suivi que par un seul de la

caravane et tout joyeux nous courons au but, en soufflant sous le chaud soleil qui commence à nous cuire ! Abdoul, le plus beau et le plus entreprenant de mes trois guides, aide mon ascension en m'adressant des paroles très tendres :

« Viens, ma chérie — serre-moi bien fort la main — attends, chérie — es-tu bien, chérie — tu n'es pas fatiguée, chérie ? »

Un petit repos est nécessaire et mon second bédouin en profite pour vouloir me tirer la bonne aventure moyennant *two shellings !* Je ne m'y refuse pas ; mais avant tout, je désire être arrivée au sommet et, lorsque nous y sommes, c'est pour crier bien fort :

« Salut Napoléon ! Salut vaillante armée ! ! »

Nos bédouins répondent : « Vive la France ! Nous aimons les Français ! »

A vrai dire, je ne sais plus dans quel siècle je vis... le fait est que monter aux Pyramides n'est pas un vain mot, ni un simple jeu, quand on veut bien considérer avec attention ces pierres gigantesques élevées par la main des hommes pour servir de tombeaux aux Pharaons.

Dominant l'espace et si près du ciel, des pensées de toutes sortes m'assiègent et ce n'est pas sans un certain frémissement que je contemple ces *quarante et un siècles* de pierres restés debout si fièrement.

Barracq, lui, n'oublie pas qu'il est au xxe siècle

et ne cesse de me renouveler ma promesse pour avoir quelque argent.

Or, il fait donc un rond sur le peu de sable que les vents du désert ont soufflé sur la tête de Chéops, trace cinq rayons et m'en fait choisir un du bout de mon petit doigt gauche.

Puis, il m'apprend que je possède un heureux caractère malgré la mauvaise chance dont j'ai été gratifiée jusqu'ici, mais que la bonne chance allait commencer. Barracq ne sait pas le français et Abdoul qui le parle imparfaitement lui sert d'interprète, de sorte que j'ignore la moitié de mon horoscope ; en tous cas, dans cinq à sept mois un événement important doit se produire dans ma maison, et si je reviens au Caire il faudra apporter beaucoup de présents à Barracq qui a dit la vérité.

Par la même occasion, Abdoul me demande un souvenir tout de suite, car il ne m'oubliera pas !

Barracq paraît très content de mon avenir et en me saluant de ses belles dents blanches, me dit que c'est fini...

Alors, nous descendons aussi gracieusement que possible en faisant des enjambées inouïes et laissant sur chaque pierre une perle de sueur.

Abdoul rend grâces à mon agilité en me comparant à la gazelle, et je saute la dernière pierre visiblement contente.

Aller et retour, nous avions mis « trois quarts d'heure » pour faire la connaissance d'une des « Sept merveilles du monde ».

Nos trois guides, très complaisamment, nous offrent encore un autre genre de plaisir : celui d'entrer dans l'intérieur des Pyramides, mais nous renonçons à cette expédition rampante dont on revient à moitié mutilé.

Des trois Pyramides de Gizèh : Chéops, Chéphren et Micerinus, Chéops est la plus grande ; elle aurait 152 mètres de hauteur et sa base 232 mètres. D'après Hérodote on aurait mis 20 ans pour la construire. Les Pyramides, paraît-il, auraient d'abord servi de greniers à l'Egypte, au temps des sept années d'abondance prédites par Joseph, fils de Jacob, pour les sept années de disette. Plus tard, elles furent converties en tombeaux.

Nous quittons nos guides avec force poignées de mains et rejoignons nos compagnons, qui, pendant notre ascension, étaient allés vers le Sphinx à dos de chameaux, pour l'admirer d'abord, pour se faire photographier ensuite.

Quand on nous vit paraître, des exclamations accueillirent les deux intrépides, mais personne ne nous comprenait d'être venus au Caire sans avoir vu le Sphinx !

Cela eut été fort difficile d'entreprendre les deux excursions en une heure ; mais, j'avais mon idée, très facile d'exécution et, comme nous ne partions que le lendemain, d'ici là je pouvais m'offrir un beau coucher de soleil ! !

On se rendit ensuite au merveilleux jardin zoologique et au musée égyptien, dont les richesses antiques sont incomparables.

Entre autres momies, nous voyons celle de Ramsès II dont la main décharnée semble encore vouloir donner un commandement.

Cette figure de vieillard qui mourut à cent ans, est impressionnante, même après 3400 ans !

Hérodote dans son récit sur les Egyptiens nous raconte ainsi leurs deuils et leurs funérailles :

« Quand les Egyptiens ont perdu un homme de » grande considération, toutes les femmes de la » maison se couvrent de boue le visage et la tête » et, laissant le corps mort à la maison, elles s'en » vont d'un côté et de l'autre par la ville et se » frappent de grands coups accompagnées de » toutes les parentes qu'elles rencontrent.

» D'un autre côté, les hommes se frappent de » la même manière ; après cette cérémonie, on » emporte le corps à l'endroit où on l'embau- » mera.

» Il y a des personnes chargées de ce soin d'em- » baumer et qui en font profession.

» Quand on leur apporte un corps, ils montrent » aux porteurs des modèles de cadavres en bois et » peints au naturel.

» Ils indiquent d'abord celui qui paraît le plus

» remarquable, après celui-là, ils en montrent
» un second, d'une valeur moindre, enfin, un troi-
» sième, le moins coûteux.

» Après que l'on est convenu du prix, les
» parents se retirent.

» Les embaumeurs travaillent le plus vite
» possible à embaumer le corps.

» Voici comment ils s'y prennent pour l'em-
» baumement le plus cher.

» Avant tout, avec un fer recourbé, ils tirent
» la cervelle par les narines, en grande partie du
» moins ; le reste de la cervelle, ils la dissolvent
» par une injection de drogues. Ensuite, avec une
» pierre éthiopienne bien aiguisée, ils font une
» incision dans le flanc, ils font sortir tous les
» intestins, les lavent avec du vin de palmier, ils
» les saupoudrent avec de la poudre d'aromates,
» les remplissent de myrrhe pure concassée, de
» cannelle et d'autres parfums, en exceptant
» l'encens ; puis, ils recousent le tout. Quand ils
» ont fait tout cela, ils salent le corps et le lais-
» sent dans le natron [1] soixante-dix jours. Il n'est
» pas permis de le laisser tremper davantage. Au
» bout de ces soixante-dix jours, ils lavent le corps
» et l'enveloppent entièrement de bandelettes du
» lin le plus fin, enduites de commi, dont les
» Égyptiens font un grand usage au lieu de colle.

» Les parents reprennent alors le cadavre, le

1. Carbonate de soude.

» renferment dans un étui de bois à forme hu-
» maine, et le déposent dans la salle sépulcrale,
» droit contre le mur. Tel est l'embaumement le
» plus précieux.

» Pour ceux qui choisissent un embaumement
» plus modeste, et veulent éviter une grande
» dépense, voici les préparations que l'on fait. Ils
» remplissent leurs seringues d'huile de cèdre et
» l'injectent dans l'abdomen du cadavre, sans
» faire aucune incision. Ensuite, ils plongent le
» corps dans le natron pendant un temps prescrit.
» Au bout de ce temps, ils font sortir l'huile
» de cèdre. Elle est d'une telle force, qu'elle a
» liquéfié et emporté avec elle les intestins et les
» viscères. A la surface du corps, le natron a des-
» séché les chairs, il ne reste du mort que la peau
» et les os. Quand cette opération est finie, ils
» remettent le corps et ne s'en occupent pas
» davantage.

» La troisième catégorie d'embaumement est
» réservée à ceux qui sont pauvres. On fait
» une injection de raifort dans l'abdomen, puis
» on sèche le corps dans le natron pendant
» soixante-dix jours ; enfin, on le remet aux
» parents qui l'emportent.

» Si quelqu'un a été trouvé mort, Egyptien
» ou étranger, peu importe, soit qu'il ait été
» enlevé par un crocodile, ou noyé dans le fleuve,
» quelle que soit la ville où son cadavre ait

» abordé, on l'embaume aux frais des habitants
» et de la manière la plus précieuse ; après quoi,
» on le dépose dans les chambres sépulcrales. Il
» n'est permis ni à ses amis, ni à ses parents d'y
» toucher, seuls, les prêtres du Nil peuvent le
» toucher, ils l'ensevelissent eux-mêmes comme
» un corps plus qu'humain. »

Après cette visite au musée, nous rentrons à l'hôtel pour déjeuner et jusqu'à demain, nous sommes absolument libres de suivre notre bon plaisir.

Comme j'écrivais quelques cartes postales, on vint m'avertir que quelqu'un désirait me parler et m'attendait sur la terrasse.

Je m'y rendis aussitôt et quelle ne fut point ma surprise de me trouver en face d'un beau jeune homme élégamment habillé d'un complet bleu foncé, coiffé du fez rouge égyptien et tenant une badine à la main.

Le beau jeune homme se tenait gravement et respectueusement devant moi.

Immédiatement, je le reconnus.

C'était Abdoul... mais non plus Abdoul de ce matin avec sa longue blouse blanche, c'était un Abdoul transformé en véritable gentleman.

Cette fois, il ne m'appelait plus sa chérie, ne me tutoyait plus, mais venait chercher le souvenir que je lui avais promis.

Je lui donnai une chaîne de montre et il me
quitta en me promettant qu'elle serait toujours
sur son cœur.

Il s'agissait de bien employer son temps et je
me dirigeai vers les petites rues aux différents
métiers ; ainsi, je vis les tourneurs en bois, la
préparation des cigarettes, la remise des fez en
forme, les barbiers barbifier, blanchissage et
repassage. Ce genre d'occupation entretenu par
des hommes, présente un intérêt particulier, car
ils s'en acquittent d'une façon ingénieuse et très
amusante : dans la rue et sur une planche très
basse, le repasseur étend le vêtement habituel,
c'est-à-dire la longue chemise blanche ou bleue ;
il boit ensuite une bonne gorgée d'eau et d'un jet,
l'envoie du nez et de la bouche, humecter en
règle l'objet de ses soins. Puis, il se met à repas-
ser... non pas avec la main, mais bien avec le
pied sur un grand fer qu'un enfant lui change
au moyen d'un long manche en bois.

Après bien des tours et des détours, je tâche de
m'orienter et m'égarant de plus en plus, je finis
par demander mon chemin en français et en
anglais — gauche — droite — droite — gauche,
ainsi je dois fatalement arriver au grand pont.

Un cocher veut bien me conduire aux Pyramides, mais les vingt francs du tarif me font tout de
suite reculer ; pour une somme plus modique je
puis prendre le tramway électrique, il met une

heure pour y aller et part de l'extrémité de la ville toutes les demi-heures.

Munie de ces précieux renseignements, je les mets à profit...

Sur tout le parcours, le Nil revêt des teintes bleues et roses adorables, c'est un enchantement pour mes yeux mais, quand j'arrive à terminus-station, le soleil est couché et trop tard pour tenter le Sphinx...

Ah ! qu'il ferait bon s'agenouiller ici dans le sable, pour voir un beau clair de lune et des millions d'étoiles.

Je m'en retourne en jouissant encore et toujours... c'est une prière qui monte ! c'est un bonheur des cieux !

Le Nil est trop beau pour avoir quelque regret sur l'abandon du Sphinx !

« L'Egypte dit Hérodote est un don du Nil.

» C'est ce fleuve qui donne à l'Egypte toute sa
» fécondité. Tous les ans, il répand sur les cam-
» pagnes un limon fertile. L'inondation commence
» quelques jours avant le solstice d'été (21 juin),
» elle atteint sa plus grande hauteur et commence
» à décliner aux environs de notre équinoxe d'au-
» tomne (21 septembre). A peu près, au moment
» de notre solstice d'hiver (21 décembre), le Nil
» est de nouveau rentré dans ses rives. Les
» semailles se font dans cet intervalle et se

» terminent en même temps que l'inondation.

» Il n'y a peut-être pas, dans tout le domaine
» de la nature, un spectacle plus gai, que le spec-
» tacle présenté par la crue du Nil. Toute la
» nature en crie de joie.

» Hommes, enfants, troupes de bœufs sauvages
» gambadent dans ses eaux rafraîchissantes ; les
» larges vagues entraînent des bancs de poissons
» dont l'écaille lance des éclairs d'argent, tandis
» que des oiseaux de toute plume s'assemblent
» en nuées. Au moment où le sable devient
» humide à l'approche des eaux fécondantes, il
» s'anime et grouille de millions d'insectes. Aucun
» pays n'est plus beau que l'Egypte après l'inon-
» dation. Aux mois de janvier et de février toute
» la campagne ressemble à une immense prairie
» dont la verdure émaillée de fleurs charme les
» yeux. Le sycomore, les acacias, le grenadier, le
» tamarin, le figuier, les palmiers ornent les jar-
» dins. Les plantes aquatiques, le papyrus et le
» lotus s'y développent avec un luxe de végéta-
» tion extraordinaire, les céréales et les légumes
» de toutes sortes poussent presque sans culture,
» sur cette terre humide exposée aux chauds
» rayons du soleil. »

(D'après Maspéro.)

27 septembre.

Le Caire s'est endormi à trois heures du matin et plus tard, mon compagnon de Chéops et moi, errons à l'aventure, demandant aux pauvres diables qui passent le chemin des Pyramides !

Un marchand de dattes fraîches ne nous comprend pas ! un autre d'aubergines essaie de le faire et croyant avoir trouvé nous montre en souriant la ligne droite !

Un agent, auquel nous dessinons le monument, nous conduit dans une église ; bref, en arrivant devant un café où des Turcs fument le narghileh, un jeune homme sachant le français nous tire complètement d'embarras.

Nous apercevons le grand pont de fer, gardé par deux lions d'airain et sous lequel le Nil roule ses flots boueux et rouges, qui dans une heure seront bleues.

Le premier tramway est parti, le second est retardé par un accident survenu sur la voie. Verrons-nous le Sphinx, ne le verrons-nous pas ?

Et nous en sommes réduits à regarder passer les chameaux ou les ânes blancs courant, portant allègrement le maître chargé de provisions : raisins, figues, aubergines, melons.

Enfin, nous partons... et au petit hôtel terminus sommes entourés d'arabes.

Abdoul apparaît, tellement heureux de nous revoir qu'il veut nous conduire lui-même au Sphinx.

Un marchand réclame notre clientèle pour des achats de médailles, de momies en pierre et de scarabées, un gamin nous poursuit du dernier et traditionnel *bakchich*, et après avoir fait plaisir à tous, nous prenons place sur des montures fraîches, agenouillées pour nous recevoir.

Un homme accourt vers nous, les bras levés vers le ciel, son long burnous flottant à l'air du matin... nous reconnaissons Aftala qui vient nous dire bonjour.

Tous nos guides et arabes de la veille nous escortent et cette promenade est la plus belle que j'aie jamais faite de ma vie !

Doucement balancée par le petit trot de mon orgueilleux chameau, je me laisse aller à ce rêve juvénile de rester au désert, tout en écoutant les mots chantants d'Abdoul.

Tu t'appelles Jane, me dit-il, ton nom est gravé là (me montrant son cœur) et il y sera écrit demain en bleu, je ne quitterai pas ton présent ni jour, ni nuit.

Mais hier, tu m'as fait de la peine, j'ai été chagrin toute la journée... Crois-tu que je serais venu des Pyramides au Caire exprès à ton hôtel, pour recevoir ton cadeau ?

J'avais mis mon plus bel habit pour te promener dans la ville et tu m'as laissé partir comme un chien.

— Mon pauvre Abdoul, lui dis-je, pouvais-je deviner tes bonnes intentions, si j'avais su tes pensées, certainement, j'aurais été très contente de me promener avec toi.

Tu n'es plus fâché, aujourd'hui ?

Alors, il me regarda fièrement en souriant, relevant un peu le coin de sa lèvre supérieure, mais sans rien prononcer.

Abdoul, lui dit mon compagnon, viens en France, je te prends pour mon cuisinier.

Mais lui, se redressant : Je ne suis pas fait pour être cuisinier ! Je suis riche, j'ai des maisons et des chameaux, je suis drogman et je sais cinq langues. Je possède plus de vingt mille livres et n'ai besoin de rien !

Cette révélation acheva de nous confondre.

Nous avancions dans le désert, les pieds agiles et le trot très doux des chameaux soulevaient des tourbillons de sable, mais je ne saurais dire l'impression étrange et profonde que me produisirent les premiers feux du jour éclairant l'énorme, l'énigmatique figure du Sphinx !

Jamais je n'oublierai ce spectacle, cette grandeur, cette puissance, cette sublime beauté dans le grand silence recueillant du désert !

Au retour, tous nos arabes brandissant leur

canne de jonc nous firent une ovation chaleureuse
et nous tendant les mains, nous souhaitèrent
« bon voyage » en français.

Abdoul me donna comme souvenir de passage
deux pièces de bronze trouvées dans un tombeau
et revint au Caire avec nous.

Rentrée à l'hôtel, après une petite visite au
bazar turc où je n'achetai rien, tant les prix sont
exorbitants, je n'avais plus qu'à me dépêcher pour
fermer ma valise. Heureusement, qu'un grand
nègre très respectueux se tenait à la porte de ma
chambre, je lui confiai toutes mes affaires, il les
rangea si bien que je lui dis vouloir l'engager
comme femme de chambre.

Quand je descendis pour déjeuner, on en était
au café.

Je pris deux bouillons, un peu de légumes,
du raisin et, pressés, bousculés, chargés de nos
colis, nous montâmes en voiture.

Enfouie dans une masse de boîtes et sans pouvoir remuer, je reçus la dernière visite d'Abdoul.

Son adieu touchant fut aussi la dernière parole
que nous entendîmes sur le sol d'Afrique !

Du Caire à Alexandrie (170 kilomètres) la campagne continue à être d'une fertilité extraordinaire.
Les dattiers surtout avec leurs grappes de fruits
tombants, forment des allées majestueuses sous
le ciel toujours bleu. Quelques villages en terre...

20.

encore quelques stations où l'on achète de la limonade, des raisins, du tabac et à quatre heures de l'après-midi, nous arrivons au grand port d'Alexandrie.

A cinq heures, *le Portugal* lâche son ancre et nous emmène vers la France !!

Pensive, je reste sur le pont, voulant encore voir malgré qu'elle n'existe plus, cette autre merveille du monde : le phare d'Alexandrie.

Par son imposante grandeur, la rade serait digne de reprendre ce nom et mes yeux troublés ne peuvent s'en détacher.

Adieu donc beaux pays d'Orient... qui avez comblé mon esprit et mon cœur de tant de faveurs !

Mes joies ont dépassé toutes mes espérances et vous resterez à tout jamais le meilleur de mes plus doux souvenirs !

. . . .

. . . .

LE RETOUR

Mer houleuse.

Lever à onze heures du matin, ce qui ne m'a pas empêchée de dormir sur le pont jusqu'au thé de quatre heures. Mes paupières sont très lourdes et mon esprit languissant... je m'en rends très bien compte et ne prends part à aucune conversation.

La peste est, dit-on, à Port-Saïd.

6 h. 1/2 du soir.

Vue de Candie, côtes très découpées.

Coucher de soleil merveilleux et subit ; ses rayons en mourant éclairent toute la mer bleue d'un feu superbe. Mes regards s'y complaisent et je retiens les heures qu'il me reste maintenant à jouir de ce beau ciel.

Dimanche, 29 septembre.

Messe chantée à bord... Je passe tout le jour dans une solitude voulue.

Lundi, 30 septembre.

Mer de plomb.

Journée agréable, grâce à M. Lebon, excellent musicien, accompagnateur émérite et cherchant à faire plaisir à tous.

Vers huit heures du soir, éclairs nombreux sillonnant le ciel et laissant des traînées lumineuses sur la mer, dont les lames semblent des flammes.

On nous annonce un gros orage. Dieu veuille nous épargner le naufrage !

1er octobre, 8 heures du matin.

Près des côtes de la Corse. La mer qui donne depuis deux jours des signes de désespérance est enfin courroucée ; elle nous harcèle de tout son pouvoir. Beaucoup ont rejoint leur cabine, le salon est vide et je m'y installe, étendue sur le canapé, me soulevant de temps en temps pour regarder Amphitrite en colère.

Tout à l'heure, l'arc-en-ciel a paru, mais l'horizon reste obscur avec quelques tranchées qui feraient croire à de larges déchirures de la voûte céleste.

Quelques vaillants sont venus sur le pont pour contempler ce spectacle terrifiant.

La voiture claque avec un bruit sinistre, les cordages se tordent, tout tremble et le vaisseau gémit.

2 octobre, 6 heures du matin.

Arrivée à Marseille.

Le ciel est terne, la terre semble glacée. Sans bruit, sans secousse, sans appels, *le Portugal* s'arrête au port.

Notre-Dame de la Garde, pure étoile tutélaire, a béni notre entrée.

Tous les cœurs montent vers elle... et d'une prière fervente, mon âme très heureuse, lui dit encore :

Merci.

TABLE DES MATIÈRES

Châteauroux. — Imprimerie A. MELLOTTÉE.

A LA MÊME LIBRAIRIE

NOUVELLES, HISTOIRE, VOYAGES

Catholiques décadents, mœurs actuelles, par David-Léonart, un vol. in-12. . . . . 3 50

Le Semeur d'Ivraie, mœurs parlementaires, par A. de Pain, un vol. in-12. . . . . 3 50

Quelques poètes. La méthode biographique de critique littéraire, par Louis Arnould : ouvrage couronné par l'Académie française ; un vol. in-12. . . . . 3 50

Du Journalisme, son rôle politique et religieux, par Eugène Tavernier, un vol. in-12 . . . 3 50

Rêves et Réalités, par Maurice Taubert, un vol in-12. 3 50

La Mendiante turque, par Maurice Taubert, un vol. in-16, broché. 3 50

Impressions d'Extrême-Orient, par M. Le Roy Liberge, un beau vol. in-12. . . . . 3 50

Voyage aux Cités d'Or. — Algérie, Tunisie, par le Docteur Gayard, un vol. in-12. . . . . . . 3 50

Les Fables et Légendes du Japon, par Claudius Ferrand, un beau vol. in-8° imprimé à Tokio (Japon) sur papier Japon, contenant cinq grandes compositions en couleurs dues à des artistes japonais, brochure japonaise. . . . . 5 »

L'Inde Tamoule, par le R. P. Suau, S. J.

Les Gallas, Un peuple antique au pays de Ménélick, par le R. P. de Salviac.

L'Ouest africain. Le Congo et Monseigneur Augouard, par G. Renouard.
Chaque beau volume grand in-8° colombier, illustré de 130 gravures, d'après les photographies de l'auteur, broché . . . 7 50
Le même, relié percaline, plaque spéciale dorée . . . 10 »

Un siècle. Mouvement du monde de 1800 à 1900, 4e édition (9e mille).
Un très fort volume grand in-8°, broché 7 50
Publié par un comité, sous la présidence de Mgr Péchenard.
Préambule, par le Vicomte de Vogüé, de l'Académie française.
Conclusion par S. E. le Cardinal Richard, archevêque de Paris.

Vingt-huit ans au Congo, par Mgr Augouard, 2 vol. in-8°. . . . . 8 »

Châteauroux. — Imprimerie A. Mellottée.